GRETA JÄNICKE

MS Kristiana

Eine Liebe am Ende der Welt

Weitere Titel der Autorin:

MS Kristiana – Sommerliebe am Fjord
MS Kristiana – Eine Liebe am Ende der Welt
MS Kristiana – Märchenhochzeit auf Island
(erscheint im Frühjahr 2022)

Über die Autorin:

Greta Jänicke lebt mit ihrer Familie und dem neurotischen Kater Klaus-Peter am Niederrhein. Sie arbeitet im Vogelschutz und setzt sich für Tierrechte ein. Mit den Romanen über die *MS Kristiana* widmet sie sich einem Herzensprojekt. Die Jungfernfahrt führt die Leser ins wunderschöne Norwegen, im zweiten Band geht die Reise nach Neuseeland. Greta Jänicke ist Mitglied bei DELIA, der Vereinigung deutschsprachiger Liebesroman-Autoren und -Autorinnen.

Greta
Jänicke

MS Kristiana

Eine Liebe am Ende der Welt

Roman

lübbe

Dieser Titel ist auch als E-Book erschienen

MIX
Papier aus verantwortungsvollen Quellen
FSC® C014496

Originalausgabe

Textredaktion: Marion Labonte, Labontext
Umschlaggestaltung: Guter Punkt, München | www.guter-punkt.de
unter Verwendung von Illustrationen von © Getty Images: Derkien | Toltek | Rawpixel; © iStock: Jeff Manes
Kartenillustrationen: Christl Glatz | Guter Punkt, München
Satz: Dörlemann Satz, Lemförde
Gesetzt aus der Minion
Druck und Verarbeitung: GGP Media GmbH, Pößneck
Printed in Germany
ISBN 978-3-404-18405-7

2 4 5 3 1

Sie finden uns im Internet unter luebbe.de
Bitte beachten Sie auch: lesejury.de

Für Papa!
Wo immer du jetzt bist …

Neuseeland
Herbst 1958

Paul nahm ihre Hand und führte sie an seine Lippen. »Ich werde dich nie vergessen.« *Sag nur ein Wort, und ich bleibe!*

Er sprach diese Worte nicht aus. Denn sie hatten sich beide gegen ihre Gefühle und für die Vernunft entschieden. Weil sie wussten, dass sie nicht glücklich werden konnten, wenn dadurch andere Menschen unglücklich wurden.

»Ich werde dich immer lieben und an dich denken.« Grit lächelte trotz der vielen ungeweinten Tränen in ihren Augen.

Seit sie beschlossen hatten, dass es ein Abschied für immer sein würde, tanzte eine Melodie durch Pauls Kopf. Gestern Abend hatte er sie aufgeschrieben. Für sich selbst. Für Grit, die Liebe seines Lebens!

Grits Lied stand über den Noten, mehr nicht. Als er ihr das Blatt reichte und sie die Noten las, wusste er, dass sie die Melodie in ihrem Kopf vernahm. Tränen liefen über ihre Wangen.

»Leb wohl«, sagte er leise. Ein letztes Mal berührten seine Lippen ihren Mund. Dann wandte er sich um und ging. In seiner Manteltasche befand sich ein weiteres zusammengefaltetes Notenblatt. Darauf war dasselbe Stück notiert. *Grits Lied* die Melodie einer großen Liebe, die nicht sein durfte …

Prolog

Im Hotel steckte Adrian den Korkenzieher in seine Jackentasche, bevor er die Rotweinflasche und zwei Gläser aus seiner Reisetasche nahm. Dann ging er zu Jasmins Tür und klopfte an.

Sie öffnete und lächelte, als sie ihn sah.

Adrian präsentierte ihr den Wein. »Den hatte ich dir in Svolvær versprochen, aber dann kam alles anders. Magst du ihn jetzt mit mir trinken?«

»Komm rein«, sagte sie leise.

Adrian betrat das Zimmer und zog die Tür hinter sich zu. Er stellte die Flasche und die beiden Gläser auf den kleinen Tisch unter dem Fenster und zog den Korkenzieher hervor. Als Jasmin auf ihn zuschritt, hob er den Blick. *Wie schön sie ist*, dachte er. Nach der Trennung von Eva hatte er es nicht für möglich gehalten, dass ihn eine Frau jemals wieder so verzaubern könnte.

Jasmin wirkte unsicher. »Warum starrst du mich so an?« Sie fuhr sich mit den Händen durchs Haar, das lockig über ihre Schultern fiel. Während der Arbeit trug sie es meist hochgesteckt, aber so gefiel es ihm besser.

»Es ist alles perfekt«, versicherte er. »Du bist hier … Ich bin hier …« Er verstummte.

»Ja.« Sie stand jetzt dicht vor ihm. In ihren Augen lag ein Leuchten, das ihn alles andere vergessen ließ. Er hob die Hand und vergrub sie in ihrem Haar. Sein Gesicht näherte sich ihrem. Er spürte ihren Atem, seine Lippen berührten ihren Mund …

… und dann klingelte sein Handy. Erschrocken, als wären sie bei etwas Verbotenem ertappt worden, fuhren sie auseinander.

»Verdammt!«, stieß er hervor. Die Stimmung war zerstört. Er lächelte Jasmin entschuldigend zu, während er das Handy aus der Hosentasche zog. Auf dem Display stand Evas Name. Seine Frau war erst vor ein paar Stunden zurück nach Hamburg geflogen und rief ihn jetzt schon an. Er hatte den Verdacht, dass sie ihn kontrollieren wollte. »Was ist?«, rief er ungehalten in das Telefon.

Am anderen Ende blieb es sekundenlang still. Seine Ungeduld steigerte sich, bis er ein leises Schluchzen vernahm.

Die Wut schwand augenblicklich. »Eva! Was ist passiert?«

»Fenja!«, stieß Eva hervor. »Sie wurde auf ihrem Fahrrad angefahren.«

Eiskalte Panik breitete sich in ihm aus. »Wie schlimm ist es?«

Wieder dauerte es, bis Eva antwortete. »Sehr schlimm. Sie wird gerade notoperiert.«

Adrian schluckte schwer. Seine Gedanken rasten, drehten sich nur im Kreis. Nie zuvor war ihm in dieser Intensität bewusst geworden, wie sehr er seine Tochter liebte und dass sie der wichtigste Mensch in seinem Leben war.

»Ich komme sofort!«, rief er. In diesem Moment dachte er nicht daran, dass er hier in Bergen über tausend Kilometer entfernt war und keine Ahnung hatte, wann der nächste Flug nach Hamburg ging.

»Papa hat für dich eine Privatmaschine gechartert«, sagte Eva in diesem Augenblick. »Du musst nur zum Flughafen fahren, es ist alles vorbereitet.«

Adrian empfand Dankbarkeit. In dieser Situation war es hilfreich, dass sein Schwiegervater vermögend und einflussreich war und ihm eine schnelle Heimreise ermöglichte. Er schob den Gedanken beiseite, dass Clemens Tychsen diese Dankbarkeit gerne für seine eigenen Pläne nutzte.

Aber darüber würde er sich später den Kopf zerbrechen. Jetzt wollte er so schnell wie möglich zu seiner Tochter, alles andere war unwichtig. »Ich mache mich sofort auf den Weg«, versprach er und beendete das Telefonat.

Mit wenigen Worten informierte er Jasmin über das, was er soeben von Eva erfahren hatte.

»Das tut mir so leid.« Jasmin war sichtlich erschrocken. »Natürlich musst du sofort los.«

»Ich rufe dich an«, versprach er.

»Ja, bitte. Ich möchte wissen, wie es Fenja geht.« Sie umarmte ihn kurz. »Und dir«, fügte sie leise hinzu, dann ließ sie ihn hastig los und trat einen Schritt zurück.

Adrian lächelte ihr traurig zu. »Das ist das zweite Mal, dass ich dich allein lassen muss. Denkst du an mich, wenn du den Wein trinkst?«

»Ich denke an dich, aber ich werde den Wein nicht ohne dich trinken.« Ihre Stimme war rau. Sie nahm die verschlossene Flasche vom Tisch und drückte sie an sich. »Ich passe gut darauf auf und warte, bis wir sie irgendwann zusammen trinken können.«

»Das werden wir«, versprach Adrian, dann ging er.

Kapitel 1

»Endlich!« Eva seufzte erleichtert auf, als Adrian in den frühen Morgenstunden die Eingangshalle des Krankenhauses betrat. Sie eilte auf ihn zu und fiel ihm um den Hals. Ganz fest umschlang sie ihn, obwohl sie spürte, dass sein Körper sich anspannte. Dann ließ er seine Reisetasche fallen und legte beide Arme um sie.

Seit Eva die Nachricht von Fenjas Unfall erhalten hatte, fühlte sie sich wie im Ausnahmezustand. Sie hatte sich so sehr auf ihre Tochter gefreut, als sie am Vortag in die Maschine von Bergen nach Hamburg gestiegen war. Und jetzt stand sie hier und bangte um das Leben ihres Kindes.

»Wie geht es Fenja?« Seine Stimme klang rau, seine Miene spiegelte die Angst um ihre gemeinsame Tochter.

Eva selbst hatte noch nie zuvor eine so tiefe Angst verspürt. Ihre Augen füllten sich mit Tränen. Sie presste die Lippen aufeinander, konnte sekundenlang nicht antworten. »Während der Notoperation sind Komplikationen aufgetreten, Fenja wurde ins künstliche Koma versetzt. Im Moment kann niemand sagen, ob sie …« Eva brach ab. Sie brachte das Schreckliche nicht über die Lippen und fühlte sich schutzlos, als Adrian sich aus ihrer Umarmung löste.

»Wo ist sie?«, wollte er wissen. »Ich will sie sehen.«

»Sie liegt auf der Intensivstation.«

Mit einem akustischen Signal, das überlaut die nächtliche Stille durchbrach, öffnete sich eine Aufzugtür und ein älteres Paar trat heraus. Die Frau schluchzte leise. Der Mann neben ihr hatte einen Arm um ihre Schultern gelegt.

Das Bild war Eva vertraut, sie hatte es während ihrer Zeit als Krankenhausärztin oft gesehen. Heute spürte sie zum ersten Mal selbst die Verzweiflung eines betroffenen Angehörigen.

Stille senkte sich über die Eingangshalle, nachdem das Paar das Krankenhaus verlassen hatte. Tagsüber herrschte hier rege Betriebsamkeit, jetzt waren sie allein in dem um diese Zeit nur spärlich beleuchteten Raum. Lediglich über dem Tresen zwischen der Treppe und den Aufzügen brannte eine Lampe. Dort saß eine Frau mittleren Alters und schaute neugierig zu ihnen herüber. Sie senkte den Blick, als Eva zu ihr sah.

Dann öffnete sich die Tür des zweiten Aufzugs, und ein Arzt in einem weißen Kittel stieg aus. Dr. Lothar Beck.

Eva kannte ihn gut, sie hatte mit ihm in der Uniklinik zusammengearbeitet, bevor sie die Stelle als Schiffsärztin auf der *MS Kristiana* übernahm. Sie schätzte ihn und seine Arbeit sehr und hatte bereits nach Fenjas Operation mit ihm gesprochen.

Lothar Beck wirkte erschöpft, als er dem Ausgang zustrebte. Doch als er sie und Adrian sah, kam er mit einem müden Lächeln zu ihnen. »Hallo.«

»Hallo«, sagte Eva. »Lothar, das ist mein Mann Adrian.«

Der Arzt reichte Adrian die Hand. »Lothar Beck. Eva und ich waren früher Kollegen. Ich bin der behandelnde Arzt Ihrer Tochter.«

Adrian nickte. Es war ihm anzusehen, dass ihn nur eines interessierte: »Wie geht es Fenja?«

»Ihr Zustand ist stabil, aber unverändert ernst. Wir müssen die nächsten Tage abwarten. Aufgrund ihrer hämodynamischen Instabilität …«

»Adrian ist kein Mediziner«, fiel Eva ihm ins Wort.

»Ja, natürlich. Entschuldigung.« Er suchte Adrians Blick. »Ihrer Tochter musste die Milz entfernt werden. Außerdem hat sie eine Gehirnerschütterung und mehrere gebrochene Rippen. Ich habe Eva alle wichtigen Informationen über die OP gegeben, außerdem hat sie alle Laborberichte gesehen.«

All das hatte er Eva schon vor Stunden mitgeteilt, aber sie war unfähig, wie eine Ärztin zu denken. Sie fühlte ausschließlich wie eine Mutter. Die Angst setzte ihr zu. Sie schwankte kurz, und sofort griff Lothar Beck besorgt nach ihrem Arm. Aber auch Adrian hielt und stützte sie.

»Du musst dich ausruhen«, sagte Lothar Beck mitfühlend.

»Ja.« Sie nickte und atmete tief durch. Ein Blick zu Adrian verriet ihr, dass auch er am Ende seiner Kräfte war.

»Wie ist das passiert?«, fragte er leise.

»Das wissen wir noch nicht.« In Evas Angst mischte sich Wut. »Sie ist gestürzt, nachdem ein Auto ihr Fahrrad gerammt hat. Der Autofahrer hat sie einfach liegen lassen und ist abgehauen«, stieß sie hervor.

Adrians Hände ballten sich zu Fäusten. »Hat die Polizei eine Spur?«

»Keine Ahnung. Mir ging es in den letzten Stunden nur um Fenja.«

»Natürlich.« Er zog Eva für einen tröstenden Moment an sich und ließ sie viel zu schnell wieder los. »Bringst du mich zu ihr?«

Lothar Beck nickte zustimmend, als Eva ihn fragend anschaute, und zog sein Handy aus der Kitteltasche. »Ich sage auf der Station Bescheid, damit sie euch reinlassen.«

Eva hatte Adrian noch nie weinen sehen. Nicht einmal an dem Tag, als sein Vater starb und auf den Lofoten beigesetzt wurde. Doch jetzt, am Bett seiner schwer verletzten Tochter, rollte eine Träne über seine Wange. Seine Hände umklammerten den metallenen Rahmen am Fußende des Bettes.

Eva ahnte, was in ihm vorging. Sie konnte den Anblick auch kaum ertragen. Blutige Schrammen zogen sich durch Fenjas Gesicht und über ihre nackten Arme. Blutergüsse, die blaulila schimmerten. Nur das monotone Piepen des Überwachungsmonitors war zu hören. Die Anzeigen veranschaulichten die Herzfrequenz, den Blutdruck und die Sauerstoffsättigung. Schläuche und Kabel, die mit Fenjas Körper verbunden waren, zeichneten sie auf oder erhielten Funktionen aufrecht. Durch einen Tubus wurde sie beatmet. Eine einzelne Lampe an der Leiste über dem Bett war eingeschaltet. Sie schuf mehr Schatten als Licht.

»Wer hat dir das angetan?«, brach es aus Adrian heraus.

»Sie wird es schaffen«, flüsterte Eva mit bebenden Lippen. »Sie muss es schaffen.« Die Vorstellung, ihr Kind für immer zu verlieren, war unerträglich.

Adrian sprach kein weiteres Wort, bis sie das Krankenhaus verließen. Auch draußen ging er schweigend neben ihr her. In seiner Rechten trug er die Reisetasche, die linke Hand hatte er in der Tasche seiner Jacke vergraben. Er ging direkt neben Eva, und doch schien er weit weg zu sein.

»Mein Wagen steht dahinten.« Sie wies mit dem Finger die Straße entlang.

Adrian blieb stehen. »Ich fahre mit einem Taxi zum Hotel.«

»Du kannst doch bei uns …« Eva brach ab, als Adrian den Kopf schüttelte.

»Bitte, Adrian!« Sie streckte die Hand nach ihm aus. »Lass mich jetzt nicht allein mit der Angst um unsere Tochter.«

Auf seinem Gesicht zeigte sich ein Anflug von Unsicherheit, ihre Worte berührten ihn offenbar. Eva sprach hastig weiter: »In den letzten Wochen auf der *MS Kristiana* hat sich doch gezeigt, dass wir ganz gut miteinander auskommen. Und ich fände es schön, wenn wir in den nächsten Tagen zusammen zu Fenja fahren.«

Er ließ sich Zeit mit der Antwort, stimmte aber schließlich zu.

Nach wenigen Minuten erreichten sie Evas Wagen. Adrian stellte seine Reisetasche in den Kofferraum und nahm auf dem Beifahrersitz Platz.

Früher hatte Adrian sie an seinen Gedanken und Gefühlen teilhaben lassen, aber obwohl Eva die Stille zwischen ihnen jetzt als bedrückend empfand, versuchte sie nicht, sie durch belanglose Worte zu brechen. Sie ließ Adrian während der gesamten Fahrt von Eilbek nach Blankenese in Ruhe.

Die Villa ihres Vaters auf dem Süllberg, in der sie zusammen mit Fenja seit der Trennung von Adrian lebte, war hell erleuchtet, doch als sie die Eingangshalle betraten, war niemand zu sehen.

»Du kannst das Gästezimmer neben der Bibliothek haben«, sagte Eva. »Du kennst dich ja aus.«

Adrian ging in Richtung der breiten Treppe, die sich in einem Bogen nach oben schwang.

»Möchtest du noch etwas trinken?«, fragte Eva hastig. »Oder hast du Hunger?«

»Nein, danke.« Er wünschte ihr eine gute Nacht, dann ging er nach oben.

Eva schaute ihm nach, aber er drehte sich nicht noch einmal um. Sie würde ohnehin nicht schlafen können, also ging sie in die Küche und setzte Teewasser auf. Aufgewühlt trat sie an das Fenster. Im Licht der Morgendämmerung konnte sie die Elbe sehen. Ein Schiff zog vorbei, groß und weiß wie die *MS Kristiana.*

Eva dachte an die letzten Wochen. Sie hatte die Stelle als Ärztin auf dem Kreuzfahrtschiff vor allem deshalb angenommen, weil sie um ihre Ehe kämpfen wollte. Schließlich war Adrian der Kapitän, und es hätte keine bessere Möglichkeit gegeben, ihn täglich zu sehen und ihm nahe zu sein.

Gesehen hatte sie ihn jeden Tag, die Nähe zwischen ihnen aber war verschwunden. Zu viel stand zwischen ihnen: Evas Lügen, ihre kurze Affäre mit Magnus und das Kind, das nicht zur Welt hatte kommen dürfen. Doch damit nicht genug, denn auf der *MS Kristiana* war etwas passiert, womit Eva nie gerechnet hätte: Eine andere Frau war in Adrians Leben getreten!

Sie spürte wieder diesen Druck in ihrem Bauch, als sie an Jasmin Andres dachte. Eine unsägliche Mischung aus der Angst, Adrian endgültig zu verlieren, und dem Gefühl der Unzulänglichkeit. Es war offensichtlich, dass Adrian sich nicht nur aus beruflichen Gründen für die Hotelmanagerin auf der *MS Kristiana* interessierte. Dass die beiden sich näher waren, als Eva ohnehin schon befürchtet hatte, war ihr bei einem Halt auf den Lofoten klar geworden, als sie zusammen mit Fenja das Elternhaus ihres Mannes betreten und ihn dort zusammen mit Jasmin Andres angetroffen hatte. Eva hegte keinerlei Zweifel daran, dass die beiden die Nacht miteinander verbringen wollten. Sie hatte gleichermaßen Wut und Schmerz empfunden – so wie immer, wenn sie an Adrian und Jasmin dachte.

»Ich werde nicht zulassen, dass sie ihn mir wegnimmt«, flüsterte sie.

»Redest du mit dir selbst?«

Eva fuhr herum. Fiona Steidl stand in einem dünnen Negligé an der Tür. Ihre langen roten Haare fielen offen über ihre Schultern.

»Da kocht was.« Fiona schien keine Antwort auf ihre Frage zu erwarten und wies auf den Wasserkocher.

Eva konnte die Geliebte ihres Vaters nicht leiden und war überzeugt, dass Fiona wegen seines Vermögens, vor allem aber wegen seiner Beziehungen das Bett mit Clemens teilte. Immerhin verdankte sie ihm einige Fernsehauftritte und Moderationsaufträge.

Fiona gähnte laut. »Wenn du Kaffee kochst, hätte ich auch gerne eine Tasse.«

»Koch dir deinen Kaffee gefälligst selbst«, erwiderte Eva unfreundlich und ging an ihr vorbei aus der Küche. Sie hörte Fiona etwas Unverständliches murmeln, während sie die Treppe hinaufstieg und in ihr Zimmer ging.

Mitten im Raum blieb sie stehen. Sie fühlte sich unsagbar einsam. Da war die Angst um ihr Kind, dazu noch die unerfüllte Liebe zu dem Mann, der in dem Zimmer am Ende des Ganges schlief. Er war so nah – und doch so weit von ihr entfernt. Das Gefühl wurde immer stärker und schließlich so übermächtig, dass Eva es nicht mehr aushielt. Fluchtartig verließ sie ihr Zimmer und eilte zum Gästezimmer am Ende des Ganges. Sie hob die Hand, klopfte leise.

Alles blieb still. Vorsichtig drückte Eva die Klinke nach unten und öffnete die Tür.

Die Vorhänge an den Fenstern waren nicht zugezogen, und so konnte sie im aufziehenden Licht der Morgendämmerung Umrisse erkennen. Auf einem Stuhl neben dem Kleiderschrank stand Adrians Reisetasche. Adrian lag auf dem breiten Doppelbett auf der gegenüberliegenden Seite mit dem Rücken zu ihr.

»Schläfst du?«, flüsterte sie.

»Nein.« Adrian richtete sich auf. »Ich kann nicht schlafen.«

Eva schloss die Tür und trat an sein Bett. »Das geht mir genauso.« Sie setzte sich auf die Bettkante, wollte ihm so nah wie möglich sein.

»Ich muss die ganze Zeit an Fenja denken«, sagte Adrian bedrückt.

Sofort empfand Eva ein schlechtes Gewissen, weil sie in den letzten Minuten keineswegs nur an Fenja, sondern an sich selbst und Adrian gedacht hatte. Sie senkte den Kopf.

»Komm her!« Er streckte die Arme nach ihr aus und zog sie an sich.

Eva wusste genau, dass es nicht mehr als eine tröstende Geste war, doch sie genoss es, in seinen Armen zu liegen. Es fiel ihr in diesem Moment nicht schwer, seinen Worten zu glauben: »Alles wird gut!«

Als sie zwei Stunden später gemeinsam ins Erdgeschoss traten, saßen Clemens und Fiona bereits am gedeckten Frühstückstisch.

Clemens stand auf und reichte seinem Schwiegersohn die Hand. Dann nahm er Eva kurz in die Arme. »Wie geht es Fenja?« In seinem Blick lag Sorge.

»Ich habe eben im Krankenhaus angerufen. Sie ist so stabil, dass die Ärzte heute schon die Aufwachphase einleiten wollen«, erwiderte Eva. »Ich fahre sofort nach dem Frühstück zu ihr.«

»Ich komme mit«, sagte Adrian.

»Ich wollte eigentlich ein paar Dinge mit dir besprechen«, wandte Clemens ein.

»Im Moment ist mir nichts wichtiger als mein Kind«, wies Adrian seinen Schwiegervater zurecht.

Clemens hob beschwichtigend die Hände. »Natürlich! Genau darum geht es ja. Ich halte es für besser, wenn du vorerst in Hamburg bleibst, deshalb wollte ich mit dir besprechen, wen ich als Ersatz für dich auf die *MS Kristiana* entsenden soll. Natürlich erstmal nur für die Fahrt von Bergen nach Sydney.«

Adrian lächelte ironisch. »Ich bin sicher, du hast längst eine Entscheidung getroffen.«

Clemens lächelte knapp zur Antwort. »Aber da ist noch etwas.« Er ließ seinen Blick zwischen Adrian und Eva hin- und herwandern. »Es geht um Veit Uthoff.«

Adrians Gesicht verschloss sich augenblicklich. »Was gibt es da noch zu besprechen? Der Mann gehört ins Gefängnis.«

Eva sagte nichts dazu. Sie kannte Veit seit ihrer Kindheit und konnte sich immer noch nicht wirklich vorstellen, dass er als Kapitän auf seinem Schiff junge Mitarbeiterinnen belästigt und unter Druck gesetzt haben sollte. Andererseits hatte Fenja ihn dabei beobachtet, und für Eva gab es keinen Grund, an der Aussage ihrer Tochter zu zweifeln.

»Ich bin seit vielen Jahren mit Veit befreundet.« Clemens' Stimme klang ruhig, auch seine Miene war unbewegt, doch Eva kannte ihren Vater gut genug, um zu wissen, dass es in ihm anders aussah. Das verriet die Ader an seiner Schläfe, die jetzt ein wenig vortrat. Ein deutliches Zeichen dafür, dass er verärgert war.

»Nach allem, was du weißt, hältst du an dieser Freundschaft fest?« Anders als sein Schwiegervater zeigte Adrian seinen Ärger. Seine Stimme wurde laut. »Reicht dir nicht, was du von deinen Mitarbeiterinnen erfahren hast?«

»Ich will erst hören, was Veit dazu sagt«, erwiderte Clemens. »Zumindest das bin ich ihm schuldig. Ich bin nicht nur sein Chef, wir sind auch seit Jahren miteinander befreundet!«

Adrian wirkte fassungslos. »Clemens, deine eigene Enkelin wird gegen Veit Uthoff aussagen! Außerdem eine junge Frau aus der Besatzung der *MS Kristiana*, die vorher mit diesem Mistkerl unangenehme Erfahrungen gemacht hat – und zu allem Übel wurde ihr auch noch mit Kündigung gedroht! Ich finde es unglaublich, dass du dich jetzt noch hinter Veit Uthoff stellst.«

Eva legte beschwichtigend eine Hand auf Adrians Arm. »Papa hat doch nur gesagt, dass er Veit Uthoff anhören will«, sagte sie, doch ihre Worte erzielten bei ihrem Mann keineswegs die erhoffte Wirkung. In seinem Blick lag unverhohlene Wut.

Erschrocken zog Eva ihre Hand zurück.

»Ich fahre jetzt direkt zu Fenja«, sagte er.

»Lass uns doch erst frühstücken …«, bat sie, doch Adrian fiel ihr ins Wort.

»Mir ist der Appetit vergangen. Wir sehen uns im Krankenhaus.« Damit drehte er sich um und verließ das Zimmer.

Unschlüssig schaute Eva ihm nach. Sollte sie ihm folgen?

»Setz dich!«, befahl Clemens, während er selbst wieder am Kopfende des Tisches Platz nahm.

Wie üblich machte Eva genau das, was ihr Vater von ihr verlangte. Obwohl sie sich deshalb über sich selbst ärgerte, nahm sie am Tisch Platz.

Fiona Steidl saß ihr gegenüber. Sie hatte bisher kein Wort gesagt, doch als sie sich anschauten, lächelte sie.

Eva gab den Blick hochmütig zurück, dann konzentrierte sie sich auf ihr Frühstück. Der Appetit war auch ihr vergangen, trotzdem griff sie nach einem Croissant. Sie brach ein Stück davon ab und kaute lustlos darauf herum.

Karin Bertram, die Haushälterin ihres Vaters, trat an den Tisch. Sie begrüßte Eva mit einem freundlichen Lächeln und erkundigte sich nach Fenja.

»Ich fahre gleich zu ihr.« Die Worte sollten vor allem ihrem Vater klarmachen, dass sie nicht die Absicht hegte, lange am Frühstückstisch sitzen zu bleiben.

»Das hat sie dich nicht gefragt«, sagte Fiona mit einem provozierenden Lächeln.

Karin Bertram ignorierte Fiona. »Ich drücke beide Daumen, dass es ihr bald wieder besser geht«, sagte sie zu Eva. »Sobald Fenja wieder wach ist und Appetit hat, backe ich ihre Lieblingswaffeln und bringe sie ihr ins Krankenhaus.«

»Darüber wird sie sich bestimmt freuen.« Eva lächelte der Haushälterin zu.

»Natürlich wird sie sich freuen, bei dem schlechten Essen, das in den meisten Krankenhäusern serviert wird«, meldete sich Fiona wieder zu Wort.

Karin und Eva warfen sich einen kurzen Blick zu. Eva war sicher, dass Karin die derzeitige Geliebte ihres Vaters auch nicht mochte. Sie ließ sich allerdings nie etwas anmerken und blieb stets freundlich. Sie reagierte nur, wenn Fiona sie direkt ansprach, und dann auch nur mit dienstbeflissener Höflichkeit.

Eva bemerkte, dass ihr Vater sie mit gerunzelter Stirn beobachtete. Er griff kurz nach Fionas Hand. Die Geste war nicht nur liebevoll, sondern auch eine Warnung und zeigte deutlich, dass er sich jederzeit schützend vor seine Geliebte stellen würde.

Eva füllte viel Milch in den Kaffee, damit er schneller abkühlte und sie die Tasse in einem Zug austrinken konnte. Dann erhob sie sich. »Entschuldigt mich bitte«, sagte sie bemüht freundlich. »Aber ich will dabei sein, wenn Fenja aus dem Koma erwacht.« Sie verschwieg, dass es sich dabei womöglich um einen langen Prozess handeln konnte. Die Medikamente, die Fenja in diesem Zustand hielten, wurden nur langsam reduziert.

»Ruf mich bitte an, wenn es etwas Neues gibt«, bat Clemens.

Damit du bloß nicht selbst ins Krankenhaus fahren musst, dachte Eva bitter.

Er war dabei gewesen, als die beiden Polizisten ihr gestern die Nachricht vom Unfall ihrer Tochter überbracht hatten – und dann hatte er sie allein gelassen, so wie immer. Er hatte sie weder ins Krankenhaus begleitet, um ihr während der stundenlangen Wartezeit vor dem Operationssaal beizustehen, noch hatte er in der vergangenen Nacht auf sie und Adrian gewartet.

Er hat ein Flugzeug für Adrian gechartert!

Dafür war sie ihm dankbar, aber dennoch blieb ein bitteres Gefühl. Es war typisch für Clemens, die Dinge finanziell zu regeln, aber gestern hätte sie einen Vater an ihrer Seite gebraucht.

Wenn es Kristiana gewesen wäre …

Der Gedanke erfüllte Eva mit dem altbekannten Schmerz. Und mit dem Wissen, dass ihre Halbschwester die Tochter war, die ihr Vater wirklich liebte. Deshalb hatte er das neue und hochmoderne Schiff seiner Reederei auch nach seiner jüngsten Tochter benannt.

MS Kristiana!

Es gab in der ganzen Flotte ihres Vaters keine *MS Eva*. Deutlicher konnte er nicht zeigen, welche seiner Töchter ihm wichtiger war. Auch wenn er nie über Kristiana sprach, so wusste Eva doch, dass er ständig an sie dachte. Das Foto ihrer Halbschwester stand auf seinem Schreibtisch, genau vor dem Foto, das Eva zusammen mit ihrer Tochter Fenja zeigte. Clemens Tychsen hatte sogar ein Gemälde anfertigen lassen, das Kristiana zeigte. Er musste von seinem Schreibtisch nur den Kopf heben, um einen Blick darauf zu werfen.

Ob ihm überhaupt bewusst ist, wie weh mir das tut? Denkt er jemals darüber nach? Oder ist es ihm einfach egal?

Eva erinnerte sich noch gut an die Verzweiflung ihres Vaters, als Kristiana vor zehn Jahren verschwand. Das war das erste und einzige Mal, dass Eva ihren Vater hatte weinen sehen …

»Ist noch etwas?« Die Stimme ihres Vaters schreckte Eva aus ihren Gedanken. Er schaute sie mit gerunzelter Stirn an.

Fiona hingegen musterte sie aufmerksam, während sie einen Apfel aß, den sie in mundgerechte Stücke geschnitten hatte.

»Ja, da ist noch eine ganze Menge!«, hätte sie ihm am liebsten entgegengeschleudert und ihm danach endlich gesagt, was sie schon seit ihrer Kindheit quälte. Aber sie schwieg. Nicht nur Fionas Anwesenheit hielt sie davon ab. Tief in ihr blieb immer die Sehnsucht, doch noch die Anerkennung und Liebe ihres Vaters zu gewinnen.

»Nein.« Sie wandte sich um und verließ den Raum.

Adrian saß neben Fenjas Bett, als Eva das Zimmer auf der Intensivstation betrat. Er hob den Kopf und nickte ihr zu, dann schaute er wieder auf das blasse Gesicht seiner Tochter. Mit dem Daumen streichelte er über Fenjas Handrücken.

Eva kontrollierte die Anzeigen auf dem Monitor neben dem

Bett und die Infusion, die durch den dünnen Schlauch in Fenjas Vene lief. Ihre Kollegen hatten die Aufwachphase noch nicht eingeleitet.

Adrian stand auf, um einen weiteren Stuhl für sie zu holen. Bei seiner Rückkehr war Lothar Beck in seiner Begleitung.

»Schön, dich zu sehen.« Der Arzt lächelte ihr herzlich zu. »Fenja ist so stabil, dass wir die Sedierung jetzt unterbrechen, um ihren Status zu überprüfen. Wenn die Vitalwerte zufriedenstellend ausfallen, beginnen wir mit der Aufwachphase.«

»Was genau bedeutet das?« Adrian klang beunruhigt. »Was passiert, wenn ihre Vitalwerte nicht in Ordnung sind?«

»Das ist das ganz normale Prozedere«, erklärte Eva, die heute froh war, sich in ihre medizinische Kompetenz retten zu können. »Es handelt sich um ein sogenanntes neurologisches Fenster. Wenn man währenddessen feststellt, dass es noch zu früh ist, gibt man wieder mehr Narkotika, und das künstliche Koma wird fortgeführt.«

Eine Krankenschwester betrat das Zimmer, um dem Arzt zu assistieren. Die Dosis des Narkosemittels wurde reduziert, der Tubus entfernt.

Eva beobachtete aufmerksam die Reaktion ihrer Tochter. Sie erinnerte sich an die Worte, die sie selbst in solchen Fällen immer zu den Angehörigen gesagt hatte. Jetzt empfand sie sie als hohle Phrasen und wünschte sich, sie hätte mehr Sensibilität gezeigt.

Fenja atmete selbstständig, aber sie wachte noch nicht auf.

Adrian war unruhig, und Eva umfasste seinen Arm. »Es ist alles in Ordnung«, versicherte sie.

»Wie lange dauert es, bis sie aufwacht?«

»Nicht mehr sehr lange.« Dr. Beck wies auf Fenjas Finger, die sich leicht bewegten.

»Fenja.« Eva beugte sich über ihre Tochter und strich sanft über die Wange des Mädchens. »Papa ist auch da.«

Fenjas Augenlider flatterten leicht.

»Sieh mich an«, bat Adrian und griff nach ihrer Hand.

Es dauerte noch eine Weile, bis Fenja wirklich die Augen öffnete. Zuerst starrte sie an die Decke, schien nichts wahrzunehmen. Doch dann schaute sie zuerst Adrian und anschließend Eva an. Sie lächelte kurz und schloss die Augen wieder.

»Fenja ist auf einem guten Weg«, stellte Dr. Beck fest. Er wandte sich an die Krankenschwester und gab Anweisungen für die Medikation in den nächsten Stunden. Dann verließen die beiden zusammen das Krankenzimmer.

Eva wischte sich die Tränen von den Wangen. »Jetzt wird alles wieder gut«, sagte sie sanft zu Adrian.

»Ja.« Mehr sagte er nicht.

Eva sah ihm an, dass er mit der eigenen Rührung kämpfte.

Sie fasste sich ein Herz. »Lass uns bitte nicht sofort wieder allein«, bat sie.

Diesmal lächelte er. »Du hast deinen Vater doch gehört. Er hat bereits einen Ersatz für mich gefunden, der die *MS Kristiana* nach Australien bringt. Ich bleibe auf jeden Fall hier, bis Fenja das Krankenhaus verlässt.«

»Danke.« Am liebsten hätte Eva ihn umarmt und geküsst, aber das wagte sie nicht. Noch nicht!

In den nächsten Stunden wurde Fenja wacher. Immer wieder schlug sie die Augen auf, jedes Mal für einen zunehmend längeren Zeitraum.

Eva war zutiefst erleichtert, als sie auf Ansprache reagierte und schließlich auch die von Dr. Beck durchgeführte erste neurologische Untersuchung keine Auffälligkeiten zeigte. An den Unfall konnte Fenja sich allerdings nicht erinnern.

»Streng dich nicht an«, sagte Eva. »Die Erinnerung kommt dadurch nicht schneller zurück.«

»Und wenn sie nie zurückkommt?« Fenja schaute sie verzweifelt an.

»Dann ist das eben so«, sagte Adrian. »Wir sollten alle froh sein, dass du wieder gesund wirst. Alles andere ist nicht wichtig.«

Fenja schien nicht überzeugt, ließ das Thema aber auf sich beruhen. Sie schmiegte ihre Hand in Adrians. »Ich bin froh, dass du da bist.«

Ich auch, dachte Eva. *Es fühlt sich so an, als wären wir als Familie endlich wieder auf einem guten Weg.*

Drei Tage später besuchte Eva ihre Tochter wie jeden Vormittag im Krankenhaus.

Adrian war am Morgen von Clemens in die Reederei bestellt worden, er würde später nachkommen. Nun, da Fenja auf dem Weg der Besserung war, erwartete Clemens, dass Adrian doch zurück nach Bergen fuhr und die *MS Kristiana* zum nächsten Einsatzort nach Sydney steuerte. Wahrscheinlich versuchte er gerade, Adrian zu überreden.

Bitte, Adrian, flehte Eva in Gedanken, *lass dich nicht darauf ein. Fenja und ich, wir brauchen dich hier!*

Zum wiederholten Male bereute sie, dass sie das Haus, in dem sie vor ihrer Trennung als Familie gelebt hatten, vermietet hatte. Es tat weder ihr noch Adrian gut, dass sie ständig Clemens' Einfluss ausgesetzt waren.

Nachdenklich betrat sie die Eingangshalle. Sie bemerkte Lothar Beck erst, als er unmittelbar vor ihr stand, und brachte ein erzwungenes Lächeln zustande. »Lothar.«

Er legte seine Hand auf ihre Schulter. »Du siehst blass aus.«

»Die Angst um Fenja …« Sie brach ab. »Aber jetzt geht es aufwärts.«

»Es ist erstaunlich, wie schnell sie sich erholt. Sie muss nicht länger auf der Intensivstation bleiben. Wir verlegen sie heute auf die Chirurgie«, bestätigte Lothar. Sein Blick war eindringlich. »Ist sonst alles in Ordnung mit dir? Ich war ziemlich überrascht, als ich hörte, dass du nicht mehr in der Uniklinik arbeitest.«

Zum ersten Mal seit Fenjas Unfall unterhielten sie sich auf einer persönlichen Ebene.

»Du weißt doch, was vorgefallen ist. Der Tod des Patienten, die Verleumdungskampagne, der ganze Dreck und die Lügen …« Sie hielt inne, weil das nur ein Teil der Wahrheit war. Der Teil, den Lothar kannte. Und das war nur der Beginn der Geschichte gewesen, die letztendlich zur Trennung zwischen Adrian und ihr geführt hatte.

Eva war nach dem Tod eines Patienten suspendiert worden, weil der Kollege, der den Fehler gemacht hatte, stattdessen sie bezichtigt hatte, um seine eigene Karriere zu retten. Seine falschen Behauptungen wurden durch die Aussagen einer Krankenschwester gestützt.

Eva war zutiefst verzweifelt gewesen und hatte sich sehr allein gefühlt in dieser Zeit. Adrian war damals für Clemens' Flotte gefahren und irgendwo auf einem Kreuzfahrtschiff in der Südsee unterwegs. Auch ihr Vater war ihr keine große Stütze gewesen, er hatte lediglich Sorge gehabt, dass die Schlagzeilen über seine Tochter auch der Reederei schaden könnten.

Dann war da Magnus gewesen. An den schrecklichen Tagen, aber noch mehr in den einsamen Nächten. Sie hatte sich wie eine Verzweifelte an ihn geklammert und Trost bei ihm gesucht. Aber selbst das endete in einem Desaster, als sie feststellte, dass ihre kurze Affäre nicht ohne Folgen geblieben war.

Dass sie ausgerechnet von Magnus schwanger geworden war, obwohl sie und Adrian sich ein weiteres Kind gewünscht hatten, war für Eva ebenso schlimm wie die furchtbaren Ereignisse, die zu ihrem Seitensprung geführt hatten. Dieses Kind durfte das Licht der Welt nicht erblicken. Sie wollte es nicht haben.

Durch einen perfiden Zufall erfuhr Adrian kurz nach seiner Heimkehr von ihrem Schwangerschaftsabbruch. Bis heute glaubte er, es sei sein Kind gewesen, und Eva ließ ihn in dem Glauben. Wenn er erfuhr, dass sie ihn betrogen hatte, würde sie ihn endgültig verlieren. Sie konnte nur hoffen, dass er ihr den Abbruch irgendwann verzeihen würde.

»Eva!« Lothars Stimme durchdrang ihre Gedanken. »Ist alles in Ordnung?«

»Entschuldigung.« Sie zwang sich zu einem Lächeln. »Ich war in Gedanken versunken.«

»Und es waren ganz offensichtlich keine angenehmen Gedanken«, stellte er fest.

»Nein.« Mehr gab es dazu nicht zu sagen.

»Es ist alles vorbei, deine Unschuld wurde bewiesen.«

»Das verdanke ich allein dir«, erwiderte sie leise. Während ihrer Suspendierung hatte Lothar Beck angefangen nachzuforschen und schließlich von der beteiligten Krankenschwester die Wahrheit erfahren.

»Wenn du nicht aufgedeckt hättest, dass Kollege Gödde die Berichte gefälscht hat …« Sie brach ab und atmete tief durch. »Dafür werde ich dir ewig dankbar sein. Du hast die Wahrheit ans Licht gebracht«, sagte sie. »Aber mein Ruf war danach allein durch den Verdacht angekratzt, und damit hatte ich keine Aufstiegschancen mehr. Einige Kollegen haben sich von mir abgewandt.« Sie stieß einen Seufzer aus. »Und dann hast du dort auch noch aufgehört und bist hierher gewechselt.« Eva starrte sekundenlang vor sich hin. »Selbst mein Privatleben wurde dadurch massiv beeinträchtigt. Ich konnte da einfach nicht bleiben.«

Und ich wollte meinen Mann zurückgewinnen, dachte sie. *Wegen ihm habe ich meine Stelle in der Uniklinik aufgegeben. Weil ich hoffte, dass die räumliche Nähe auch uns wieder näher zusammenbringt.*

Sie hatte gerne mit Lothar Beck gearbeitet, aber so vertraut war er ihr nie gewesen, dass sie ihm all das jetzt sagen konnte.

»Und auf dem Schiff fühlst du dich wohl? Ich kann mir irgendwie nicht vorstellen, dass dir das reicht. Eine so engagierte und ambitionierte Ärztin wie du gibt sich mit der Behandlung von seekranken Touristen zufrieden?«, hakte Lothar nach.

Nein!, schrie alles in ihr, doch sie nickte. »Ja. Ich bin mit meinem Mann zusammen. Und so langweilig ist die Arbeit nicht«, log sie. »Im Moment ist alles gut, so wie es ist.«

Lothar verzog das Gesicht, als sich ausgerechnet in diesem Moment sein Piepser meldete. Er zog ihn aus der Kitteltasche, warf einen kurzen Blick auf das Display und hatte es plötzlich sehr eilig. »Ich muss los. Ich würde mich freuen, wenn wir unsere Unterhaltung fortsetzen könnten. Vielleicht bei einer Tasse Kaffee?«

»Das wäre schön.« Eva war nicht sicher, ob ihre Antwort überzeugend klang. Sie mochte Lothar Beck, aber die Begegnung mit ihm hatte sie angestrengt. Der Rückblick in die dunklen Stunden ihres Lebens ebenso wie der Versuch, so zu tun, als wäre alles in ihrem Leben perfekt.

Lothar eilte den Gang hinunter. Eva sah ihm nach und ertappte sich bei dem Wunsch, dass sie genau so auch wieder arbeiten wollte.

Sie war zu aufgewühlt, um sofort zu ihrer Tochter zu gehen, und beschloss, eine Runde durch den Krankenhauspark zu spazieren, um die Gedanken an die Vergangenheit abzuschütteln und sich auf das zu konzentrieren, was vor ihr lag. Unmittelbar kehrten ihre Gedanken wieder zu Adrian zurück und dem Wunsch, er möge in den nächsten Tagen nicht nach Bergen aufbrechen.

Als Eva eine halbe Stunde später das Zimmer ihrer Tochter betrat, saß Adrian auf der Bettkante und hielt Fenjas Hand. Eva freute sich. »So früh habe ich gar nicht mit dir gerechnet.«

Seine Miene war undurchdringlich, als er antwortete: »Die Unterredung mit deinem Vater war schnell vorbei. Wir fliegen Mitte September nach Sydney. Die *MS Kristiana* geht dort ab dem neunzehnten auf Fahrt.«

Wir!

Wie kraftvoll die Bedeutung eines so kleinen Wortes doch sein konnte.

»Und was ist mit mir?« Fenja hatte die Arme vor der Brust verschränkt und blickte ihre Eltern ärgerlich an.

»Bisher war es doch okay für dich, bei Opa zu bleiben«, entgegnete Eva überrascht.

»Opa und Karin sind okay, die lassen mich in Ruhe. Aber ich kann die blöde Fiona nicht leiden.« Fenja schmollte.

»Darüber würde ich mir keine Gedanken machen«, erwiderte Eva. »Es ist nur eine Frage der Zeit, bis sie wieder weg ist.«

»Da bin ich mir nicht sicher«, widersprach Fenja. »Bisher hat keine Frau so lange bei Opa gewohnt.«

»Das stimmt.« Eva zuckte hilflos die Schultern. »Als Alternative fällt mir nur ein Internat ein.«

Fenja hob abwehrend beide Hände. »Da bleibe ich lieber bei Opa.« Sie schwieg einen Moment. »Aber noch lieber wäre es mir, wenn du in Hamburg bleiben würdest und wir wieder in unser eigenes Zuhause zurückziehen könnten.«

Sobald zwischen mir und deinem Vater wieder alles in Ordnung ist, antwortete Eva in Gedanken.

»Aber ich finde es gut, dass du mit Papa auf dem Schiff fährst«, ergänzte Fenja, was deutlich zeigte, wie sehr auch sie sich wünschte, dass ihre Eltern wieder zusammenkamen.

Eva schaute zu Adrian, aber der erwiderte ihren Blick nicht.

»Ich brauche übrigens ein neues Handy«, sagte Fenja. »Mein altes hat den Unfall nicht überlebt.«

»Das ist natürlich tragisch«, erwiderte Adrian trocken.

Fenja grinste. »Nicht wirklich. Es wäre schon lange ein neues fällig gewesen.«

Adrian runzelte die Stirn. »Das hast du doch erst vor einem Jahr bekommen.«

Fenja grinste wieder. »Ja, uralt. Sag ich doch.« Dann änderte sich ihr Tonfall, als sie hinzufügte: »Ich brauche dringend ein neues Handy, Papa. Wie soll ich sonst Kontakt zu meinen Freunden halten?«

Adrian wies auf das Telefon neben ihrem Bett. »Ruf sie an.«

Fenja schnappte entsetzt nach Luft. »Damit komme ich doch nicht ins Internet. Wirklich, Papa, du hast keine Ahnung! Ich brauche ein Handy, das ist lebensnotwendig. Kaufst du mir ein neues? Am besten heute noch?«

In diesem Augenblick klingelte Adrians Telefon. Nach einem kurzen Blick auf das Display seufzte er tief auf und reichte es an Fenja weiter. »Sag deinem Großvater, ich hätte dir mein Handy geliehen und wäre bereits weg.«

Fenja starrte ihn mit großen Augen an. »Ich soll für dich lügen? Was bekomme ich denn dafür?«

»Ein neues Smartphone.« Um Adrians Lippen zuckte es verdächtig.

Fenja nahm das Gespräch an. »Hallo, Opa …« Kurz lauschte sie. »Nein, Papa ist nicht da«, sie zwinkerte Adrian fröhlich zu. »Er hat mir sein Handy geliehen, weil meins bei dem Unfall kaputtgegangen ist. Er ist unterwegs und kauft mir ein neues.« Mit einem durchdringenden Blick auf ihren Vater fügte sie gleich das Modell hinzu, das sie sich wünschte.

Als sie kurz darauf das Gespräch beendete, seufzte Adrian erneut tief auf. »Das hast du ja ganz raffiniert eingefädelt.«

Fenja lachte. Eva und Adrian schauten sich an, mussten ebenfalls lachen.

»Das ist fast so wie früher«, sagte Fenja plötzlich. »Als wären wir wieder eine ganz normale Familie.«

Adrians Lachen brach ab. Er lächelte noch, aber es wirkte gezwungen, dann erhob er sich.

»Gehst du schon?«, fragte Fenja enttäuscht.

»Ich habe einen Sonderauftrag.« Er beugte sich zu Fenja hinab und schloss sie kurz in die Arme. »Ich muss ein neues Smartphone für meine Tochter kaufen.«

Sofort strahlte Fenja wieder und nannte vorsichtshalber noch einmal das gewünschte Modell.

»Alles klar. Das habe ich hier notiert.« Adrian tippte gegen seine Stirn. Bevor er ging, verriet er Fenja noch die PIN, mit der sie sein Handy entsperren konnte.

Am nächsten Tag musste Eva wieder allein ins Krankenhaus fahren. Ingenieure der Werft, in der die *MS Kristiana* gebaut worden war, hatten sich zu einem Besuch in der Tychsen-Reederei angemeldet und wollten Adrians Erfahrungen mit dem Schiff hören.

»Sag Fenja, dass ich sie heute Abend besuche«, sagte Adrian vor seinem Aufbruch und reichte Eva ein Päckchen. »Und gib ihr das.«

»Ist das ihr neues Handy?«

Adrian nickte schmunzelnd. »Genau das Modell, das sie sich gewünscht hat.«

»Sie hat es verdient«, sagte Eva leise. Sie wussten beide, dass sie damit nicht nur Fenjas Unfall meinte, sondern auch den verzweifelten Wunsch des Mädchens nach einer intakten Familie. Doch Adrian ging nicht darauf ein und verabschiedete sich.

Fenja schrie vor Freude auf, als Eva ihr das Geschenk überreichte. »Sag Papa vielen Dank.« Andächtig hielt sie das Telefon in den Händen.

»Sag es ihm selbst, er besucht dich später.«

Fenja schaute ihre Mutter sinnend an. »Dann kannst du doch eigentlich zusammen mit ihm noch einmal zu mir kommen.«

Eva schmunzelte. »Gibst du mir diplomatisch zu verstehen, dass ich dich jetzt lieber in Ruhe lassen soll?«

Grinsend hielt Fenja ihr neues Smartphone in die Höhe.

»Ich verstehe«, sagte Eva. »Du hast jetzt etwas Besseres zu tun, als dich mit mir zu unterhalten.«

»Bist du jetzt sauer?«, fragte Fenja zerknirscht.

Eva winkte lachend ab. »Nein, natürlich nicht. Ich komme dann heute Abend noch einmal mit Papa.«

»Gibst du ihm das hier?« Fenja reichte ihr Adrians Handy. »Sag ihm vielen Dank. Und dass ich nicht darin herumgeschnüffelt habe.«

»Das wird ihn freuen«, erwiderte Eva trocken.

Fenja winkte ab. »Ist sowieso alles nur langweiliger Schiffskram.«

Eva schmunzelte. »Woher weißt du das, wenn du nicht herumgeschnüffelt hast?«

Fenja zuckte mit den Schultern, gab jedoch schließlich zu: »Okay, ein bisschen habe ich doch nachgeschaut, aber da war nix Spannendes.«

»Okay.« Eva nickte. »Ich gebe es Papa, begnüge mich aber mit einem einfachen Dankeschön.« Sie verabschiedete sich mit einer Umarmung von ihrer Tochter und verließ das Krankenzimmer.

Wenige Minuten später saß sie in ihrem Wagen. Sie wollte gerade den Motor starten, als Adrians Handy klingelte. Auf dem Display leuchtete der Name »*Jasmin*« auf.

Eva spürte, wie sich alles in ihr verkrampfte. Sie starrte auf den Namen, bis das Klingeln nach einer Weile verstummte. Dann ploppte die Mitteilung auf, dass sich auf der Mailbox eine Nachricht befand.

Nein, ich werde diese Nachricht nicht abhören!

Eva ballte die Hände zu Fäusten. Sie spürte ihren raschen Herzschlag, in ihrem Kopf rauschte es. Adrian hatte Fenja die PIN gestern mitgeteilt, und Eva hatte sie nicht vergessen.

Und dann, ohne weiter nachzudenken, tippte sie die Ziffern ein und hörte die Mailbox ab.

»Hallo, Adrian«, vernahm sie Jasmins Stimme. »Ich wollte nachfragen, wie es deiner Tochter geht.« Darauf folgte eine kurze Pause, bevor Jasmin mit weicher Stimme fortfuhr: »Ich würde mich freuen, deine Stimme zu hören. Den Wein … unseren Wein verwahre ich gut auf. Ich freue mich darauf, ihn gemeinsam mit dir zu trinken.«

Eva lehnte sich zurück und schloss die Augen. Alle ihre Träume, Hoffnungen, Visionen einer glücklichen Zukunft stürzten wie ein Kartenhaus in sich zusammen. Ja, sie hatte gewusst, dass es Jasmin Andres im Hintergrund immer noch gab, aber dieser Anruf rückte sie deutlich in den Vordergrund. Der vertrauliche Klang ihrer Stimme verriet, dass bereits deutlich mehr zwischen ihr und Adrian stattfand, als sie, Eva, befürchtet hatte.

Sie stieß ein bitteres Lachen aus und öffnete die Augen. *Wie naiv bist du eigentlich?*, fragte sie sich selbst. *Du hast es geahnt, die ganze Zeit schon, und spätestens in Svolvær wurde diese Ahnung zur Gewissheit …*

Wütend starrte sie auf das Handy. Sie wollte Adrian nicht aufgeben. Sie wollte ihn nicht an diese andere Frau verlieren. Solange es noch einen Funken Hoffnung gab, und die letzten Tage hatten ihr oft genug Anlass zu dieser Hoffnung gegeben, wollte sie um ihn kämpfen. Mit allen Mitteln …

Kurzerhand löschte sie Jasmins Nachricht. Das verschaffte ihr ein gutes Gefühl, und sie verdrängte den Gedanken, dass sie damit das Problem nicht aus der Welt schaffte.

Kapitel 2

Die Stille war bedrückend!

Tim kämpfte gegen das Bedürfnis an, das Haus fluchtartig zu verlassen. Seit dem Tod seines Großvaters hatte er es nicht mehr betreten. Und jetzt stand er hier im Wohnzimmer zwischen eichener Schrankwand und einem Ledersofa mit Holzgestell. Ebenfalls Eiche, so wie der klobige Tisch dazwischen. Am Kopfende des Tisches befand sich der bequeme Fernsehsessel mit dem ausklappbaren Fußteil.

Opapa hatte diesen Sessel in den letzten Wochen vor seinem Tod kaum noch verlassen können. Er hatte an starken Gelenkschmerzen gelitten, die jede Bewegung sehr mühsam gemacht hatten, auch wenn er sich nie beklagt hatte. Tim hatte immer noch das Bild seines Großvaters vor Augen. Wie er lächelte, wenn Tim zu Besuch kam, und sich dabei die Furchen in seinem Gesicht noch tiefer eingruben.

Der Großvater war für Tim der wichtigste Mensch in seinem Leben gewesen. Seine Großeltern hatten ihn nach dem Unfalltod seiner Eltern aufgenommen. Zehn Jahre alt war er damals gewesen.

Es war unvorstellbar, dass Opapa jetzt nicht mehr da war. Tim konnte den Anblick des leeren Sessels nicht länger ertragen. Er wandte sich ab und verließ hastig den Raum. Als er in dem schmalen Hausflur stand, die Hand bereits auf der Türklinke, hielt er inne und atmete tief durch. Die Beerdigung lag jetzt mehr als einen Monat zurück. Irgendwann musste er damit anfangen, sich mit dem Nachlass auseinanderzusetzen.

»Du musst ja nicht unbedingt hier unten anfangen.«

Tim schloss lächelnd die Augen, als er die Stimme seines Großvaters vernahm. In seinem Kopf, in seinem Herzen. Es kam ihm so vor, als wäre ein Teil von ihm immer noch hier. *Opapa, wo bist du?*

Die Bezeichnung *Opa* war zu wenig für den Mann, der alles für ihn gewesen war.

Der Schmerz über diesen Verlust wurde so stark, dass Tim die Augen öffnete und sich in hektische Geschäftigkeit rettete. »Du musst ja nicht hier unten anfangen«, wiederholte er laut die Worte, die er eben mit der Stimme seines Großvaters in seinem Kopf gehört hatte. Und fügte dann gleich hinzu: »Seit wann führe ich eigentlich Selbstgespräche?«

Opapa hätte sicher auch auf diese Frage eine Antwort gewusst, doch diesmal schwieg die Stimme in seinem Kopf. »Und das ist auch gut so«, fuhr Tim mit seinem Monolog fort. »Sonst würde ich noch an meinem Verstand zweifeln. Es reicht schon, dass ich mit mir selbst rede.«

Während er sprach, stieg er langsam die Treppe nach oben. Die Idee, ganz oben anzufangen, hatte sich nun in ihm festgesetzt. Ganz oben, das hieß auf dem Dachboden.

Er öffnete die Tür. Staubiges Dämmerlicht empfing ihn. Durch die schmalen Dachluken fiel nur wenig Licht in den Raum. Als er den Schalter neben der Tür drückte, flammte eine einzelne Glühbirne auf, die an einem Kabel von der Decke hing.

Tim war nur selten hier oben gewesen. Als Kind war der Dachboden ebenso wie der Keller für ihn ein gruseliger Ort gewesen. Und selbst wenn all das, was sich in seiner Fantasie abspielte, nicht stattfand, so gab es immer noch diese riesigen Winkelspinnen.

Heute erfüllte ihn nicht mehr diese Panik, die er als Junge empfunden hatte. Trotzdem duckte er sich, um mit den Spinnweben, die von der Decke hingen, nicht in Berührung zu kommen.

Es war unglaublich, wie viel Gerümpel sich im Laufe der Jahre hier oben angesammelt hatte. Eine Stehlampe, eine alte Kommode. Ein Stuhl mit drei Beinen, ein Kofferradio …

Tim erinnerte sich daran, dass das Radio früher in der Küche gestanden hatte. Seine Großmutter hatte es stets eingeschaltet, wenn sie kochte. *Oma!* Sie war zwei Jahre, nachdem seine Großeltern ihn aufgenommen hatten, gestorben. Überraschend für ihn, aber inzwischen wusste er, dass sie und Opapa ihre Krebserkrankung vor ihm geheim gehalten hatten. Und dann waren er und Opapa allein gewesen. Sie hatten gemeinsam die Trauerzeit durchgestanden, waren noch näher zusammengewachsen. »Wir Männer schaffen das schon«, hatte Opapa immer gesagt. Und sie hatten vor allem die Dinge bewältigt, die für einen kleinen Jungen wichtig waren. Sie hatten Drachen steigen lassen, Pfannkuchen gebacken, eine Seifenkiste gebaut – und Schellemännchen gespielt. Abends, nach Einbruch der Dunkelheit, waren sie gemeinsam losgezogen, um an anderen Haustüren zu klingeln und sofort davonzulaufen.

Tim grinste, als er daran dachte. Er hatte den Nachbarn so einige Streiche unter der Anleitung seines Großvaters gespielt.

Sein Blick fiel auf einen alten Koffer, der in einer Ecke des Speichers stand. Direkt neben dem alten Ohrensessel, der vor ein paar Jahren gegen den modernen Fernsehsessel ausgetauscht worden war. Der sperrige Reisekoffer mit den Beschlägen an den Ecken und dem schmalen Lederband, das sich wie ein Gürtel um das Gepäckstück wand, erweckte vor allem wegen der Aufkleber sein Interesse. *New Zealand* stand in schwarzer Schrift auf weißem Grund. Darunter befand sich ein weiterer Aufkleber mit dem gemalten Bild eines struppigen Vogels ohne Flügel. Ein Kiwi, das Nationalsymbol Neuseelands.

Wem gehörte dieser Koffer? Waren seine Großeltern in Neuseeland gewesen, bevor er zu ihnen gezogen war? Sein Großvater hatte nie darüber gesprochen, und er war ganz bestimmt auch nie allein verreist, seitdem Tim bei ihm lebte. Sie hatten die Ferien zusammen an der Nordsee verbracht, weil sie beide das Meer so sehr liebten. Später, als er erwachsen wurde, war Tim mit seinen Freunden in Urlaub gefahren oder geflogen. Hin und wieder auch mit einer Freundin, aber das waren nur kurzlebige Beziehungen gewesen. Je älter er wurde, desto exklusiver wurden die Reisen. Außerdem war er sehr viel für das Magazin *ECHO* unterwegs, bei dem er als Journalist angestellt war. Das Spektrum reichte von Wissenschaft über Politik bis zu ausführlichen Reisereportagen.

Tim war es immer wichtig gewesen, wenigstens eine Woche jedes Jahr zusammen mit seinem Großvater ans Meer zu fahren. Im vergangenen Jahr hatten sie zum ersten Mal darauf verzichtet, weil Opapa sich zu schwach gefühlt hatte. Er hatte Tim auf dieses Jahr vertröstet …

Ob er da bereits geahnt hatte, dass es keine gemeinsamen Reisen mehr geben würde?

Tim wollte nicht darüber nachdenken. Es änderte nichts mehr und nahm ihm auch nicht den Schmerz.

Er wusste nicht, was er erwartet hatte, doch mit dem Öffnen des Koffers erschloss sich ihm eine neue Welt voller Überraschungen. Ganz oben lag ein Notenblatt. *Grits Lied* stand handschriftlich über den Noten geschrieben. Einen Liedtext gab es nicht, nur die Noten, die Tim aber nicht viel sagten. Opapa war Musiklehrer gewesen, und offenbar stammte dieses Notenblatt auch von ihm. Kaum leserlich stand am Ende der Noten der Name seines Großvaters: *Paul Rossberg*.

Hatte sein Großvater dieses Lied komponiert? Und wer war diese Grit? War ihm dieser Name beim Komponieren eingefallen? Oder steckte dahinter eine reale Person? Seine Großmutter konnte jedenfalls nicht gemeint sein, sie hieß Katharina.

Tims Neugier war geweckt. Er legte das Notenblatt auf den Ohrensessel und schaute weiter. In einem Album waren Zeitungsausschnitte eingeklebt, die seinen Großvater in einem eleganten Anzug auf einer Bühne zeigten. Er stand neben einem Konzertflügel, in der Hand hielt er eine Violine und einen Geigenbogen. Das Gesicht der Pianistin war nicht zu sehen, weil sie den Kopf gebeugt hatte.

Er blätterte weiter durch das Album, während sein Erstaunen mit jeder Seite zunahm.

The famous violinist Paul Rossberg stand über einem Zeitungsartikel, der offensichtlich aus einer neuseeländischen Zeitung stammte.

Tim ließ das Album sinken und starrte ins Leere. Opapa sollte ein berühmter Geiger gewesen sein? Er war in Neuseeland gewesen? Hatte ein Lied für eine gewisse Grit komponiert?

Als er weiterblätterte, stieß er auf einen Bericht über die Pianistin Grit, die zusammen mit dem Geiger Paul Rossberg aufgetreten war.

Hinter dem Vornamen der Pianistin prangte ein bräunlicher Fleck, so als hätte jemand Kaffee oder etwas Ähnliches darüber verschüttet. Der Nachname war jedenfalls nicht mehr zu entziffern.

Warum hat Opapa mir nie von seiner Reise nach Neuseeland erzählt? Warum hat er nie erwähnt, dass er ein erfolgreicher Geiger gewesen war?

So viele Fragen, auf die er in dem Koffer keine Antworten fand. Tim klappte ihn zu und fasste den Entschluss, dass er mehr über das Leben seines Großvaters herausfinden wollte. Was ihn bewegt hatte, bevor er sein Enkelkind großgezogen hatte. Den Koffer nahm Tim mit, als er das Haus verließ.

»Neuseeland?« Dieter Klebisch, der sich neugierig über Tims Schulter gebeugt hatte, richtete sich auf und sah ihn fragend an. »Woher weißt du, dass wir dich nach Neuseeland schicken wollen?«

»Wollt ihr das?« Tim war ständig auf Reisen. Aber dass die Redaktion ihn genau in das Land schickte, mit dem er sich gerade privat beschäftigte, kam überraschend. Ein seltsamer Zufall.

Sein Chefredakteur setzte sich auf eine Ecke des Schreibtischs. »Hat Claudelle dir gesagt, dass wir dich auf Kreuzfahrt schicken?« Claudelle war Dieter Klebischs Sekretärin.

Tim schaute ihn überrascht an. »Eine Kreuzfahrt?« Dann schüttelte er den Kopf und beantwortete Dieters Frage: »Nein, Claudelle hat mir nichts gesagt.«

»Mit dem neuen Flaggschiff der Tychsen-Reederei. Kennst du es?«

»Ich habe darüber gelesen.« Tim überlegte kurz. *Tychsen – All Seas Cruises*, schoss es ihm durch den Kopf. Es hatte vor Jahren einige Schlagzeilen gegeben, als der alte Tychsen eine marode Reederei aus Norwegen aufgekauft hatte. Kurz darauf war seine Tochter Kristiana verschwunden und galt seither als verschollen.

»Die *MS Kristiana!*« Der Name war Tim soeben eingefallen, und nun wusste er auch wieder, was er darüber gelesen hatte. »Ein modernes Hybridschiff, das durch seinen elektronischen Antrieb weniger Schadstoffe ausstößt und wegen seiner umweltschonenden und nachhaltigen Technologie neue Maßstäbe in der Schifffahrt setzt.«

»Wow, du kennst dich wirklich aus!« Der Chefredakteur grinste. »Ich würde diesen Job ja gerne selbst übernehmen, aber leider muss ich verzichten.«

»Eine andere Reportage?«, erkundigte sich Tim.

Dieter schüttelte den Kopf.

»Wichtige Termine?« Für Tim war es kaum vorstellbar, dass

sein Chef auf diese Chance verzichtete. Eine kostenlose Reise – ausgerechnet nach Neuseeland.

»Seekrank«, bekannte Dieter endlich. »Ich kotze schon, wenn ich nur an ein schaukelndes Schiff denke.«

»Aber die modernen Schiffe …«, begann Tim, doch Dieter fiel ihm ins Wort.

»Vergiss es, ich habe es versucht. Auf Drängen meiner Frau bin ich vor zwei Jahren mit dem Schiff von Kiel nach Göteborg gefahren. Angeblich besitzt die Fähre moderne Stabilisatoren, die das Rollen fast ganz verhindern. Vierzehn Stunden und dreißig Minuten durchgehend Übelkeit, Brechreiz und Kopfschmerzen. Zurück habe ich das Flugzeug genommen und nicht nur meiner Frau, sondern vor allem mir selbst geschworen, dass ich niemals mehr ein Schiff betrete. Nicht mal ein Tretboot.« Dieter grinste. »Du kannst dich also freuen. Am neunzehnten September geht es los. Ab Sydney.«

»Sydney liegt in Australien, nicht in Neuseeland«, konterte Tim trocken.

Dieter begnügte sich mit einem tadelnden Blick. »Die *MS Kristiana* legt um 18 Uhr in Sydney ab. Von dort aus geht es über Melbourne und Tasmanien nach Neuseeland. Wir wollen vor allem einen Bericht über das Schiff. Ist es wirklich so modern und umweltfreundlich? Was passiert auf dieser Reise? So ein kleiner Skandal wäre natürlich nicht schlecht.« Dieter wies auf Tims Notebook. »Wieso recherchierst du eigentlich gerade über Neuseeland?«

Tim entschloss sich zu einem Teil der Wahrheit. »Ich habe erst gestern herausgefunden, dass sich mein Großvater 1958 in Neuseeland aufgehalten hat.«

»Aha …« Dieters Miene zeigte seine Skepsis. »Und jetzt willst du im Internet herausfinden, was er dort gemacht hat?«

Tim zuckte nur mit den Schultern. Tatsächlich hatte er nichts gefunden, was auf einen ehemals berühmten Geiger hinwies. Auch der Name Grit brachte ihn nicht weiter, da er den Nachnamen nicht kannte. Selbst mit dem Zusatz »*Pianistin*« war seine Suche ins Leere gelaufen. Vielleicht fand er in Neuseeland mehr heraus …

»Darf ich deinem beredten Schweigen entnehmen, dass du diesen Auftrag annimmst?«, riss Dieter ihn aus seinen Gedanken.

Tim grinste. »Worauf du dich verlassen kannst.«

»Super! Claudelle wird alle Buchungen vornehmen. Wende dich an sie, wenn du noch Fragen hast.«

»Mache ich.« Freude und Aufregung erfüllten Tim. Weitaus stärker, als er es bei jedem anderen Auftrag bisher empfunden hatte. Diesmal ging es nicht nur um eine rein berufliche Recherche. Das hier war eine Reise in die Vergangenheit seines Großvaters. Er war gespannt auf die Ergebnisse, aber er gestand sich ein, dass er auch ein bisschen Angst davor hatte.

Kapitel 3

»Ich habe dich gewarnt!« Bruno Koltritschs Gesicht verzog sich zu einem gehässigen Grinsen. Er richtete die Pistole auf Gisa. »Aber wer nicht hören will …«

Gisa hob abwehrend beide Hände. »Bitte nicht, Bruno. Von mir erfährt niemand etwas!«

Er entsicherte die Waffe. »Zu spät!« Er stieß ein gemeines Lachen aus, sein Finger krümmte sich um den Abzug.

»Nein!« Gisa fuhr hoch. Bruno war verschwunden, um sie herum herrschte tiefe Dunkelheit. Dann wurde die Tür aufgerissen, und zwei Personen stürmten in den Raum. Als jemand den Lichtschalter drückte, blendete die plötzliche Helligkeit Gisa sekundenlang, dann erkannte sie Ines und Paco. »Es tut mir leid«, sagte sie leise.

Paco seufzte genervt auf und verließ das Zimmer. Ines' Miene war voller Mitgefühl, als sie sich zu ihr auf die Bettkante setzte. »Wieder dieser Albtraum?«

Gisa nickte und drängte mühsam die aufsteigenden Tränen zurück. »Hört das denn nie auf?«

»Sobald Bruno Koltritsch verurteilt ist, wirst du zur Ruhe kommen.« Ines griff nach Gisas Hand. »Die Gerichtsverhandlung ist doch bald.«

»Bald …« Gisa lachte bitter auf. »Es steht doch immer noch kein Termin fest. Brunos Anwalt wird den Termin so oft verschieben, bis Brunos Leute uns gefunden haben. Dann lässt er mich umbringen, um zu verhindern, dass ich vor Gericht gegen ihn aussage …« Gisa atmete tief durch. »Außerdem vermissen die Kinder ihr Zuhause, ihre Freunde, und Lynn hasst die Schule, die sie jetzt besuchen muss.«

Ines lächelte. »Lynn hasst alles hier, nicht nur die Schule. So wie schon an den beiden Orten zuvor.«

»Ich auch«, gab Gisa zu. »Aber das darf ich mir nicht anmerken lassen, weil es vor allem die Kleinen verunsichern würde.« Die vierzehnjährige Lynn verstand, worum es ging, während Clara und Lenny dazu noch viel zu klein waren. Aber selbst die beiden belasteten die ständigen Umzüge.

»Immerhin seid ihr hier in Sicherheit.« Ines drückte fest ihre Hand. »Nur das zählt.«

»Du hast ja recht.« Gisa duzte sich bereits seit dem zweiten Tag mit Ines Ballhauser, der BKA-Beamtin, die offiziell ihre Cousine war. »Ich will auch nicht undankbar erscheinen, aber wenn ich vorher gewusst hätte, dass das alles so lange dauert …« Sie brach ab, als ihr in diesem Moment bewusst wurde, dass sie auch dann nicht anders gehandelt hätte. Sie hatte die Gesichter der Opfer gesehen, keines der Mädchen älter als ihre Tochter Lynn.

»Du hast genau richtig gehandelt«, sagte Ines. »Auch wenn du im Moment daran zweifelst.«

»Ich weiß«, erwiderte Gisa kleinlaut.

»Versuch, noch ein wenig zu schlafen«, schlug Ines vor und gähnte laut. »Ich lege mich auch wieder hin. Gute Nacht.«

»Gute Nacht.« Gisa ließ sich in ihr Kissen sinken. Als Ines sich an der Tür noch einmal umdrehte, brachte sie ein schwaches Lächeln zustande.

»Licht aus oder an?«, fragte Ines.

»Aus, bitte«, erwiderte Gisa. Sie war kein kleines Kind mehr, das sich vor der Dunkelheit an sich fürchtete, und doch tauchten die bedrohlichen Schatten sofort wieder auf, nachdem Ines das Licht gelöscht und die Tür hinter sich geschlossen hatte. Seit

Franks Unfalltod vor drei Jahren fühlte sie sich so allein. Manchmal hatte sie das Gefühl, dass ihr alles über den Kopf wuchs. Vor allem diese Sache mit Bruno Koltritsch.

Gisa hatte in erster Linie Angst um ihre Kinder. Bruno Koltritsch hatte ihr durch seine Handlanger eine unmissverständliche Drohung zukommen lassen, für den Fall, dass sie ihre Anzeige nicht zurückzog.

Gisa dachte an den Abend vor zwei Monaten, an dem das Drama begann. Ihr Chef hatte sich in den Feierabend verabschiedet und den Bürocontainer der Spedition verlassen. Gisa wollte noch Transportpapiere für den nächsten Tag fertigstellen, doch dann fehlten ihr einige Unterlagen. Also ging sie in Brunos Büro – und fand dort weitaus mehr als die gesuchten Unterlagen. Er hatte eine Mappe auf seinem Schreibtisch liegen lassen, mit eindeutigen Beweisen seiner kriminellen Machenschaften. Drogenschmuggel, Geldwäsche – doch am meisten erschreckten Gisa die Fotos der beiden Mädchen, die er von Asien nach Deutschland gebracht hatte, darauf notiert die Summe, die er dafür erhalten hatte. Sie sahen so jung und verletzlich aus. Die Panik im Blick der Mädchen hatte Gisa zutiefst erschüttert.

Gisa hatte ihr Handy gezückt, um alle Beweise zu fotografieren – und dann war plötzlich Bruno aufgetaucht. In Begleitung von Toni und Manuel, die sich bedrohlich im Hintergrund aufbauten.

Gisa kannte nur die Vornamen der beiden Männer, die Bruno einmal grinsend als seine »*Geschäftsfreunde*« bezeichnet hatte. Sie waren ihr von Anfang an suspekt gewesen. Beide sprachen nie in Gisas Gegenwart und schienen nur darauf zu warten, dass Bruno ihnen Anweisungen erteilte.

Bruno war mit wenigen Schritten neben ihr gewesen und hatte ihr das Handy aus der Hand gerissen. »Ich … ich suche nur die Unterlagen von Henssen«, hatte sie gestammelt. »Du … du hast sie mitgenommen.«

»Und dazu brauchst du dein Handy?« Sein Blick war auf die aufgeschlagene Mappe mit den Unterlagen auf seinem Schreibtisch gefallen, und sie hatte förmlich beobachten können, wie er das Geschehen in seinem Kopf zusammensetzte. Sekunden später hatte er ihr Handy auf den Boden geworfen, eine Pistole aus seiner Jackentasche gezogen und auf das Handy geschossen.

Gisa hatte erschrocken aufgeschrien.

Dann hatte er ihr die Waffe vors Gesicht gehalten. »Du hast hier nichts gesehen. Du wirst keinem Menschen etwas erzählen.«

Sie hatte nur genickt.

»Vergiss das nicht!«

Gisa hatte noch immer das hässliche Klicken im Ohr, als er anschließend den Abzug erneut spannte, dazu seine drohende Stimme. »Du willst doch nicht, dass dir oder deinen Kindern etwas passiert!«

Gisa war unfähig gewesen zu sprechen, sie hatte lediglich den Kopf geschüttelt.

»Verschwinde!«

Sie hatte sich umgedreht und war aus dem Büro geflohen, begleitet von der Angst, dass er ihr doch noch folgte, um sie umzubringen. Auf dem Weg nach Hause hatte sie gewusst, dass sie nie wieder in die Büros am Hafen zurückkehren würde.

Eigentlich hatte sie das alles vergessen wollen, doch die Fotos der beiden Mädchen hatten sie die ganze Nacht nicht losgelassen. Und so hatte sie sich gleich am nächsten Morgen an die Polizei gewandt. Dort erfuhr sie, dass bereits Ermittlungen gegen Bruno liefen, es gab noch andere Indizien gegen ihn, doch ihre Aussage führte dazu, dass er noch am gleichen Tag verhaftet wurde.

Bruno hingegen bewies ihr, dass er auch aus dem Gefängnis heraus gegen sie agieren konnte. Manuel und Toni tauchten bei ihr auf. Ihre Drohung war so unmissverständlich, dass Gisa tatsächlich mit dem Gedanken spielte, ihre Aussage zurückzuziehen. Als ihr angeboten wurde, sie und die Kinder ins Zeugenschutzprogramm zu nehmen, wollte sie zuerst ablehnen – doch dann musste sie wieder an die beiden Mädchen denken, und so sagte sie zu. Ein Mensch wie Bruno Koltritsch musste einfach aufgehalten werden.

Wie immer, wenn die Erinnerungen sie nicht losließen, konnte Gisa nicht mehr schlafen. Am frühen Morgen quälte sie sich aus dem Bett. Erschöpft deckte sie in der Küche den Frühstückstisch. Seit sie aus ihrer alten Wohnung geflohen waren, wohnten die Beamten ständig bei ihnen. Dem leitenden Staatsanwalt erschien die Gefahr zu groß, Gisa und ihre Kinder ohne ständige Aufsicht zu lassen.

Zweimal hatten sie bereits umziehen müssen, nachdem Brunos Leute sie ausfindig gemacht hatten. Gisa hatte keine Ahnung, wie ihnen das gelungen war. Sie war so vorsichtig, hatte keinerlei Kontakt zu ihrer Familie oder Freunden. Die beiden Kleinen gingen nicht mehr in den Kindergarten. Nur Lynn besuchte eine neue Schule, aber unter falschem Namen. Ihr Handy hatte Lynn abgeben müssen, als Paco Herf sie beim Telefonieren erwischt hatte. Sie hatte sich gefügt, wenn auch nur unter heftigem Protest.

»Gibt es Kaffee?« Paco ließ sich auf die schäbige Eckbank in der Küche fallen. Offenbar wartete er darauf, dass Gisa ihn bediente.

»Kaffeepulver ist im Schrank. Wo die Maschine steht, weißt du ja«, sagte Gisa schlecht gelaunt. Nach der letzten Nacht war ihre Stimmung nicht besonders gut.

Zu ihrer Überraschung erhob er sich wortlos und begann mit der Zubereitung des Kaffees. Sie schaute ihm verblüfft zu, deckte dann aber weiter den Tisch.

»Ihr kommt mir vor wie ein altes Ehepaar, das sich nichts mehr zu sagen hat.« Ines stand grinsend an der Tür.

Weder Paco noch Gisa konnten darüber lachen. »Das fehlte mir gerade noch«, brummte Paco, aber für Gisa klang es mehr wie »die fehlte mir gerade noch«.

»So ein Glücksgriff bist du nun auch nicht«, gab sie im gleichen Tonfall zurück.

»Meine Frau ist da anderer Meinung.« Er lächelte.

»Du bist verheiratet?« Gisa wurde bewusst, wie wenig sie über die beiden Menschen wusste, die seit so vielen Wochen für den Schutz ihrer Familie verantwortlich waren. »Und du?«, wandte sie sich an Ines.

Ines nickte. »Ja, ich bin auch verheiratet.«

»Es tut mir leid, dass ihr wegen uns von euren Familien getrennt seid.«

»Kein Problem«, erwiderte Paco. »Das ist unser Job, wir sind es gewohnt. Und für dich wird bald auch wieder alles ganz normal laufen. Staatsanwalt Vogel hat mir eben eine SMS geschickt. Der Prozess beginnt in drei Wochen.«

Das hättest du mir auch schon sagen können, als du in die Küche gekommen bist, dachte Gisa, sprach es aber nicht aus. Stattdessen lenkte sie ihre Gedanken auf die Vorstellung, bald wieder mit ihren Kindern in ihr eigenes Zuhause zurückzukönnen.

»Mama, ich will nach Hause.« Der fünfjährige Lenny schmiegte sich an Gisa und schaute flehend zu ihr auf.

»Bald.« Gisa strich dem Kleinen über die blonden Locken. »Ich habe eben erfahren, dass wir bald wieder nach Hause können.«

»Ist das Wasser aus unserer Wohnung weg?« Die sechsjährige Clara saß neben Paco am Frühstückstisch. Ihr Gesichtchen war schokoladenverschmiert. Gisa registrierte es mit einem schlechten Gewissen. Die morgendliche Schokocreme als Brotaufstrich war ein Zugeständnis, um den Kindern die derzeitigen Lebensumstände ein wenig zu versüßen. Normalerweise legte Gisa großen Wert auf eine gesunde Ernährung.

Aber noch etwas anderes machte Gisa zu schaffen. Eigentlich stand Claras Einschulung an, aber das war unter den derzeitigen Umständen völlig unmöglich. Ihre Tochter verlor womöglich ein ganzes Jahr.

»Ja, das Wasser ist weg, aber die Wohnung ist noch nicht ganz trocken.« Es war Gisa unmöglich, ihre Kinder anzusehen. Sie hatte den Kleinen vorgelogen, dass sie ihre Wohnung wegen eines Wasserrohrbruchs verlassen mussten.

Lenny und Clara hatten die Vorstellung einer von Wasser überfluteten Wohnung gehabt, und Gisa hatte sie in dem Glauben gelassen, weil ihnen damit einleuchtete, dass sie vorerst nicht nach Hause zurückkehren konnten.

»Kommen Paco und Ines mit uns nach Hause?«, fragte Clara.

»Nein, die beiden fahren dann wieder zu sich nach Hause«, sagte Gisa.

»Und warum wohnen die jetzt bei uns?« Clara tauchte den Löffel in die Schokocreme und steckte ihn schnell in den Mund, als Gisa ihn ihr wegnehmen wollte.

Gisa suchte fieberhaft nach einer Ausrede, aber ihr fiel zum wiederholten Male keine plausible Erklärung ein.

»Ich will wieder in den Kindergarten«, drängelte Lenny und brachte Clara damit auf andere Gedanken.

»Ich nicht.« Clara biss genüsslich in ihre Brotscheibe. »Aber ich will Tante Christel und den dicken Floh besuchen.«

Tante Christel wohnte in der Nachbarwohnung, und der *dicke Floh* war ihr Kater.

»Wenn du weiter so viel Schokocreme futterst, bist du bald

genauso fett wie Floh«, prophezeite Lynn, die in diesem Moment ebenfalls in die Küche kam. Stark geschminkt, eingehüllt in die Duftwolke eines billigen Parfüms.

»Ich bin nicht fett, und du stinkst«, kommentierte Clara den Auftritt ihrer Schwester.

»Ich rieche gut.« Lynn lächelte selbstgefällig. »Aber das versteht ein fettes Schweinchen natürlich nicht.«

Clara holte empört Luft. »Mama! Lynn hat gesagt, ich bin ein fettes Schwein.«

»Nein, das stimmt nicht. Ich habe nur gesagt, dass fette Schweinchen nicht alles verstehen.« Lynn setzte sich auf die andere Seite neben Paco und schaute ihn an. »Ich gehe heute übrigens allein zur Schule.«

»Nein, das machst du nicht!«, fuhr Gisa sofort auf.

»Ich fahre nicht mehr mit dem da.« Lynn wies mit dem Zeigefinger auf Paco. »Die aus meiner Klasse lachen alle über mich, weil sie denken, der ist mein Vater.«

»Wenn *der* dein Vater wäre, hätte *der* dich garantiert vernünftig erzogen«, konterte Paco sofort.

Was fiel ihm ein, ihre Erziehung zu kritisieren? Gisas Ärger konzentrierte sich auf Paco. »Solche Bemerkungen kannst du dir sparen«, sagte sie heftig, dann wandte sie sich an Lynn, die Paco triumphierend angrinste. »Dann lass deine Klassenkameraden eben lachen. Du siehst die Leute nie wieder, sobald wir wieder zu Hause sind.«

»Wenn wir je wieder nach Hause kommen«, konterte Lynn wütend. »Ich hab keine Lust mehr auf das alles hier.« Sie schlug mit der Faust so hart auf den Tisch, dass das Geschirr klirrte. »Wenn Luke sich von mir trennt, verzeihe ich dir das nie«, fauchte sie ihre Mutter an.

Gisa war Ines dankbar, dass sie in diesem Moment mit den Kleinen die Küche verließ. Sie konnte ihre Tochter gut verstehen.

Lynn war zum ersten Mal richtig verliebt. Der Junge mochte sie auch sehr, aber sehen konnten sie sich nicht. Nicht einmal miteinander reden … Plötzlich kam ihr ein Verdacht. »Hast du mit Luke telefoniert?«

Lynns Miene veränderte sich. Statt Wut lag nun Unsicherheit in ihrem Blick. »Nein«, behauptete sie.

»Sieh mich an«, verlangte Gisa nachdrücklich. Sekundenlang herrschte spannungsgeladene Stille im Raum, bis Lynn endlich den Kopf hob und Gisa trotzig anschaute.

»Sag mir, dass du Luke nicht angerufen hast«, verlangte Gisa heiser.

»Ich habe Luke nicht angerufen«, wiederholte Lynn mit klarer Stimme.

Gisa kannte ihre Tochter gut genug, um zu wissen, dass sie nicht log. »Es tut mir leid, Lynn«, sagte sie leise. »Ich weiß, was das hier alles für dich bedeutet.«

»Nein, das weißt du nicht«, widersprach Lynn heftig. »Wenn du das wüsstest, hättest du mir das nicht angetan.«

»Ich kann nichts dafür.« Gisa schüttelte hilflos den Kopf.

»Warum musstest du zu den Bullen gehen? Wieso hast du dir nicht einfach eine andere Stelle gesucht? Dann hätte sich nichts in unserem Leben verändert«, warf Lynn ihr vor.

»Lynn, dieser Mann ist ein Schwerverbrecher! Er hat Menschen erpresst, Geld gewaschen und Drogen geschmuggelt. Er hat junge Mädchen …« Gisa hielt inne, weil sie es vor ihrer vierzehnjährigen Tochter nicht aussprechen wollte.

»Ja, und?« Lynn schaute sie provozierend an. »Er hat dir persönlich nicht geschadet, und wir hätten immer noch ein Zuhause, wenn du einfach die Klappe gehalten hättest.«

Gisa war fassungslos. »Ich hoffe, das sagst du nur in deiner Wut und meinst das nicht wirklich so.«

Lynn sprang auf und verließ das Zimmer. Als kurz darauf die

Wohnungstür lautstark ins Schloss fiel, sprang auch Paco auf und lief ihr nach.

Gisa trat besorgt ans Fenster und beobachtete, wie zuerst Lynn und kurz darauf Paco aus dem Haus kamen. Das Mädchen wehrte sich, als Paco nach ihrem Arm griff. Sie diskutierten kurz und heftig, aber schließlich stieg sie zu ihm in den dunklen Van. Er würde sie zur Schule bringen und auch später wieder abholen.

»Nur noch ein paar Wochen«, sagte Ines.

»Hoffentlich.« Gisa drehte sich um und lächelte müde. »Ich muss stark sein für meine Kinder. Ich weiß aber nicht, wie lange ich das noch schaffe.«

Als Lynn und Paco später als sonst in die Wohnung zurückkehrten, befanden sie sich mitten in einem Streitgespräch.

»Ich sage es dir zum letzten Mal«, sagte Paco aufgebracht. »Du kommst sofort nach dem Unterricht aus dem Schulgebäude.«

»Du hast mir überhaupt nichts zu sagen.« Lynn baute sich vor ihm auf und verschränkte die Arme vor der Brust.

In Pacos Augen blitzte Wut auf. »Ich werde nie wieder vor der Schule auf dich warten«, drohte er ihr an. »Das nächste Mal komme ich rein und zerre dich vor deinen Klassenkameraden nach draußen.«

Lynn ließ die Arme sinken. »Das wagst du nicht.« Trotz der Wut klang ihre Stimme unsicher.

»Du kannst es gerne drauf ankommen lassen.« Er lächelte grimmig.

Lynn stieß ein Schnauben aus und ging in ihr Zimmer. Auch diesmal ließ sie die Tür lautstark hinter sich zufallen.

»Was genau ist denn passiert?«, hakte Gisa nach, die fürchtete, dass Paco nun wirklich erzieherisch auf Lynn einwirken wollte. Sie würde ihm sehr nachdrücklich klarmachen, dass er das zu unterlassen hatte.

»Ich habe zwanzig Minuten vor der Schule auf sie gewartet«, erwiderte Paco ernst. »Ich wollte mich gerade auf die Suche nach ihr machen, als sie endlich auftauchte.«

»Vielleicht hat sie noch mit Freunden gesprochen.«

Paco schüttelte den Kopf. »Sie hat keine Freunde in der Klasse.«

»Woher weißt du das?«, fragte Gisa erstaunt.

»Das hat sie mir selbst gesagt. Und ich sehe es auch, wenn sie den Schulhof betritt oder aus der Schule kommt. Sie spricht mit niemandem.«

»Aber wo war sie dann so lange?«

Paco zuckte mit den Schultern.

»Ich rede mit ihr«, versprach Gisa. »Ich mache ihr noch einmal klar, wie lebenswichtig es ist, dass sie sich an alle Anordnungen hält.«

»Wenn sie sich nicht daran hält, können wir nicht für eure Sicherheit garantieren«, erwiderte Paco leise.

Es gab nicht den geringsten Zweifel daran, dass ihm das wirklich wichtig war.

Zwei Stunden später klopfte Gisa an Lynns Zimmertür. Sie hatte lange gewartet und hoffte, dass ihre Tochter sich inzwischen abgeregt hatte. Als sie keine Antwort erhielt, öffnete sie die Tür.

Lynn lag mit geschlossenen Augen auf dem Bett und hörte Musik per Kopfhörer. Ihr Fuß tippte im Rhythmus der Melodie, die Gisa nicht hören konnte. Allerdings sah sie die Spuren vergossener Tränen auf dem Gesicht ihrer Tochter. Sie näherte sich langsam, wollte Lynn nicht erschrecken.

Doch das Mädchen schien zu spüren, dass es nicht mehr allein war. Sie öffnete die Augen, richtete sich auf, und sofort spiegelte sich Ablehnung auf ihrem Gesicht. Eine Mischung aus Ärger, mit dem sie ihre Mutter für alles verantwortlich machte, und pubertärer Rebellion. »Was willst du?«, fauchte sie.

Gisa setzte sich zu ihr auf die Bettkante. »Nur mit dir reden«, sagte sie behutsam.

»Ich will aber nicht mit dir reden.«

»Lynn, ich weiß, was das hier alles für dich bedeutet. Wenn es eine Möglichkeit gäbe, diesen Zustand sofort zu beenden, würde ich es machen.«

Lynns Miene entspannte sich ein wenig und rückte dann mit einem Vorschlag heraus, der Gisa zusammenzucken ließ. »Ich könnte bei Maja wohnen, bis das alles vorbei ist. Dann kann ich wieder in meine alte Schule.«

Und Luke täglich sehen, ergänzte Gisa in Gedanken. Laut jedoch sagte sie: »Das geht nicht, Lynn, und das weißt du auch.«

»Ich weiß nur, dass du mir mein ganzes Leben versaust«, gab Lynn wütend zurück.

»Lynn, ich …« Gisa brach ab, als ihre Tochter den Kopfhörer überstülpte, sich zurück in die Kissen fallen ließ und die Augen schloss. Gisa war klar, dass sie sie nicht dazu bringen würde, ihr weiterhin zuzuhören. Mutlos erhob sie sich und verließ das Zimmer.

In der Küche traf sie auf Ines und Paco, die sich am Tisch unterhielten. Ines lächelte ihr aufmunternd zu, doch Paco wirkte ernst wie immer.

»Ich kann einfach nicht mehr mit ihr reden.« Gisa seufzte. »Es war vorher schon schwer, aber jetzt ist es geradezu unmöglich.«

»Es wird besser«, sagte Paco.

Davon war Gisa nicht überzeugt. »Ich befürchte eher, dass ich nie wieder Zugang zu ihr finde.«

»Die gleiche Befürchtung hatte ich mit meiner Tochter.«

Gisa war überrascht. »Ich wusste gar nicht, dass du eine Tochter hast.« Sie setzte sich zu den beiden Beamten an den Tisch.

Paco lächelte. »Wir Zeugenschützer haben auch selten so viel Kontakt zu den uns anvertrauten Personen wie in eurem Fall. Meistens bringen wir die Menschen in ihre neuen Wohnungen, informieren sie über alle Vorsichtsmaßnahmen, und dann reisen wir wieder ab.«

»Bei euch ist das anders«, sagte Ines. »Wir leben sonst nie so eng mit unseren Schutzbefohlenen zusammen.«

»Es tut mir leid.« Gisa blickte bedrückt von ihr zu Paco.

»Das ist doch nicht deine Schuld!« Ines griff nach Gisas Hand und drückte sie.

»Manchmal frage ich mich, ob wir überhaupt jemals wieder ein normales Leben führen können«, sagte Gisa niedergeschlagen. »Ich habe mich heute bei dem Gedanken ertappt …« Sie brach erschrocken ab.

»Natürlich denkst du darüber nach, wie einfach es wäre, wenn du keine Anzeige erstattet hättest.« Ines nickte verständnisvoll. »So geht es vielen Menschen im Zeugenschutz. Aber tief in dir weißt du, dass du richtig gehandelt hast.«

Gisa war ihr dankbar für ihr Mitgefühl. »Im Moment weiß ich überhaupt nicht mehr, was richtig oder falsch ist.« Sie seufzte. »Dazu kommt die Angst. Tagsüber kann ich das ganz gut wegdrücken, wegen der Kinder. Aber nachts, da überfällt es mich in meinen Träumen, ohne dass ich mich dagegen wehren kann.«

»Das alles ist vorbei, sobald Bruno Koltritsch verurteilt ist«, sagte Paco. »Und bis dahin passen wir auf dich und die Kinder auf.«

»Es wäre so schön, wenn wir endlich wieder zur Ruhe kommen könnten«, sagte Gisa leise.

In der kommenden Nacht wurde Gisa erneut von ihrem Albdruck heimgesucht. Diesmal allerdings spielte er sich nicht in einer Traumsequenz, sondern in der Realität ab.

Gisa war gerade eingeschlafen, als Ines an ihr Bett trat und sie weckte. Sie fuhr auf. »Was ist passiert?«

»Wir müssen weg«, sagte Ines leise. »Sofort!«

Eiskalte Furcht ergriff sie. Zweimal hatte sie diese Situation bereits erlebt, seit sie auf der Flucht war. Und es war jetzt, beim dritten Mal, nicht weniger beängstigend.

»Wie haben sie herausgefunden, wo wir sind?« Gisa sprang aus dem Bett und begann, ihre Sachen in ihre Reisetasche zu werfen. Plötzlich wurde ihr bewusst, dass sie noch ihren Schlafanzug trug.

»Ich muss mich anziehen … ich muss die Kinder wecken … ich …« Erschöpft ließ sie sich aufs Bett sinken. »Ich kann nicht mehr«, flüsterte sie.

Ines übernahm das Kommando. »Du ziehst dich an. In der Zwischenzeit wecke ich Lynn und packe die Sachen für die Kleinen zusammen.«

Gisa war ihr dankbar und riss sich zusammen. Es herrschte eine hektisch angespannte Stimmung. Paco drängte, er ließ ihnen nur wenige Minuten zum Packen, schließlich wusste niemand, ob Brunos Leute schon in der Nähe waren. Unmittelbar vor der Abfahrt wurden die Kleinen geweckt, dann ging es in aller Eile zu dem dunklen Van, der immer in der Nähe des Eingangs parkte.

Als ein Wagen um die Ecke bog und das gleißende Licht der Scheinwerfer sie erfasste, stöhnte Gisa laut auf. Der Wagen würde sicher gleich anhalten und bewaffnete Männer herausspringen. Paco hatte seine Hand bereits an dem Halfter unter seinem Jackett.

Doch der Wagen fuhr weiter, verringerte seine Geschwindigkeit bis zum Ende der Straße nicht. Dort bog er rechts ab, dann war es wieder still.

»Mama«, wimmerte Clara.

»Ich pass auf dich auf.« Lenny griff nach der Hand seiner Schwester und hielt sie fest, bis sie in den Wagen einstiegen.

Gisas Augen füllten sich mit Tränen der Rührung. In solchen Situationen war ihr Kleiner ganz groß.

»Ich hoffe, du bist stolz auf dich«, zischte Lynn und kletterte in den Van. Sie ließ sich in der hinteren Reihe auf den Sitz fallen, verschränkte die Arme vor der Brust und starrte aus dem Seitenfenster.

Gisa setzte sich zu den Kleinen in der Reihe davor. Paco nahm hinter dem Steuer und Ines neben ihm auf dem Beifahrersitz Platz, und dann ging es auch schon los.

Gisa fragte nicht, wo sie hinfuhren. Sie wunderte sich auch nicht darüber, dass Paco mehrfach im Kreis zu fahren schien.

»Nichts«, hörte sie Ines nach einer Weile sagen. »Niemand folgt uns.«

»Hast du die neue Adresse?« Paco schaute abwechselnd auf die Straße und in den Rückspiegel. Als seine und Gisas Blicke sich begegneten, lächelte er knapp. Die kleine Geste tröstete sie, nahm ihr ein wenig die Angst. Dankbar lächelte sie zurück. Irgendwann, so hoffte sie, würde sie sich richtig bei diesen Menschen bedanken können, die für sie und ihre Kinder sogar ihr eigenes Leben aufs Spiel setzten.

Gisa wachte auf, als der Wagen anhielt. Verwirrt schaute sie sich um. »Ist etwas passiert?«

»Wir sind da«, sagte Ines leise.

Es dämmerte bereits, sie mussten Stunden unterwegs gewesen sein. Gisa fragte nicht weiter, so wie beim ersten Mal, als Ines und Paco sie in eine entfernte Stadt in eine fremde Wohnung gebracht hatten. Sie fühlte sich so grenzenlos erschöpft, dass es ihr egal war, wo genau sie sich befanden. Zudem musste sie damit rechnen, dass sie ohnehin nicht lange blieben. Wer immer verraten hatte, wo sie und die Kinder waren, würde es wieder tun.

Ein Fremder trat an ihren Wagen. Er sprach kurz mit Ines und zeigte auf einen weißen Bungalow zwischen den hohen Mehrfamilienhäusern. Anschließend half er, das Gepäck in den Bungalow zu bringen. Es wurde kaum gesprochen. Selbst Lenny, der ebenfalls aufgewacht war, trottete stumm neben Paco her, der Clara ins Haus trug.

Von außen sah der Bungalow aus wie ein ganz normales Einfamilienhaus in einem gepflegten, eingezäunten Garten. Ines teilte Gisa jedoch leise mit, dass dieses Haus ganz besonders gesichert war. Einbruchsichere Stahltüren, die Fenster waren aus schussfestem Panzerglas. Das Grundstück wurde rundum mit versteckt angebrachten Kameras überwacht. Niemand konnte sich dem Haus unbemerkt nähern. Ein Bollwerk inmitten der Anonymität einer Stadt.

Doch sicher fühlte Gisa sich hier keineswegs. Ganz im Gegenteil. Diese Maßnahme zeigte ihr deutlich, wie groß die Gefahr war, die von Bruno Koltritsch ausging, selbst wenn er inhaftiert war. Und es würde nie aufhören … Unvermittelt brach sie in Tränen aus.

Lenny schaute bestürzt zu ihr auf. »Mama, was hast du?«

Die Frage des Jungen wühlte sie noch mehr auf, weil sie ihr das Gefühl vermittelte, dass dieses Leben auf der Flucht für Lenny schon fast so etwas wie Normalität darstellte. Der Gedanke war unerträglich.

»Mama, es tut mir leid, dass ich so gemein zu dir war.« Lynn trat weinend zu ihr. »Ich hab es nicht so gemeint. Ehrlich nicht.«

»Das weiß ich.« Gisa schloss das Mädchen fest in die Arme, und Lynn schmiegte sich an sie.

»Weinst du denn nicht wegen mir?«

»Doch, wegen dir, Clara und Lenny. Ich finde es schrecklich, dass ich euch so ein Leben zumute.«

»Ach, Mami, das ist doch nicht so schlimm.« Lenny griff nach Gisas Hand. »Du kannst doch nix dafür, dass unsere Wohnung voller Wasser gelaufen ist. Bald ist bestimmt alles wieder trocken.«

»Er hat recht.« Lynn lächelte unter Tränen. »Bald ist unsere Wohnung *trocken*«, sagte sie, »und dann können wir endlich nach Hause zurück.«

Wie in der Wohnung zuvor mussten Clara und Lenny sich auch hier ein Zimmer teilen. Es war so gar nicht kindgerecht, ein schmaler Schrank gleich neben der Tür, zwei Betten über Eck aufgestellt. Clara schlief immer noch tief und fest, sie war nicht einmal aufgewacht, als Paco sie ins Haus getragen hatte. Auch Lenny schlief sehr schnell ein.

Lynn verzog zwar das Gesicht, als sie erfuhr, dass sie ein Zimmer mit ihrer Mutter teilen musste, sagte aber nichts. Wahrscheinlich setzte ihr Gisas Ausbruch, an dem sie sich schuldig fühlte, noch zu. Erst als Gisa ihr noch einmal versicherte, dass sie ganz bestimmt nicht wegen ihr geweint hatte, kam das Mädchen zur Ruhe.

Gisa hingegen war inzwischen hellwach. Sie ging in die Küche, die auch in diesem Haus der zentrale Ort zu sein schien. Paco saß an dem großen runden Tisch und beschäftigte sich mit seinem Handy.

»Wo ist Ines?«

»Schläft«, antwortete er knapp, ohne das Display seines Handys aus den Augen zu lassen.

»Störe ich?«

Jetzt schaute Paco kurz auf. »Nein. Ich bekomme nur gerade Informationen über Bruno Koltritschs Leute.«

Toni und Manuel! Gisa spürte, wie sich ihr Herzschlag beschleunigte. »Was ist mit ihnen?«

Paco legte das Handy beiseite. »Die beiden haben sich vor der Wohnung postiert, in der wir zuletzt waren, und bewachen sie.«

»Soll mich das beruhigen?«

»Ja.« Paco grinste. »Sie glauben, dass wir noch in der Wohnung sind, und haben unsere Flucht nicht bemerkt.«

»Noch nicht! Sie werden sehr schnell feststellen, dass wir nicht mehr da sind«, erwiderte Gisa heftig. »Und sie werden wieder herausfinden, wo wir uns aufhalten. So weit weg kannst du uns mit deinem Van gar nicht bringen, dass sie nicht nach einer Weile auf der Matte stehen. Dafür müssten wir schon so richtig weit wegfahren können, so richtig weit weg.« Plötzlich kam ihr ein Gedanke. »Kurz bevor die Sache mit Bruno Koltritsch anfing, habe ich morgens von meinem Büro aus gesehen, wie das neue Schiff der Tychsen-Reederei, die *MS Kristiana*, zur ersten Fahrt von Hamburg nach Bergen aufbrach.« Gisa seufzte tief auf. »Mehr denn je wünsche ich mir, ich wäre an Bord dieses Schiffes – wo immer es gerade auch ist«, sagte sie sehnsuchtsvoll.

»Ja, das kann ich gut verstehen. Aber du darfst nicht die Nerven verlieren, Gisa!« Paco sah sie durchdringend an.

»Und wie soll das gehen, bitte?« Gisa lachte bitter auf. »Wie könnt ihr diesen Job nur aushalten, du und Ines?«

»Weil Menschen wie du unseren Schutz verdient haben.« Ines betrat den Raum, offenbar hatte sie Gisas Worte vernommen. Sie sah verschlafen aus und fuhr sich mit einer Hand durch ihre verstrubbelten Locken.

»Es ist bald vorbei«, sprach Paco den Satz aus, den Gisa in letzter Zeit viel zu oft gehört und auch selbst immer wieder gesagt hatte. So richtig daran glauben konnte sie im Moment nicht mehr.

Kapitel 4

»Klassentreffen!« Emily spie das Wort regelrecht aus, nachdem sie die Karte gelesen hatte.

Lou, der riesige Bengalkater, der aussah wie ein Leopard im Miniformat, schaute aufmerksam zu ihr auf. Der Klang ihrer Stimme verriet, dass sie nicht positiv gestimmt war, nun wollte er herausfinden, ob sich ihr Ärger gegen ihn richtete.

»Alles okay, Lou«, beschwichtigte Emily ihn.

Der Kater strich schnurrend um ihre Beine.

»Hallo, Lady.« Raphael, ihr bester Freund, Mitbewohner und Lous Herrchen, tauchte im Türrahmen auf, gekleidet in Emilys schwarzes Abendkleid, das sie sich für die letzte Firmenfeier gekauft hatte.

»Mein Kleid steht dir gut«, sagte sie leicht ironisch, aber das ignorierte Raphael.

»Ich weiß.« Theatralisch schlug er seinen Fächer auf und wedelte damit vor seinem Gesicht herum. »Ich hoffe, du hast nichts dagegen, wenn ich mir das ausleihe.«

Emily hatte sich inzwischen daran gewöhnt, dass Raphael sich an ihrem Kleiderschrank bediente, wenn er abends in seinem Club auftrat. Er war schön, einer der schönsten Menschen, die Emily kannte, und die zauberhafteste Frau, die sie je gesehen hatte, sobald er seine Verwandlung zu Raphaela abgeschlossen hatte. Aber auch als Mann erregte er Aufsehen. Dunkelhaarig, unglaublich intensive Augen, die nichts anderes wahrzunehmen schienen als den Menschen, mit dem er sich gerade unterhielt. Er war von schlanker, ja schmaler, Statur und hochgewachsen. Er hatte gleichmäßige Züge, männlich markant, aber auch weich und weiblich, wenn er geschminkt war und eine seiner Perücken trug.

Emily zeigte sich auf offiziellen Anlässen gerne mit ihm. Und davon gab es zunehmend mehr. Als Geschäftsführerin einer Fabrik, in der Maschinen für die papierverarbeitende Industrie gebaut wurden, wurde sie ständig zu irgendwelchen Empfängen und Festen eingeladen, seit das Geschäft florierte und sie weltweit exportierten. Emily und Raphael galten gemeinhin als Traumpaar, und niemand wusste, dass sie lediglich Freunde waren. Nein, nicht nur Freunde. Sie waren Seelenverwandte, oder eine Seele in zwei Körpern, wie Raphael zu sagen pflegte. »Wir müssen dem Schicksal ewig dankbar sein, dass es uns zusammengebracht hat«, fügte er in seinen ganz besonders dramatischen Momenten gerne hinzu.

Manchmal konnte Emily darüber lachen, aber oft erweckte diese Bemerkung dunkle Erinnerungen. Auch diese Einladung zum Klassentreffen brachte ihr die Vergangenheit erschreckend nahe. Bilder tauchten auf, gehässige Stimmen, Lachen …

Ich will das nicht!

»Was hat dir denn die Petersilie verhagelt?« Raphael musterte sie aufmerksam. »Ach, was für eine blöde Redewendung«, fügte er gleich darauf hinzu. »Wen stört denn schon verhagelte Petersilie? Ich meine, Basilikum ist doch weitaus …«

»Ich habe eine Einladung zum Klassentreffen erhalten«, fiel Emily ihm ins Wort. Manchmal war es einfach besser, seine Monologe zu unterbrechen.

»Klassentreffen?« Er schüttelte sich leicht. »Etwa DIE Klasse?«

»Es gab nur diese eine Klasse«, gab sie zurück.

»Na ja, es gab ja auch noch die Grundschule. Und dann …«

»Gymnasium!«

»Ich verstehe.«

Emily wusste, dass er wirklich verstand. Er kannte ihre Geschichte und wusste, wie sehr sie heute noch unter den Mobbingattacken von damals litt, sie hatten ihre Beziehungsfähigkeit zu anderen Menschen nachhaltig geprägt.

Auch das verstand Raphael, der selbst Mobbingopfer gewesen war. Er legte eine Hand auf sein Herz. »Ich bin ganz bei dir, Süße. Was für eine Unverschämtheit, ausgerechnet dich zu einem Klassentreffen einzuladen.« Er zog sie nicht auf, meinte ernsthaft das, was er sagte.

»Ich gehe natürlich nicht hin!«

Raphael schwieg eine Weile nachdenklich, sein Blick ruhte ruhig auf ihr. »Natürlich gehst du«, sagte er schließlich. »Du zeigst diesen Biestern, was aus dir geworden ist. Du bist schön! Du bist erfolgreich!«, zählte er auf. Ein breites Grinsen zog über sein Gesicht: »Und du hast mich!«

»Ach, Raphael.« Seine Worte berührten sie. Emily trat auf ihn zu und umarmte ihn. »Was wäre ich nur ohne dich?«

Ganz fest drückte er sie an sich. »Eine halbe Seele in einem wunderschönen Körper«, sagte er. »Genau wie ich!«

Lou miaute kläglich und versuchte, sich zwischen sie zu drängen. Es gefiel ihm offensichtlich überhaupt nicht, dass er so gar nicht mehr beachtet wurde.

»Du bist auch ein wunderschönes Geschöpf.« Emily beugte sich zu dem Kater hinunter und streichelte ihn. »Ich bin so froh, dass ich euch beide habe.«

»Und wir sind froh, dass wir dich haben.« Raphael blinzelte ein wenig, als müsse er Tränen der Rührung zurückhalten. Auch das war typisch für ihn. In Situationen wie dieser war er meist emotional überfordert.

»Genug der Gefühlsduseleien«, bestimmte er. »Champagner, Baby? Irgendwie müssen wir den bitteren Geschmack der Vergangenheit ja herunterspülen.«

»Champagner geht immer.« Emily folgte ihm in die Küche. Im Vorbeigehen warf sie die Einladung zum Klassentreffen in den Papierkorb.

Am nächsten Morgen flog Emily nach Paris zu einem Termin mit ihrem französischen Vertreter.

Jean Boisseau holte sie persönlich am Flughafen Orly ab. Er war kaum größer als Emily selbst, die ihre ein Meter sechzig gerne mit hohen Stöckelschuhen streckte. Nur wenn sie nach Paris flog, verzichtete sie wegen Jean Boisseau darauf.

»Wie schön, dich zu sehen.« Obwohl er perfekt Deutsch sprach, war der französische Akzent deutlich herauszuhören. Emily liebte es, ihn reden zu hören.

»Ich freue mich auch, wieder hier zu sein.« Sie ging neben ihm bis zu seinem Wagen im Parkhaus. Während der Fahrt zu seinem Büro unterhielten sie sich über Nebensächlichkeiten. Er wollte wissen, wie das Wetter in Düsseldorf war, und erzählte ihr anschließend, dass es in den letzten Tagen in Paris nur geregnet hatte.

»Aber du hast die Sonne mitgebracht.« Er lächelte sie kurz an, bevor er sich wieder auf den Verkehr konzentrierte.

»Das nächste Mal nehme ich vom Flughafen aus die Metro.« Ein Satz, den Emily jedes Mal wiederholte, wenn sie neben Jean im Auto saß. Und den sie auch so meinte. Doch Jean ließ es sich einfach nicht nehmen, sie abzuholen.

»Ich habe gute Nachrichten für dich«, sagte er, ohne darauf einzugehen. »Chevrier SA will eine Maschine!«

Emily horchte in sich hinein. Seit einem halben Jahr führte Jean Verhandlungen mit dem Versandtaschenhersteller aus Lille. Sie hatte so darauf gewartet, dass dieser Abschluss endlich zustande kam, doch merkwürdigerweise berührte es sie jetzt gerade überhaupt nicht.

Jean warf ihr wieder einen kurzen Blick zu. »Freust du dich denn gar nicht?«

»Ich freue mich«, behauptete sie. »Sehr sogar. Du bemühst dich schon so lange um diesen Kunden, das war eine wirklich harte Nuss. Du hast wie immer einen tollen Job gemacht.« Sie versuchte, Begeisterung in ihre Stimme zu legen. Raphael hätte sie damit nicht täuschen können, aber Jean nahm es ihr ab.

»Schade, dass du nicht ein paar Tage bleiben kannst.«

»Ja. Aber morgen haben wir eine Abnahme«, sagte sie. »Da muss ich unbedingt wieder in der Firma sein.«

»Das hat mir der Kollege aus Rom schon erzählt. Das ist die Maschine für Mailand, nicht wahr?«

»Ja.«

»Es ist unglaublich, wie du die Firma wieder aufgebaut hast«, sagte Jean, während er den Wagen vor dem Firmengebäude im 14. Arrondissement parkte.

Die Büros befanden sich in der achten Etage. Am Empfang begrüßte Véronique Mairet Emily erfreut. Jeans Sekretärin nahm an der Besprechung teil und notierte alles, was Emily und Jean besprachen, im Protokoll. Heute ging es vor allem um die Punkte, die sich nur schlecht am Telefon oder per Mail klären ließen, vor allem um technische Details. Emily schätzte diese Form der Zusammenarbeit sehr.

Kurz nach Mittag war die Besprechung bereits wieder beendet. Emily unterschrieb die Verträge für den neuen Kunden, danach brachte Jean sie zurück nach Orly.

»Bis zum nächsten Mal«, verabschiedete er sich von ihr. »Und viel Erfolg morgen bei der Abnahme. Obwohl ich mir da keine Sorgen mache. Seitdem du das Unternehmen führst, läuft alles super.«

Auf ihrem Weg durch das Flughafengebäude hing Emily seinen Worten in Gedanken nach. Sie versuchte, die Anerkennung darin auf sich wirken zu lassen, doch es gelang ihr nicht. Seit sie gestern die Einladung zum Klassentreffen erhalten hatte, war alles anders. Sie schaffte es mit Mühe, die Bilder der Erinnerung zu unterdrücken, doch das Gefühl von damals hatte sich wieder in ihr aufgebaut. Gedanken konnte sie verdrängen, Gefühle nicht.

Am Check-in stand vor ihr eine Frau, die sich in schlechtem Englisch darüber aufregte, dass ihrem Sitzwunsch nicht entsprochen werden konnte. Sie betonte schon zum wiederholten Male, ein Anrecht auf diesen Platz zu haben. Selbst ihr weißblonder Bob zitterte vor Empörung, als die Dame hinter dem Schalter ihr mit beneidenswerter Ruhe erneut klarmachte, dass genau dieser Sitzplatz von einem anderen Passagier gebucht worden war.

Die Stimme der Frau wurde zunehmend schriller und erinnerte Emily dadurch in fataler Weise an Melissa Oliver. Es war erschreckend, wie sehr sie seit gestern gefühlsmäßig in diese schlimme Zeit zurückkatapultiert worden war, die in enger Verbindung zu Melissa stand. Eigentlich war es auch nur wegen Melissa so schrecklich gewesen …

Plötzlich wandte die Frau kurz den Kopf und blickte über die wachsende Reihe der Fluggäste am Schalter hinter ihr, die zunehmend ungeduldiger wurde. Emily bemerkte tatsächlich eine Ähnlichkeit mit Melissa Oliver. Kaltblaue Augen und arrogant heruntergezogene Mundwinkel. Dann wandte die Dame den Kopf wieder nach vorn und wiederholte: »Ich bestehe auf Platz 6A.«

»Wie ich Ihnen bereits mehrfach mitteilte, wurde dieser Platz von einem anderen Passagier gebucht.«

Emily empfand eine tiefe Abneigung gegen die Dame vor ihr.

»Aber der Passagier hat nicht eingecheckt, also können Sie ihn mir zuteilen. Schauen Sie gefälligst in Ihren Unterlagen nach, ich fliege immer 6A.«

»Heute nicht, Madame«, erwiderte die Mitarbeiterin höflich. »Ich kann Ihnen 6F anbieten, das ist auch Business-Class.«

»Der mittlere Platz inmitten einer Dreierreihe!« Das Melissa-Double war so empört, als hätte man ihr einen Platz auf einer der Tragflächen angeboten.

»Ich habe Ihnen alle Möglichkeiten genannt.« Das Lächeln der Air-France-Dame wirkte zum ersten Mal doch ein bisschen eingefroren. »Würden Sie freundlicherweise die anderen Passagiere vorlassen, bis Sie sich entschieden haben?«

»Ich werde mich beschweren!«

»Das bleibt Ihnen unbenommen.« Die Angestellte schaute an Melissa-zwei vorbei zu Emily. »Was kann ich für Sie tun?«

Emily trat neben die Dame, die stur auf dem Platz vor der Abfertigung verharrte, und präsentierte der Airline-Mitarbeiterin ihre Buchungsnummer. »Platz 6A«, sagte sie. »Ich habe online gebucht.«

»Ja.« Die Mitarbeiterin lächelte verschmitzt. »Herzlich willkommen«, sagte sie und zwinkerte ihr fröhlich zu.

Melissa-zwei nahm das nicht kommentarlos hin. »Sie haben doch gehört, dass ich diesen Platz haben will«, sagte sie streng zu Emily.

»Ja«, bestätigte Emily lediglich und nahm die Bordkarte entgegen. Die Frau hinter dem Tresen strahlte jetzt.

»Sie können doch einen anderen Platz nehmen.« Die Dame neben Emily gab nicht auf.

»Warum fliegen Sie nicht einfach auf Ihrem Besen zurück?«, schlug Emily freundlich vor.

Die Mitarbeiterin der Airline lief puterrot an und ließ ihren Kugelschreiber fallen, um sich hinter dem Tresen danach bücken zu können. Emily vernahm ein leises Kichern, aber auch hinter ihr waren vereinzelte Lacher zu hören.

»Sie sind unverschämt«, wies die Dame sie zurecht.

»Ja, und ich stehe dazu«, erwiderte Emily fröhlich und machte sich auf den Weg zum Gate.

Sie sah die Dame noch einmal in Düsseldorf, als sie das Flugzeug verließen, und dann war sie verschwunden. Und doch hatte diese Begegnung etwas in Emily bewirkt. Die unangenehmen Gefühle waren verschwunden, der Gedanke an die Vergangenheit nicht mehr bedrohlich. Es war zwar nur Melissa-zwei gegen die sie gewonnen hatte, aber es hatte unendlich gutgetan.

Raphael hingegen ging es richtig schlecht, als sie nach Hause kam. Er saß im Wohnzimmer auf dem riesigen Designersofa und war in Tränen aufgelöst. Links neben ihm döste Lou. Der Schmerz seines Herrchens schien ihn nicht sonderlich zu tangieren.

»Raphael, was ist passiert?« Emily setzte sich neben ihn, berührte ihn aber nicht. Er hasste es, angefasst zu werden, wenn es ihm schlecht ging.

»Henning hat sich von mir getrennt«, schluchzte Raphael. »Angeblich fühlt er sich nun doch wieder mehr zu Frauen hingezogen.«

»Das tut mir leid«, murmelte Emily.

»Das glaube ich dir nicht«, schluchzte Raphael. »Du konntest Henning nie leiden.«

»Ich kenne ihn doch kaum«, erwiderte Emily hilflos.

»Eben! Genau deshalb gab es für dich auch keinen Grund, ihn abzulehnen.«

»Nein, den gab es nicht.« Emily verzichtete auf die Erwiderung, dass Henning ihre negative Meinung mit diesem Schritt bestärkte. Sie legte eine Hand auf ihr Herz. »Es ist einfach nur so ein Gefühl, und es sagt mir, dass er dich nicht verdient.«

»Was weißt du denn schon? Du bist nun wirklich keine Expertin für Beziehungsfragen.«

Seine Bemerkung tat ihr weh. Sie kannte ihre Defizite in allen Bereichen zwischenmenschlicher Beziehungen nur zu gut. »Ich weiß«, sagte sie leise.

»Oh, mein Gott.« Er rutschte zu ihr hinüber und schloss sie fest in die Arme. »Jetzt verletze ich schon den einzigen Menschen, der immer zu mir steht. Es tut mir leid, es tut mir leid, es tut mir …«

»Ich habe es verstanden«, fiel Emily ihm ins Wort.

»Nur verstanden oder auch verziehen?« Er schaute sie mit tränenumflortem Blick an.

»Beides.« Sie konnte ihm einfach nicht böse sein. Sie löste sich aus seiner Umarmung und stand auf.

»Wo gehst du hin?«

»Champagner holen. Den brauchen wir jetzt beide.«

»Und Pralinen.« Er gab einen leisen Schluchzer von sich.

Emily nickte und ging in die Küche. Der Champagner war im Kühlschrank, ebenso wie die edlen Trüffelpralinen.

Als sie sich umdrehte und ihr Blick durch die riesige Küche wanderte, kam ihr Raphaels Bemerkung wieder in den Sinn, und sie fragte sich, wieso sie und Raphael einfach nicht glücklich sein konnten? Er hatte ständig wechselnde Beziehungen, sie überhaupt keine.

Natürlich hatte es schon Männer in ihrem Leben gegeben, aber es war nie die wirklich große Liebe gewesen. Sie war nicht beziehungsfähig, da hatte Raphael recht. Sie konnte nicht vertrauen, sich nicht fallen lassen, nicht lieben …

»Wo bleibst du denn?«, hörte sie Raphael rufen. Emily setzte sich in Bewegung. Im Flur bemerkte sie einen dicken Umschlag, den jemand durch den Briefschlitz geworfen hatte. Raphaels Name stand in großen Lettern auf der Vorderseite.

»Was ist das?«, fragte Raphael, als sie den Umschlag vor ihm auf den Tisch legte.

»Ich weiß es nicht. Ich habe ihn im Flur gefunden.« Emily holte Gläser aus dem Schrank. »Warum machst du ihn nicht auf?«

Raphael starrte wie hypnotisiert auf den Brief. »Weil ich mir nicht sicher bin, ob ich wissen will, was da drin ist.«

Emily war klar, dass er das nicht lange aushalten würde. Lächelnd füllte sie die Gläser, setzte sich aufs Sofa und nahm eine der Pralinen aus der Schachtel. Lange musste sie nicht warten, bis Raphael den Umschlag an sich nahm und ihn öffnete.

Er zog einen Prospekt heraus, auf dem mithilfe einer Büroklammer ein Zettel befestigt war. »Von Henning«, sagte er und überflog die wenigen Zeilen. »Es tut ihm leid«, berichtete er tonlos. »Und nach reiflicher Überlegung schickt er mir nun die Geburtstagsüberraschung, die er für mich ausgesucht hatte. Allerdings soll ich mir jetzt eine neue Begleitung suchen.«

Er löste den Zettel von dem Prospekt, und ein schneeweißes Kreuzfahrtschiff kam zum Vorschein. Der Namenszug darauf wiederholte sich auch auf dem Prospekt: *MS Kristiana.*

»Er schenkt dir einen Prospekt über ein Schiff?« Emily war fassungslos. »Was stimmt denn mit dem nicht?«

Raphael öffnete den Prospekt. Auf der Innenseite befand sich ein Einschubfach mit einzelnen Papieren, die Raphael nun herauszog und überflog. »Nein, er schenkt mir eine Reise auf der *MS Kristiana*«, rief er schließlich. »Von Sydney nach Auckland!«

»Wow!«, war alles, was Emily vor Überraschung zustande brachte. Sie zuckte zusammen, als Raphael plötzlich einen schrillen Schrei ausstieß. Lou schreckte auf, machte einen Buckel und fauchte ihn an. Dann sprang er mit einem Satz vom Sofa und lief zur Tür, wo er sich setzte und Raphael misstrauisch beäugte.

»Was machen wir mit Lou?«

»Was meinst du?« Emily war die schnellen Gedankensprünge

ihres besten Freundes zwar gewohnt, konnte ihnen aber nicht immer in der gleichen Geschwindigkeit folgen.

Raphael wedelte mit den Buchungsunterlagen vor ihrer Nase herum. »Australien! Neuseeland! Luxuskabine!«

Emily starrte ihn ungläubig an. »Du willst diese Reise wirklich machen?«

»Klar! Nichts lindert Herzschmerz schneller als eine tolle Reise. Guck dir mal diesen Typen an.« Er zeigte auf ein Foto im Prospekt. Ein braun gebrannter blonder Beau lehnte an der Reling und blickte verträumt in die Ferne. »Nichts wird mich davon abhalten, auf die *MS Kristiana* zu gehen.«

»Du glaubst doch nicht ernsthaft, dass du auf dem Schiff diesen Mann kennenlernst? Das ist ein Model, das sie extra für diese Fotos engagiert haben!«

Raphael überhörte ihren Einwand. »Und weil die Reise für zwei Personen gebucht ist, nehme ich dich mit«, erklärte er in einem Ton, der keinen Widerspruch duldete.

Kapitel 5

Nele hatte nicht zum ersten Mal in den letzten Tagen das Gefühl, dass sie verfolgt wurde. Aber auf der schmalen Straße, die zum Haus ihrer Schwester führte, war kein Mensch zu sehen. Trotz der späten Stunde war es noch hell, doch die hohen Bäume rechts und links am Straßenrand schufen bereits dunkle Schatten.

Als ihr Handy plötzlich klingelte, zuckte sie erschrocken zusammen. Als sie die Nummer auf dem Display erkannte, regte sich Wut in ihr. Den Namen zu dieser Nummer hatte sie längst gelöscht. »Du sollst mich nicht mehr anrufen!«, sagte sie böse in den Hörer.

Kurzes Schweigen. »Ich vermisse dich.« Mirkos Stimme klang traurig und traf sie mitten ins Herz. »Nele, ich kann dich einfach nicht vergessen.«

»Das solltest du aber.« Damit beendete sie das Gespräch. Es war schwer, ihren Widerstand aufrechtzuerhalten, weil sie ihn immer noch in ihrem Herzen trug. Sie glaubte ihm sogar, dass er sie geliebt hatte und immer noch liebte. So wie sie ihn.

Er versprach ihr nicht, sich zu ändern, weil er ebenso wie Nele wusste, dass er dieses Versprechen bei der ersten sich bietenden Gelegenheit brechen würde. Und auf einem Kreuzfahrtschiff gab es viele allein reisende Frauen, die sich nach einem Mann wie Mirko sehnten. Die sich auf mehr als nur einen Flirt einließen.

Ich kann damit nicht leben! Nele hämmerte sich diese Worte in Gedanken ein. *Ich kann es nicht ertragen!* Auch wenn es wehtat, sie hatte richtig entschieden.

Plötzlich glaubte sie wieder, Schritte hinter sich zu hören. Sie fuhr herum. Nichts! Ihre Blicke suchten den Straßenrand ab. Hielt sich da jemand hinter den hohen Bäumen versteckt?

»Hallo?«, rief sie zaghaft und lauschte ihrer eigenen Stimme nach. Nur das leise Rascheln eines Lufthauchs in den belaubten Bäumen antwortete ihr. Es roch nach frisch gemähtem Gras. Ein Schmetterling flatterte vorüber. Der heiße August war vorbei, aber die ersten Septembertage waren immer noch angenehm warm, und da war nichts, wovor sie Angst haben musste. Sie wollte weitergehen, drehte sich um …

Nele schrie laut auf. Der Mann war groß und schwer, trotzdem hatte er sich lautlos angeschlichen und stand jetzt direkt vor ihr. Sein weißes Tanktop war so tief ausgeschnitten, dass sie seine dicht behaarte Brust sehen konnte. Er verströmte einen unangenehm säuerlichen Geruch und eine unmissverständliche Drohung, noch bevor er ein Wort gesagt hatte. Instinktiv trat Nele einen Schritt zurück.

Blitzschnell schoss die Hand des Mannes vor und umklammerte schmerzhaft ihren rechten Oberarm. Erneut schrie sie auf.

»Halt die Klappe.« Er sprach leise, nicht einmal besonders unfreundlich, aber genau das machte sein Auftreten noch bedrohlicher.

»Lassen Sie mich los!« *Nur keine Angst zeigen, das törnt solche Typen nur noch mehr an.* Sie konnte sich nicht erinnern, wann und wo sie das gelesen hatte, doch jetzt merkte sie, dass es kaum möglich war, diesen Ratschlag umzusetzen.

Der Mann lachte nur und verstärkte den Griff. »Mir ist zu Ohren gekommen, dass du unwahre Behauptungen verbreitest.«

»Ich habe keine Ahnung, was Sie meinen«, entgegnete Nele nicht ganz wahrheitsgemäß. Es war verrückt, aber diese vage Ahnung, die seine Worte in ihr ausgelöst hatten, beruhigte sie sogar ein wenig. Der Typ vor ihr war nicht auf Raub oder gar Vergewaltigung aus. Er war von jemandem geschickt worden. Seine nächsten Worte bestätigten das.

»Wir haben da einen gemeinsamen Freund.« Er lächelte grimmig. »Und es wäre gut, wenn du die ganzen Lügen, die du über ihn verbreitet hast, sofort zurücknimmst.«

Nele reckte das Kinn und nahm ihren ganzen Mut zusammen. »Bestellen Sie Veit Uthoff, dass ich mich nicht einschüchtern lasse. Ich sage gegen ihn aus.«

Das Lächeln auf seinem Gesicht schwand. »Dann sehen wir uns wieder, Kleine. Und ich verspreche dir, dass unser nächstes Zusammentreffen nicht so nett wird wie das heute.« Damit ließ er ihren Arm los und ging. Ein paar Meter weiter tauchte er in die Schatten der Bäume ein und war verschwunden.

Die Angst jedoch blieb. Nele verharrte auf der Stelle, versuchte, tief durchzuatmen. Die Angst entwickelte sich zur Panik, löste einen Fluchtreflex in ihr aus. Nele stürmte los. Sie rannte und rannte, rechnete ständig damit, dass eine Hand erneut nach ihrem Arm griff und zudrückte …

Doch nichts weiter geschah. Außer Atem und nassgeschwitzt erreichte sie das Haus ihrer Schwester. Mit zitternden Fingern schloss sie die Tür auf, warf sie hinter sich zu und lehnte sich dagegen. Ein Gefühl der Sicherheit stellte sich trotzdem nicht ein. Sie wusste, dass es noch nicht vorbei war!

»Was ist denn mit dir los?« Miriam blieb im Flur stehen, als sie Nele erblickte.

»Ich bin gerannt.« Nele schaffte es, zu lächeln. »Jetzt muss ich wieder zu Atem kommen.«

Miriam runzelte die Stirn. »Warum bist du gerannt?«

Wieso wollte ihre Schwester immer alles so genau wissen?

»Ich wollte mich einfach ein bisschen sportlich betätigen«, behauptete Nele. Sie wollte ihrer Schwester nicht die Wahrheit sagen. Nach ihrer schweren OP und dem anschließenden Krankenhausaufenthalt war sie immer noch sehr angeschlagen.

»Steckt dieser Mirko hinter deinem plötzlichen sportlichen Eifer?«

Wie befürchtet, glaubte Miriam ihr nicht. Nele war allerdings froh, dass sich die Vermutung ihrer Schwester in die völlig falsche Richtung bewegte.

»Er hat eben wieder angerufen«, sagte Nele.

Miriam sagte kein Wort, schaute sie nur prüfend an.

»Keine Sorge, ich werde nicht rückfällig.« Nele bemerkte selbst, dass ihr Lachen, mit dem sie die Worte begleitete, nicht echt klang. Sie suchte den Blick ihrer Schwester. »Ich will ihn wirklich nicht mehr, Miriam. Weil ich genau weiß, dass er sich nie ändert.«

»Das wird nicht ganz einfach sein, wenn du demnächst wieder mit ihm auf demselben Schiff arbeitest, wenn du ihn täglich siehst ...« Miriam brach ab, als Nele heftig den Kopf schüttelte.

»Meinst du, das weiß ich nicht«, rief sie gequält aus. »Ich bin so froh, dass ich auf der Tour von Bergen nach Sydney nicht dabei sein muss. Ich hatte mir so sehr gewünscht, in dieser Zeit den nötigen Abstand zu gewinnen. Aber immer, wenn er mich anruft, wenn ich seine Stimme wieder höre ...« Diesmal war sie es, die abbrach.

Miriam betrachtete sie voller Mitgefühl. »Du liebst ihn immer noch?«

»Ja.« Nele kämpfte mit den aufsteigenden Tränen. »Und ich weiß ganz sicher, dass er mich auch liebt. Das macht aber alles nur noch schlimmer.«

»Kannst du nicht beantragen, auf einem anderen Schiff der Reederei zu arbeiten?«, schlug Miriam vor.

»Ich will auf kein anderes Schiff!«, lehnte Nele entschieden ab. »Ich will auf der *MS Kristiana* bleiben. Da ist ja nicht nur Mirko. Da sind auch Marisol und Jasmin, die besten Freundinnen, die ich mir vorstellen kann. Außerdem ist da Kapitän Fredriksen. Ohne ihn wäre ich heute arbeitslos. Ich will das Schiff nicht verlassen.« Sie stieß einen Seufzer aus. »Ich muss einfach aufhören, ihn zu lieben«, murmelte sie.

»Wenn du herausfindest, wie das geht, solltest du dir das patentieren lassen«, erwiderte Miriam trocken und nahm Nele in den Arm. »Ich wünschte, ich könnte dir irgendwie helfen.«

»Aber das tust du doch.« Nele hielt ihre Schwester nun ebenfalls fest umschlungen. »Du hörst dir mein Gejammer an. Und du gibst mir hier ein Zuhause. Sonst müsste ich zwischen den Schiffsreisen jedes Mal in einem Hotel wohnen. Oder mir eine Wohnung suchen, die dann die meiste Zeit des Jahres leer steht.«

»Ich freue mich immer, wenn du da bist«, erwiderte Miriam herzlich. »Und die Zwillinge freuen sich sowieso. Seit sie mit dir auf dem Schiff waren, hängen sie noch mehr an dir.«

Nele schmunzelte bei der Erinnerung an diese turbulenten Wochen. Sie hatte die beiden auf die *MS Kristiana* geschmuggelt, als ihre Schwester notfallmäßig ins Krankenhaus eingeliefert werden musste. Nele, die als Erzieherin im schiffseigenen Kindergarten arbeitete, hatte gehofft, dass niemand hinter ihr Geheimnis kommen würde, doch sie hatte die Rechnung ohne die fünfjährige Emilia gemacht, die sich in den Kopf gesetzt hatte, den Kapitän der *MS Kristiana* kennenzulernen, was Neles Wunsch nach Geheimhaltung zusätzlich erschwerte. Ohne Marisols und Jasmins Hilfe wäre ihr das nie gelungen, und doch war sie letztendlich aufgeflogen.

Ihre Stelle, die damals ohnehin schon auf dem Spiel stand, hätte sie ganz sicher verloren, wenn Kapitän Fredriksen sich nicht für sie eingesetzt hätte. Letzteres umso mehr, nachdem er erfahren hatte, was Kapitän Veit Uthoff, auf dessen Schiff Nele vorher gearbeitet hatte, ihr und anderen Frauen in seiner Crew angetan hatte.

»Du hast übrigens Post von der Reederei bekommen«, sagte Miriam. »Der Brief liegt im Wohnzimmer.«

Nele ahnte, worum es ging. Vermutlich um dieselbe Sache, der sie auch die Bekanntschaft mit dem Typen vorhin verdankte. Im Beisein ihrer Schwester öffnete sie den Brief. Wie sie vermutet hatte, wollte Clemens Tychsen sie in der Sache Veit Uthoff befragen.

»Das ist doch gut.« Miriam schaute sie fragend an. »Oder nicht?«

»Ich weiß nicht genau. Veit Uthoff ist ein enger Freund des Reeders«, sagte Nele beklommen.

»Aber du hast doch erzählt, dass dieser Mann auch andere Frauen belästigt hat, die ebenfalls gegen ihn aussagen werden.«

Wieder musste Nele an den Typen von vorhin denken. Veit Uthoff konnte doch nicht alle Frauen, die gegen ihn aussagen wollten, unter Druck setzen? Unter ihnen sogar Fenja, die Enkelin des Reeders, die Zeugin eines seiner Übergriffe geworden war. Der Gedanke beruhigte Nele ein wenig. Sie stand nicht allein mit ihrer Aussage da.

Zwei Tage später atmete Nele vor der Glasfront des Firmengebäudes tief durch. Ihr Blick blieb am Emblem der Reederei direkt über dem Eingang hängen: drei übereinanderliegende Wellen mit der Aufschrift *Tychsen – All Seas Cruises.*

Sie schaute sich nach allen Seiten um. Nur ein Fußgänger war zu sehen, er ging auf der gegenüberliegenden Straßenseite mit seinem Hund spazieren. Der Mann, der sie bedroht hatte, war nicht mehr aufgetaucht.

Es war ein Versuch, mich einzuschüchtern. Nach meiner Aussage heute wird Veit Uthoff verstanden haben, dass er damit bei mir keinen Erfolg hat, und ich sehe diesen Menschen nie mehr wieder. Eigentlich waren es zwei Menschen, die sie hoffentlich nie mehr wiedersehen würde. Diesen schmierigen Typen, vor allem aber Veit Uthoff selbst.

Sie meldete sich an der Rezeption, von dort aus wurde sie in die oberste Etage geschickt. Die Chefetage. Dorthin wurden nur wenige Mitarbeiter der Reederei geladen.

Mit klopfendem Herzen betrat sie den Aufzug. Sie drückte den obersten Knopf, die Türen schlossen sich lautlos – doch plötzlich schob sich eine Hand dazwischen, und die Türen öffneten sich. Nele erstarrte. Veit Uthoff betrat den Aufzug.

Raus hier, schrie alles in ihr, doch Veit Uthoff drehte ihr den Rücken zu und baute sich vor den Türen auf, die sich gerade wieder schlossen. Sie hätte sich an ihm vorbeidrücken müssen, aber so nah wollte sie ihm auf keinen Fall kommen. Es war unerträglich, mit ihm in dieser engen Kabine auszuharren.

Er beachtet mich nicht, die Fahrt dauert nur wenige Sekunden …

Der Aufzug hatte sich kaum in Bewegung gesetzt, da hielt er auch schon wieder. Zwischen zwei Etagen. Zu Neles Entsetzen hatte Veit Uthoff den Stoppschalter betätigt und wandte sich nun zu ihr um. In seinem Blick lag blanker Hass.

»So sieht man sich wieder.«

»Was soll das?«, rief sie panisch. »Starten Sie sofort den Aufzug wieder oder ich schreie um Hilfe.«

Ein zynisches Lächeln umspielte seine Lippen. »Und wer soll dich hier hören?«

Er duzte sie einfach, so wie er es schon an dem Abend auf seinem Schiff gemacht hatte, als er das erste Mal zudringlich geworden war.

»Du wirst heute keine Lügen erzählen«, stieß er warnend hervor.

»Das sind keine Lügen, und das wissen Sie genau.«

Er zog sein Handy aus der Tasche. »Ich will dir was zeigen.« Er tippte darauf herum, dann drehte er es so, dass sie auf dem Monitor den grobschlächtigen Typen sehen konnte, der ihr vor zwei Tagen aufgelauert hatte. Er grinste in die Kamera und winkte ihr zu, dann trat er einen Schritt zurück.

Ein eiskalter Schauder durchfuhr Nele, als sie im Hintergrund ihre Schwester und die Zwillinge entdeckte. Die drei waren auf dem Spielplatz am Ende der Straße. Kein Mensch war außer ihnen zu sehen.

»Lauft weg!«, wimmerte Nele.

»Sie hören dich nicht.« Veit Uthoff schaltete das Handy wieder aus. »Ich hoffe, du weißt, was du zu tun hast.«

Nele starrte ihn nur an, unfähig, einen klaren Gedanken zu fassen.

Veit Uthoff deutete auf das Handy. »Mein Freund wartet auf meine Nachricht, wie es bei der Anhörung gelaufen ist.«

Das passierte doch nicht wirklich ihr, so etwas gab es doch nur im Fernsehen! Und was war mit den anderen Zeuginnen? »Ich bin nicht die Einzige, die gegen Sie aussagt«, stieß sie hervor.

»Außer dir wird niemand gegen mich aussagen!«

»Sogar Kapitän Fredriksens Tochter …«

»Die kleine Fredriksen liegt nach einem schweren Unfall im Krankenhaus.« Er verzog das Gesicht zu einem widerlichen Lächeln. »Sie hat Bekanntschaft mit meinem ganz besonderen Freund gemacht.« Er hielt das Handy hoch. »Und sie kann froh sein, dass sie noch lebt.«

Nele traute ihren Ohren nicht. Lag Fenja wirklich im Krankenhaus? Und was war mit Diana, einer Kollegin, die vor ihr auf der *MS Silver Lining* gearbeitet hatte? Und mit der Tante von Fenjas Freundin Sophie? Hatte er wirklich alle unter Druck gesetzt?

Veit Uthoff wandte ihr wieder den Rücken zu und betätigte

den Schalter. Der Aufzug setzte sich in Bewegung und glitt lautlos nach oben. Als sich die Türen aufschoben, verließ Veit Uthoff die Kabine, ohne sich noch einmal nach ihr umzusehen.

Nele folgte ihm langsam und sah gerade noch, wie er von Clemens Tychsen begrüßt wurde. Die Männer schüttelten sich die Hand, Clemens Tychsen lächelte seinem alten Freund zu, bevor sie gemeinsam das Büro des Reeders betraten.

Nele fühlte sich allein und verloren auf dem breiten Gang. Sie dachte an ihre Schwester und die Zwillinge, und die Angst um sie schnürte ihr die Kehle zu. Sie zog ihr Handy aus der Tasche und wählte Miriams Nummer, doch statt ihrer Schwester meldete sich eine Männerstimme: »Du weißt, was du zu tun hast.« Danach wurde das Gespräch beendet.

Nele starrte auf ihr Handy. Die Stimme war unverkennbar die des Angreifers gewesen. Wie auch immer er an das Handy ihrer Schwester gekommen war. Er und Veit Uthoff hatten an alles gedacht.

Hilflos schaute sie sich um. Sollte sie den Männern folgen und an die Bürotür anklopfen? Sollte sie Clemens Tychsen brühwarm berichten, unter welchen Druck Veit Uthoff und dieser schmierige Typ sie setzten?

Dann dachte sie wieder an die freundschaftliche Begrüßung zwischen den beiden Männern. Wahrscheinlich würde ihr der Reeder kein Wort glauben – und sie konnte nichts beweisen.

Noch während sie verzweifelt grübelte, öffnete sich die Tür zu dem Raum neben Clemens Tychsens Büro. Eine ältere Frau in einem eleganten Kostüm und toupierten Haaren trat heraus, eine runde Nickelbrille saß ziemlich weit vorn auf ihrer Nasenspitze. In den Händen balancierte sie mehrere Akten. Sie schaute Nele über den Rand der Brille hinweg an. »Kann ich Ihnen helfen?«

»Mein Name ist Nele Bierwald. Ich habe einen Termin.« Ihre Stimme zitterte.

»Ja, ich weiß Bescheid. Es dauert noch einen Moment. Warten Sie bitte hier.«

»Ja, natürlich.« Was blieb Nele auch anderes übrig?

Die Dame schaute sie an. Weder freundlich noch unfreundlich, einfach nur so, als versuche sie, sich ein Bild von Nele zu machen. Dann ging sie mit dem Aktenstapel weiter und bog am Ende des Ganges ab.

Nele wartete und wartete, aber niemand kam. Veit Uthoff war immer noch in Clemens Tychsens Büro, und Nele fragte sich, was die beiden wohl gerade besprachen. Und wo waren die anderen Frauen, die gegen Veit Uthoff aussagen sollten? Wenn Fenja Fredriksen nicht hier war, bedeutete das wirklich …?

In diesem Moment öffnete sich der Aufzug, und Adrian Fredriksen trat auf den Gang. Ein Lächeln breitete sich auf seinem Gesicht aus, als er sie erblickte. »Hallo, Nele, schön, Sie zu sehen.«

»Und ich bin erst froh, dass Sie da sind!« In seiner Gegenwart fühlte Nele sich nicht mehr ganz so ungeschützt. Wenn da nur nicht die Angst um Miriam und die Zwillinge wäre. »Was ist mit Ihrer Tochter?«, fragte sie ernst.

»Sie wissen, dass sie einen schweren Unfall hatte? Danke, es geht ihr besser. Sie ist inzwischen außer Lebensgefahr.«

Übelkeit stieg in ihr auf. Veit Uthoff hatte also die Wahrheit gesagt, das zeigte ihr deutlich, wozu er fähig war. Miriam! Die Zwillinge! Sie schwankte.

»Nele, was ist mit Ihnen?« Adrian Fredriksen hielt sie fest.

»Ich kann nicht gegen Veit Uthoff aussagen«, stieß sie hervor. »Ich kann nicht …«

»Sie nicht auch noch«, stöhnte er. »Diana Hinzen hat abgelehnt, nach Hamburg zu kommen. Helena Schubert ist nicht zu erreichen …«

»Und mir allein wird niemand glauben«, sagte Nele tonlos. Sie dachte an seine Tochter. Niemals würde sie zulassen, dass ihrer Schwester oder deren Kindern das Gleiche passierte. Niemals!

Sie riss sich los und rannte zum Aufzug, doch Adrian Fredriksen holte sie mit wenigen Schritten ein. »Was ist los, Nele?«

Sie zitterte am ganzen Körper. »Ich kann es nicht sagen.«

»Werden Sie bedroht?«

Nele presste die Lippen aufeinander.

Adrian Fredriksen umfasste ihre Schultern. »Ich kann Ihnen nur helfen, wenn Sie mit mir reden.«

»Wenn es nur um mich ginge …« Sie schüttelte erneut den Kopf.

»Er bedroht jemanden aus Ihrer Familie?«

Nele spürte, wie jegliche Kraft von ihr wich, und begann zu weinen. In diesem Moment kam die ältere Dame zurück, diesmal ohne Akten. »Was ist denn hier los?«

»Veit Uthoff!«, rief Adrian Fredriksen.

Die ältere Dame nickte sofort verstehend. »Er ist bereits bei Ihrem Schwiegervater. Außer Frau Bierwald ist keine der Damen erschienen, die zum Gespräch eingeladen wurden.«

Adrian schnaubte. »Und Frau Bierwald wird auch nicht gegen Veit Uthoff aussagen, weil er sie irgendwie unter Druck setzt. Ich habe nur noch nicht herausgefunden, wie er das macht«, stieß Adrian hervor, ohne Nele aus den Augen zu lassen.

»Kommen Sie doch bitte beide in mein Büro.« Die Frau ging vor und öffnete die Tür. Nele folgte ihr neben Adrian. Die Frau bot ihnen die beiden Stühle vor ihrem Schreibtisch an und nahm selbst dahinter Platz. Auf einem Schild stand *Michaela Rettinghaus, Sekretärin der Geschäftsführung, Tychsen – All Seas Cruises.*

Clemens Tychsens Sekretärin! Neles letzte Hoffnung schwand. Das war die Frau, deren Name auf der Einladung gestanden hatte, die Nele zu dem Termin heute erhalten hatte. Von ihr war also vermutlich auch keine Hilfe zu erwarten.

»Sagen Sie uns, was passiert ist«, forderte Michaela Rettinghaus sie jetzt trotzdem auf. Nele bemerkte erstaunt, dass sie ihr aufmunternd zulächelte.

Und mit diesem Lächeln brach Neles Widerstand. Sie konnte die Anspannung, all die Angst nicht mehr ertragen. Die Worte sprudelten förmlich aus ihr heraus, angefangen von der ersten Begegnung mit Veit Uthoffs Freund bis hin zu der Fahrt im Aufzug. Sie berichtete von der Bedrohung ihrer Familie, und dann erzählte sie Adrian Fredriksen, dass Veit Uthoff laut eigener Aussage auch für Fenjas Unfall verantwortlich war.

Er sprang sofort auf, doch Michaela Rettinghaus stellte sich ihm in den Weg. Behutsam fasste sie nach seinem Arm. »Ich verstehe sehr gut, was jetzt in Ihnen vorgeht. Aber wir müssen uns genau überlegen, wie wir vorgehen.«

Adrian starrte sie an. Sein Gesicht war schneeweiß, und er atmete schwer, doch dann nickte er zustimmend. Er wandte sich an Nele. »Danke, dass Sie den Mut aufgebracht haben, alles zu erzählen. Ich verspreche Ihnen, dass Ihrer Familie nichts passieren wird.«

Die Minuten danach erlebte Nele wie in Trance. Panik tobte in ihr, und sie bekam kaum mit, was Adrian Fredriksen sagte. Er reichte ihr ein Glas Wasser, während Michaela Rettinghaus ununterbrochen telefonierte. Und dann kam endlich der erlösende Anruf.

»Ihrer Schwester und den Kindern ist nichts passiert«, sagte Michaela Rettinghaus. »Der Mann, den Sie beschrieben haben, wurde festgenommen. Er hatte das Handy Ihrer Schwester tatsächlich bei sich.« Sie schwieg einen Moment, bevor sie lächelnd hinzufügte: »Und auf seinem eigenen Handy wurden ein paar Nachrichten gefunden, die beweisen, dass er die anderen Frauen ebenfalls unter Druck gesetzt hat.«

Nele verknotete ihre Hände ineinander. Miriam und den Kindern war nichts passiert! Grenzenlose Erleichterung durchflutete sie.

Der Erleichterung folgte tiefe Erschöpfung. »Soll ich jetzt gegen Veit Uthoff aussagen?« Nele wusste nicht, ob sie dazu noch in der Lage war.

»Sie fahren jetzt erst mal nach Hause«, bestimmte Adrian. »Niemand wird Ihnen zumuten, diesem ...«, er schluckte, »... diesem *Kerl* heute noch einmal zu begegnen.«

»Das sehe ich auch so«, stimmte die Sekretärin ihm zu. »Ich werde veranlassen, dass Sie durch einen unserer Fahrer nach Hause gebracht werden.« Sie nickte Adrian zu. »Und wir beide führen jetzt ein Gespräch mit Ihrem Schwiegervater.«

»Wer ist das denn?« Miriam schaute durch das Wohnzimmerfenster nach draußen.

Neugierig stellte Nele sich neben sie und bemerkte überrascht, dass eine schwere Limousine vor dem Haus gehalten hatte. Ein Chauffeur in Livree war ausgestiegen und hielt einem Mann die Hintertür auf.

»Das ist Clemens Tychsen.« Sofort spürte sie Beklemmung in sich aufsteigen. Sie hatte nichts mehr gehört, seit sie vor drei Tagen die Reederei verlassen hatte, doch jetzt erschien in ihrem Kopf wieder das Bild, wie der Reeder und Veit Uthoff sich freundschaftlich begrüßten. Sein Besuch hier verhieß mit Sicherheit nichts Gutes. Aber sie hatte sich nichts vorzuwerfen, deshalb konnte sie ihm hocherhobenen Hauptes begegnen.

Ihre Nervosität wuchs mit jeder Sekunde. Sie überließ es ihrer Schwester, die Tür zu öffnen. Kurz darauf führte Miriam den Reeder ins Wohnzimmer. Nele atmete tief durch.

»Frau Bierwald, ich bin hier, weil ich mich für die ganzen Unannehmlichkeiten entschuldigen will, die Sie auf einem meiner Schiffe erdulden mussten.«

Nele starrte ihn an. Hatte er den sexuellen Übergriff eines Kapitäns wirklich als *Unannehmlichkeit* bezeichnet? Doch ihre Schwester kam ihr zuvor und fuhr den Reeder böse an: »Das war weit mehr als eine Unannehmlichkeit!«

»Ja, ich weiß«, bekannte Clemens Tychsen leise. »Verzeihen Sie mir bitte, dass ich Ihnen nicht sofort geglaubt habe. Ich bin seit frühester Jugend mit Veit Uthoff befreundet. Ich konnte mir einfach nicht vorstellen …« Er brach ab. »Nun gut, ich habe mich eines Besseren belehren lassen müssen. Ich bin ehrlich gesagt schockiert. Für mich gibt es nach den eindeutigen Beweisen keinen Anlass mehr, mich schützend vor einen ehemaligen Freund und Mitarbeiter zu stellen. Ich kann nur hoffen, dass Sie meine Entschuldigung annehmen.« Er sah Nele bittend an. »Als kleine Entschädigung wollte ich Ihnen anbieten, zusammen mit Ihrer Familie Urlaub auf der *MS Kristiana* zu machen. Sie, Ihre Schwester und die Kinder. Die Fahrt nach Australien und Neuseeland ist vermutlich etwas kurzfristig und leider auch schon ausgebucht, aber ich habe veranlasst, dass für Sie alle auf der nächsten Fahrt eine der Luxuskabinen freigehalten wird.«

Nele fühlte sich wie in Trance, sie war unfähig, ein Wort zu sagen. Ihr erster Impuls war es, die Reise zurückzuweisen – Clemens Tychsen konnte sich nicht freikaufen. Andererseits wirkte er in seiner Reue überaus glaubwürdig, das bewies nicht zuletzt sein Besuch hier, der einem Mann wie ihm sicher nicht leichtfiel. Und vielleicht war seine Geste ja nicht nur großzügig, sondern wirklich der Versuch, auch sein eigenes Gewissen reinzuwaschen. Sekundenlang herrschte Stille im Raum. Miriam war offenbar genauso verwirrt wie sie.

»Dafür erwarten Sie bestimmt, dass meine Schwester auf eine Aussage gegen Veit Uthoff verzichtet«, sagte Miriam schließlich kühl. »Wahrscheinlich wollen Sie alles unter den Teppich kehren, um dem Ruf der Reederei nicht zu schaden.«

»Nein. Herr Uthoff wird sich für seine Taten verantworten müssen«, erwiderte Clemens Tychsen. »Mein Angebot ist an keinerlei Bedingungen geknüpft.«

Nele war zu überrascht, um zu antworten. Miriam jedoch fragte: »Wohin geht die nächste Fahrt?«

»Es geht nach Island«, erwiderte Clemens Tychsen ruhig.

In diesem Moment wusste Nele, dass Miriams Widerstand gebrochen war. Ihre Schwester hatte schon immer nach Island gewollt. Jetzt strahlte sie über das ganze Gesicht.

»Wir nehmen das Angebot an«, sagte Nele hastig, dann lächelte sie Clemens Tychsen zu. »Danke, dass Sie gekommen sind.«

Clemens Tychsen verneigte sich kurz, dann verabschiedete er sich. Die Schwestern schauten vom Fenster aus zu, wie er in seinen Wagen stieg. Der Chauffeur schloss die Tür hinter ihm, setzte sich hinters Lenkrad, und dann fuhr der Wagen davon.

»Island«, sagte Miriam andächtig. »Hast du das gehört? Wir fahren nach Island.«

»Ja.« Nele war immer noch vollkommen durcheinander.

»Ich kann es immer noch nicht fassen.« Miriam griff nach der Hand ihrer Schwester. »Ich weiß, du hast Schreckliches durchmachen müssen. Und ich schäme mich ein bisschen, dass ich mich so sehr über den Lohn für deine ausgestandene Angst freue.«

Nele drückte Miriams Hand. »Ich freue mich auch.« Und während sie die Worte aussprach, spürte sie tatsächlich eine unsagbare Freude in sich aufsteigen. Gepaart mit der Erleichterung darüber, dass diese schlimme Phase ihres Lebens endlich vorbei war.

Ihr Handy klingelte. Ein Blick auf das Display verdeutlichte ihr, dass das für eine andere Phase ihres Lebens immer noch nicht galt.

»Mirko?«, fragte Miriam.

Nele nickte und drückte das Gespräch weg. Mit Mirko wollte sie sich auseinandersetzen, wenn sie wieder auf der *MS Kristiana* war. Jetzt wollte sie die restliche Zeit mit ihrer Familie genießen, bis sie ins Flugzeug nach Sydney stieg.

Kapitel 6

Am Morgen musste Lynn noch nicht zur Schule gehen. Nach der hektischen und kurzfristigen Abreise aus der letzten Wohnung gönnten sie ihr einen Tag Ruhe, außerdem mussten erst noch die Formalitäten für den Schulwechsel erledigt werden.

»Kann ich fernsehen?«, drängelte Clara beim Frühstück. Sie hatte sich zu Gisas Erleichterung ziemlich schnell mit den Gegebenheiten abgefunden. Sie war zwar in einem neuen Haus aufgewacht, aber ihre Familie war da, es gab auch heute wieder Schokocreme – ihre kleine Welt war in Ordnung. So schien es jedenfalls.

Gisa schüttelte den Kopf. »Du sollst nicht so oft vor dem Fernseher sitzen.«

»Gehst du dann später mit uns auf den Spielplatz?«

Gisa sah Paco an, der schüttelte kaum merklich den Kopf.

»Wir müssen erst herausfinden, ob es hier in der Nähe überhaupt einen Spielplatz gibt«, erwiderte Gisa ausweichend.

Clara warf ihre angebissene Brotscheibe auf den Teller, und plötzlich rollten Tränen über ihre Wangen. »Das ist alles doof!«, schluchzte sie. »Ich will nicht hier sein.«

Gisa war erschüttert, und auch Ines und Paco wirkten bestürzt. Clara hatte bisher die wenigsten Schwierigkeiten bereitet, hatte sich immer in die Situation gefügt. Gisa hatte keine Ahnung, womit sie das weinende Mädchen beruhigen sollte, es gab nichts Erfreuliches, das sie ihr versprechen konnte.

Es war Paco, der die Situation rettete. »Wir können ins Kino gehen«, schlug er vor. »Alle zusammen.«

»Kino ist auch doof«, schniefte Clara.

»Was ist denn nicht doof?«, fragte Paco.

»Weiß nicht.«

»Wie wäre es mit einem Besuch im Zoo?« Ines schaute fragend in die Runde. »Ich habe heute Morgen bei unserer Ankunft ein Hinweisschild gesehen. Er ist ganz in der Nähe.«

»Ist das …«, Gisa zögerte, bevor sie das Wort aussprach, »… sicher?«

»Klar, Mama«, warf Lenny ein. »Die Tiere sind alle eingesperrt. Da kann dir nix passieren.«

»Stimmt.« Paco schaute ihr fest in die Augen. »Heute ist ein guter Tag für einen Zoobesuch. Alle Tiere sind eingesperrt.« Er schwieg einen Moment. »Oder weit weg.«

»Ja, die Tiere in Afrika.« Lenny nickte zustimmend. »Das ist gaaaaanz weit weg.« Er breitete die Arme aus, so weit er konnte.

»Also gut, gehen wir in den Zoo«, stimmte Gisa zu und empfand sofort Freude. Es war das erste Mal seit langer Zeit, dass sie mit ihren Kindern etwas ganz Normales unternahm.

»Ist das wirklich sicher?«, fragte sie wenig später, als sich die Gelegenheit ergab, allein mit Paco zu reden.

»Koltritschs Handlanger stehen immer noch vor unserer alten Unterkunft«, berichtete er grinsend. »Sobald die beiden abziehen, werde ich informiert.«

»Das heißt, sie werden beobachtet, während sie glauben, sie beobachten uns?« Was für ein Irrsinn. »Kann die Polizei sie nicht einfach verhaften? Dann wäre der ganze Spuk doch vorbei.«

»Du weißt, dass es damit nicht vorbei wäre«, erwiderte Paco mitfühlend. »Koltritsch würde einfach andere Leute schicken. Außerdem können die Kollegen die Männer nicht einfach verhaften. Sie sitzen in ihrem Wagen und betrachten ein Haus. Solange nichts passiert ist …«

»Verstehe«, fiel Gisa ihm ins Wort. »Die Typen müssen mich erst umbringen, bevor die Polizei etwas unternimmt.«

»Wir lassen nicht zu, dass dir oder den Kindern etwas passiert«, versprach Paco.

Bisher war ihnen das auch wirklich gut gelungen.

Auf der Fahrt zum Zoo wurde Gisa bewusst, wie weit ihre Familie inzwischen von ihrem Zuhause in Hamburg entfernt war. Zuletzt hatten sie in Münster gewohnt, jetzt in der Nähe von Frankfurt.

Es war das erste Mal seit langer Zeit, dass sie und die Kinder wieder einen Tag voller Spaß und Freude verbrachten. Selbst Lynn lachte und war ungewöhnlich nett zu ihren jüngeren Geschwistern. Doch Gisa bemerkte, dass sie sehr niedergeschlagen dreinschaute, wenn sie sich unbeobachtet glaubte.

»Was ist los mit dir?«, fragte sie vor dem Affengehege, in dem eine Horde Bonobos herumtollte, schließlich leise. Clara und Lenny beobachteten fasziniert die beiden Babys, die zur Gruppe gehörten. Selbst Paco und Ines amüsierten sich, doch es entging Gisa nicht, dass sie die Umgebung immer wieder aufmerksam im Auge behielten.

»Was soll mit mir los sein?«, erwiderte Lynn schulterzuckend, schaute Gisa dabei aber nicht an.

»Lynn, ich …«

»Pass auf, sonst fällst du da noch rein.« Lynn stürzte nach vorn und hielt ihren Bruder fest, obwohl Lenny sich nicht bewegt hatte und erst recht keine Anstalten machte, sich über die Absperrung zu lehnen. Direkt dahinter war ein breiter Wassergraben als Barriere zwischen den Wegen und dem Affengehege.

Paco trat neben Gisa. »Ich hätte alles darauf verwettet, dass sie Lenny eher in den Wassergraben stößt, als ihn davor zu bewahren, hineinzufallen.«

»Ich wundere mich auch.« Gisa schaute erstaunt zu, wie Lynn nun nach der Hand ihres Bruders griff.

Lenny selbst blickte sich hilfesuchend nach Gisa um, das ungewohnt fürsorgliche Verhalten seiner Schwester war ihm offensichtlich unheimlich. Er riss sich los. »Lass mich! Ich bin doch kein Baby.«

»Dann fall doch da rein, du Blödmann«, keifte Lynn zurück, um gleich darauf ein bemühtes Lächeln aufzusetzen. »Na gut, du bist ja wirklich kein Baby mehr. Ich passe aber trotzdem ein bisschen auf dich auf.« Sie schaute sich kurz um, als wolle sie sich vergewissern, dass Gisa ihre Bemühungen mitbekommen hatte.

»Diese Veränderung kommt ein bisschen plötzlich«, stellte Paco so leise fest, dass nur Gisa ihn hören konnte. »Eigentlich seit dem Moment …« Er brach ab, doch Gisa hakte sofort nach.

»Seit wann?«

»Seit du heute Morgen in Tränen ausgebrochen bist. Ich habe sie noch nie so erlebt. So …« Er brach ab, suchte nach dem richtigen Wort.

»Mitfühlend!«, half Gisa nach, doch Paco schüttelte den Kopf.

»Schuldbewusst!« Er nickte. »Das ist das Wort, das ich meine …«, sagte er nachdenklich. »Kann es sein, dass Lynn heimlich telefoniert und damit unabsichtlich euren Aufenthaltsort verraten hat? Das würde zu ihrem Verhalten passen.«

Gisa überlegte. Zuzutrauen wäre es Lynn, wenn sie die Möglichkeit dazu hätte. »Du hast ihr doch selbst das Handy weggenommen«, erinnerte sie Paco.

»Ja.« Mehr sagte Paco nicht, aber Gisa spürte, dass er nicht überzeugt war.

Mittags aßen sie in einer Pizzeria in der Nähe des Zoos. »Ich will Spaghetti mit ohne alles«, bestellte Lenny fröhlich.

»Einfach in ein wenig Olivenöl anbraten«, übersetzte Gisa.

»Giuseppe hätte das gewusst«, murmelte Lynn missmutig. Als Gisa sie anschaute, lächelte sie jedoch wieder.

»Ja, Giuseppe hätte das gewusst«, bestätigte Gisa. »Aber wir sind nun einmal nicht in unserer Lieblingspizzeria in Hamburg.«

Clara wollte ihre Spaghetti mit Tomatensoße, Lynn bestellte einen Salat. Der Figur zuliebe, wie sie betonte. Gisa ersparte sich den Hinweis darauf, dass der sahnesoßetriefende Salat weitaus mehr Kalorien hatte als die Spaghetti der Kleinen. Sie selbst bestellte eine Pizza, ebenso wie Ines und Paco.

Während sie auf das Essen warteten, unterhielten sie sich über die Erlebnisse des Vormittags. Gisa ließ ihren Blick durch den Raum gleiten, als er plötzlich am eingeschalteten Fernseher hängen blieb, auf dem gerade ein Kreuzfahrtschiff gezeigt wurde. Die *MS Kristiana* – genau das Schiff, das sie bei seiner ersten Ausfahrt im Hamburger Hafen gesehen hatte!

»Die *MS Kristiana* geht wieder auf Fahrt«, sagte eine männlich sonore Stimme. »Nach ihrer erfolgreichen Jungfernfahrt durch die Hurtigruten ist nun Neuseeland das Ziel. Das Flaggschiff der Tychsen-Reederei verfügt über eine neuartige und umweltschonende Hybridtechnologie.«

Es folgten Bilder aus dem Inneren des Schiffes: die Pianobar, das Restaurant, luxuriöse Kabinen und ein Büfett, das alle am Tisch daran erinnerte, wie hungrig sie waren.

»Meine Hochzeitsreise war eine Kreuzfahrt.« Ines seufzte, offenbar hatte auch sie die Sendung entdeckt. »Drei Wochen Mittelmeer. Es war traumhaft.«

»Ich werde mir so etwas nie leisten können.« Gisa konnte den Blick nicht vom Fernseher abwenden, obwohl der Kellner gerade ihre Pizza vor ihr abstellte. Sie spürte wieder eine tiefe Sehnsucht in sich. Genährt durch den Wunsch, all dem zu entfliehen, was sie hier bedrohte. Auf diesem Schiff würde sie sich geschützt fühlen, zumal es am anderen Ende der Welt kreuzen sollte.

Ausgerechnet Neuseeland!

Seit Gisa als junges Mädchen die Bücher der Schriftstellerin Mary Scott gelesen hatte, war das ihr Traumziel.

Jetzt wurden Bilder von Australien gezeigt. Die Oper von Sydney, die Hosier Lane in Melbourne. Kängurus hüpften über die Mattscheibe, vor dem Hintergrund des Uluru. Ein Bild, das Gisa wie so viele andere Menschen mit Australien verband, auch wenn der rote Sandsteinmonolith sehr weit von den Küsten entfernt war.

Anschließend folgten kurze Filmsequenzen aus Neuseeland. Schafe auf hügelig grünen Weideflächen. Dann schlüpfte ein Kiwi aus seiner Höhle. Der flugunfähige Laufvogel, das Nationalsymbol Neuseelands, richtete sich auf und stieß einen schrillen Pfiff aus.

Gisa seufzte. Es wäre so schön, all das zu sehen. Und dabei das Gefühl einer Sicherheit zu empfinden, das hier in Deutschland mit jeder weiteren Fluchtetappe verloren gegangen war.

»Mit dem Eintreffen der *MS Kristiana* beginnt in Neuseeland auch der Frühling«, war erneut die Stimme aus dem Off zu hören. »Neuseeland besteht aus zwei Hauptinseln, der Nord- und der Südinsel. Diese liegen in unterschiedlichen Klimazonen. Bei …«

Das Bild verschwand, dann war nur noch die dunkle Mattscheibe zu sehen. Offensichtlich hatte der Wirt den Fernseher ausgeschaltet.

»Ich würde alles dafür geben, auf diesem Schiff zu sein«, sagte Gisa.

Lenny sah sie erschrocken an. »Auch Lynn, Clara und mich?«

Gisa strich ihm über die Wange. »Natürlich nicht. Euch nehme ich natürlich mit nach Neuseeland.«

»Kann Paco uns mit dem Auto hinbringen?«, fragte Lenny interessiert.

»Nein, das geht leider nicht.« Gisa erklärte ihrem Sohn, dass Neuseeland am anderen Ende der Welt und mitten in einem Meer mit dem Namen Pazifik lag. »Dahin kommen wir nur mit dem Flugzeug oder dem Schiff.«

»Dann will ich da nicht hin«, erklärte Clara kategorisch. »Ich will nach Hause und nicht in das neue Seeland.«

»Du bist vielleicht blöd«, merkte Lynn an und fiel damit wieder in ihr altes Verhalten zurück.

»Mama!«, beschwerte sich Clara prompt und wies anklagend mit dem Finger auf Lynn.

»Streitet euch deshalb doch bitte nicht«, bat Gisa. »Das ist völlig unnötig, weil wir uns eine solche Reise sowieso nie leisten können.«

»Ich kann ja mal mit Staatsanwalt Vogel reden.« Paco schmunzelte. »Ich hätte jedenfalls nichts dagegen, euch auf ein Kreuzfahrtschiff zu begleiten. Und du?«, wandte er sich an Ines.

Ines verschränkte die Hände vor der Brust, verdrehte die Augen und seufzte auf. »Ich wäre auch sofort dabei. Aber eher friert die Hölle zu, als dass Staatsanwalt Vogel einem solchen Einsatz zustimmt.«

Gisa blickte warnend in Richtung der Kleinen, aber die waren gerade mit ihren Spaghetti beschäftigt. Außerdem, da war sich Gisa sicher, konnten auch beide mit dem Begriff *Staatsanwalt* nichts anfangen.

Tagelang ging alles gut. Die Kinder lebten sich in dem neuen Haus ein, Lynn ging wieder zur Schule, und der Gerichtstermin rückte immer näher. Dann erfuhr Paco, dass Bruno Koltritschs Anwalt eine weitere Verschiebung der Verhandlung erwirkt hatte. Der neue Termin stand noch nicht fest.

Gisa machte diese weitere Verschiebung zusätzlich nervös. Außerdem machte sie sich zunehmend Gedanken über die Zeit danach. Musste sie nach seiner Verurteilung mit einem Racheakt rechnen?

»Wir lassen euch auch danach nicht im Stich«, versprach Ines, als sie ihre Sorge äußerte. »Wenn es erforderlich ist, bekommt ihr eine komplett neue Identität.«

Gisa stöhnte leise auf.

»Warte erst einmal den Gerichtstermin ab«, riet Ines. »Ich bin optimistisch, dass das Thema Bruno Koltritsch danach für dich abgeschlossen ist.«

Gisa war nicht überzeugt. »Hoffentlich.«

In der kommenden Nacht träumte sie von der *MS Kristiana.* Ein schneeweißes Schiff, das über den Pazifik schwebte. Sie stand auf dem Oberdeck. Kein Mensch war zu sehen, doch plötzlich spürte sie, dass sie nicht mehr allein war. Langsam drehte sie sich um. Ein Lächeln glitt über ihre Lippen, als sie den Mann in weißer Kapitänsuniform erblickte. Ein Fremder, doch sein zärtliches Lächeln galt ausschließlich ihr. Alle Angst war auf einen Schlag verschwunden. Sie spürte Glück …

»Gisa!«

»Jetzt nicht!« Ihr war nicht bewusst, dass sie die Worte laut aussprach, sie hing noch in ihrem langsam zerfasernden Traum. Der Mann in der weißen Kapitänsuniform löste sich auf, obwohl sie die Hand nach ihm ausstreckte.

»Gisa, wach auf!«

Das Licht war so grell, dass Gisa die Augen sofort wieder schloss. Sie war wieder da, die Realität mit all ihren Ängsten. Mit diesem nächtlichen Gewecktwerden, das nur eins bedeuten konnte. Gisa flog hoch und sah in Ines' besorgtes Gesicht. »Sie wissen, wo wir sind?«

»Ja«, sagte Ines. »Aber das ist nicht alles. Koltritsch ist die Flucht gelungen. Wir befürchten, dass er auf dem Weg zu dir ist.«

Gisa sprang aus dem Bett, doch dann verharrte sie mitten in

der Bewegung. Sie atmete tief durch. »Es reicht«, sagte sie aufgebracht. »Ich will nicht mehr. Ich kann einfach nicht mehr.«

»Was hast du vor?«, fragte Ines besorgt.

»Ich breche das Ganze ab. Ich werde nicht gegen Bruno aussagen, und ich will, dass er das irgendwie erfährt. Es ist mir egal, wie ihr das macht.«

»Nein, Gisa, bitte mach das nicht. Lass uns noch einmal in Ruhe darüber reden«, bat Ines.

»Meine Entscheidung steht fest!«, rief sie aufgebracht, obwohl das nicht der Wahrheit entsprach, denn ihr war durchaus bewusst, dass ihre Haltung nicht richtig war.

Ich kann nicht mehr!

»Zieh dich erst einmal an«, schlug Ines vor. »Unser Vorgesetzter ist gerade gekommen, um das weitere Vorgehen mit dir und uns zu besprechen.«

»Was mich betrifft, gibt es nichts zu besprechen.« Gisa hörte selbst, wie hart ihre Stimme klang. Sie schluckte. »Ines, ich will endlich wieder ohne Angst leben.«

Die Beamtin bedachte sie mit einem langen Blick, kommentierte es aber nicht. »Wir warten in der Küche auf dich«, sagte sie und verließ das Zimmer.

Gisa ließ sich Zeit. Sie wollte nicht mehr reden, nicht mehr argumentieren und sich durchsetzen müssen, sich nicht mehr wehren gegen die Versuche, sie zu überreden. Sie wollte einfach nur Ruhe.

Als sie die Küche schließlich betrat, stand Ines am Fenster, Paco und ein Mann saßen am Küchentisch. Der Mann stand auf, begrüßte sie mit einem Händedruck und stellte sich vor: »Alexander Löhr.«

»Gisa Leupold«, murmelte Gisa.

»Ich weiß.« Er lächelte, doch dann wurde seine Miene ernst. »Ich habe leider keine guten Nachrichten mitgebracht, Frau Leupold«, begann er umständlich. »Aber wir werden Sie in ein neues Versteck bringen. Es ist nur eine Frage der Zeit, bis wir Bruno Koltritsch gefunden haben.«

»Nein«, sagte Gisa bestimmt. »Kein neues Versteck. Ich will mit den Kindern nach Hause.«

Alexander Löhr wirkte nicht überrascht, wahrscheinlich hatte Ines ihn bereits über Gisas Reaktion unterrichtet. Er lächelte ihr beschwichtigend zu. »Ich weiß genau, wie Sie sich fühlen.«

»Das glaube ich nicht«, entgegnete Gisa und spürte mit einem Mal eine innere Ruhe, die sie selbst überraschte. *Es ist vorbei*, nur dieser Gedanke beherrschte sie jetzt. Sie wollte die Anzeige zurückziehen, und schon bald würden sie und die Kinder wieder in Hamburg sein …

Und dann?

Gisa wurde immer deutlicher bewusst, dass sich dadurch überhaupt nichts ändern würde. Solange Bruno Koltritsch nicht überzeugt war, dass sie nicht gegen ihn aussagen würde. »Sie machen Bruno klar, dass er von mir nichts mehr zu befürchten hat«, verlangte sie hilflos. »Nach allem, was Sie uns zugemutet haben, ohne uns wirklich schützen zu können, schulden Sie uns das.«

Der Beamte blieb freundlich, doch seine Stimme klang bestimmt: »Nein, Frau Leupold, so einfach ist das nicht. Und so geht das auch nicht.«

Zu ihrer Hilflosigkeit kam nun auch noch Wut, die sie in Wellen überfiel. Gisa ballte die Hände zu Fäusten. Sie schloss die Augen und begann, laut zu zählen: »Eins, zwei, drei …«

»Wir sind doch kein Sportverein, aus dem Sie einfach so austreten können, wenn Ihnen die Bedingungen nicht mehr passen.«

»… vier, fünf, sechs …«

»Es geht um einen Schwerverbrecher, und der wird Sie nicht in Ruhe lassen. Daran können auch wir nichts ändern.«

Gisa öffnete die Augen. Sie schaffte es nicht, bis zehn zu zählen und sich das Gerede des Beamten länger anzuhören. »Und versuchen Sie gefälligst nicht, mir ein schlechtes Gewissen einzureden, weil mein Zeugenschutz Kosten verursacht. Ich bin es nicht, die zugelassen hat, dass der Gerichtstermin immer wieder verschoben wurde. Und es ist auch nicht meine Schuld, dass unser Aufenthaltsort immer wieder aufgeflogen ist.« Sie zeigte mit dem Finger auf Alexander Löhr. »Machen Sie mich gefälligst nicht für Ihre Fehler verantwortlich.«

Alexander Löhr wirkte mit einem Mal nicht mehr so selbstsicher und reagierte auch nicht auf ihren Ausbruch. Gisa bemerkte, dass Paco und Ines sich einen vielsagenden Blick zuwarfen, doch beide hielten sich zurück.

»Ich erwarte von Ihnen, dass Sie sich Ihrer Pflicht bewusst sind. Wir können diesen Schwerverbrecher nur hinter Gitter bringen, wenn Sie bei Ihrer Aussage bleiben«, sagte er schließlich, doch seine Stimme klang eher hilflos als autoritär.

»Dieser Mann saß bereits hinter Gittern«, erwiderte Gisa spöttisch. »Sie haben es nicht einmal geschafft, ihn dort festzuhalten.«

»Wie ist ihm der Ausbruch überhaupt gelungen?«, mischte Ines sich ein.

Gisa vermutete, dass ihre Frage vor allem auf die Entspannung der Situation zielte. Die Antwort interessierte sie allerdings auch.

»Er ist bei einem Krankentransport geflohen«, erwiderte Alexander Löhr knapp. »Die genauen Umstände kenne ich auch noch nicht.« Er sah Gisa eindringlich an. »Mir war erst einmal Ihre Sicherheit wichtig.«

Gisa war ärgerlich, weil er schon wieder unterschwellig an ihr Gewissen appellierte. »Mir ist meine Sicherheit auch wichtig«, fuhr sie ihn an. »Wissen Sie eigentlich, was das heißt, ständig in Angst zu leben?«

Er blickte sie hilflos an, und plötzlich hatte Gisa eine Idee, wie sie ihn von seinem hohen Ross holen konnte. Eine ziemlich boshafte Idee, wie sie zugeben musste, aber sie konnte sich nicht bremsen. »Na gut, ich ziehe meine Aussage nicht zurück. Aber nur unter einer Bedingung: Sie organisieren für meine Kinder und mich eine Reise auf der *MS Kristiana*. Sollte Bruno Koltritsch in dieser Zeit nicht gefasst werden, bleibe ich mit meinen Kindern in Neuseeland, bis es Ihnen endlich gelingt, ihn vor Gericht zu stellen.«

Gisa erreichte genau das, was sie bezweckt hatte. Alexander Löhr starrte sie so fassungslos an, dass es ihr schwerfiel, nicht über seinen Gesichtsausdruck zu lachen. Er zog ihren Vorschlag nicht einmal in Betracht, aber das hatte sie auch nicht erwartet.

»Vielleicht denken Sie ja noch einmal in Ruhe darüber nach«, bat er, als er aufstand, um zu gehen.

»Ganz bestimmt nicht«, rief Gisa ihm nach.

Paco brachte seinen Vorgesetzten zur Tür. »Und jetzt?«, fragte er Gisa, als er die Küche betrat.

»Jetzt gehe ich schlafen«, erwiderte sie und stolzierte an ihm vorbei. Sie lag kaum im Bett, da fiel sie bereits in einen tiefen Schlaf.

Lynn war in ihrem Zimmer, sie durfte an diesem Morgen schon nicht mehr in die Schule gehen.

Clara und Lenny saßen vor dem Fernseher. Das hatte Gisa heute ausnahmsweise erlaubt, damit sie in Ruhe nachdenken konnte. Als Alexander Löhr erneut auftauchte, wappnete sie sich innerlich sofort.

»Wir sind einverstanden«, sagte er, nachdem er sie begrüßt hatte.

Gisa verstand nicht sofort, was er meinte.

»Sie und Ihre Kinder bekommen eine Passage auf der *MS*

Kristiana. Einer unserer Beamten, Nick Becker, wird Sie begleiten. Bis dahin stehen Sie weiterhin unter dem Schutz der beiden Beamten Ballhauser und Herf. Hoffen wir, dass Sie in Ihrer nächsten Unterkunft ohne weitere Zwischenfälle bis zur Abfahrt des Schiffes verbleiben können.«

Gisa starrte ihn an, während seine Worte in ihr Bewusstsein sickerten.

Alexander Löhr verbeugte sich leicht. »Ich wünsche Ihnen eine gute Reise.« Damit verabschiedete er sich und verließ das Haus, ohne dass Gisa ein Wort gesagt hatte.

Dann herrschte erst einmal Stille in der Küche.

»Na dann: herzlichen Glückwunsch«, sagte Paco grinsend. »Ihr sollt als Familie auftreten«, klärte er sie auf. »Wie bringst du Clara und Lenny dazu, dass sie zu einem fremden Mann Papa sagen?«

Ines hingegen schaute sie traurig an. »Ich freue mich für euch, aber ich werde euch vermissen«, sagte sie.

»Ich auch«, stimmte Paco ihr zu. »Ich auch!«

Kapitel 7

Die Fahrt von Bergen nach Sydney war auch für Jasmin ganz anders gewesen, als sie sich das vorgestellt hatte. Sie hatte viel gearbeitet, aber Adrian fehlte ihr. Ständig musste sie an ihn denken. Manchmal spielte sie mit dem Gedanken, ihn noch einmal anzurufen. Doch dann ließ sie es, weil er auf ihren Anruf nicht geantwortet hatte und sie nicht wusste, was sie von seinem Schweigen halten sollte.

Die Reederei hatte eine Handvoll Journalisten sowie leitende Mitarbeiter großer Reiseunternehmen eingeladen. Eine Werbetour der besonderen Art, von der sich die *Tychsen – All Seas Cruises* eine positive Berichterstattung in der Presse versprach.

»Vielen Dank für Ihren Besuch«, verabschiedete sich Jasmin von Burkard Posch. Der Reisejournalist hatte während der Fahrt immer wieder ihre Nähe gesucht, und Jasmin hatte gerne Zeit mit ihm verbracht. Burkard war sympathisch, und er lenkte sie von ihren Gedanken an Adrian ab.

»Vielleicht sehen wir uns ja mal wieder.« Er hielt ihre Hand ein bisschen zu lange fest, und Jasmin entzog sie ihm vorsichtig.

»Ja, vielleicht«, erwiderte sie vage. Sie wollte ihm keine falschen Hoffnungen machen.

»Vielleicht schon hier in Sydney? Ich bin noch drei Tage hier.«

Jasmin war froh, dass sie sich keine Ausrede einfallen lassen musste. »Das geht leider nicht. Die *MS Kristiana* läuft morgen Abend schon wieder aus. Vor uns liegen umfangreiche Vorbereitungen auf die neuen Passagiere.«

»Ich verstehe. Und ich finde es sehr schade.« Seine blauen Augen betrachteten sie aufmerksam. »Ich habe aber schon die ganze Zeit gespürt, dass es da jemanden gibt.«

»Ja«, gab sie zu.

»Ich hoffe, er ist es wert.« Er lächelte ihr zu, dann ging er.

Das ist er, dachte Jasmin. Sie war sich allerdings keineswegs sicher, ob Adrian dasselbe empfand wie sie. Sie hatte es geglaubt, während der Hurtigruten-Reise. In Svolvær war sie davon überzeugt gewesen, so wie auch an ihrem letzten gemeinsamen Abend in Bergen. Doch dann war dieser Anruf gekommen und seine überstürzte Abreise nach Hamburg. Heute würde sie ihn wiedersehen.

Kapitän Reincke, der die *MS Kristiana* von Bergen nach Sydney gebracht hatte, flog heute zurück nach Deutschland, während Adrian Fredriksen bereits auf dem Weg hierher war.

Allein der Gedanke an das Wiedersehen ließ ihr Herz schneller schlagen. Sie freute sich darauf und hatte zugleich Angst davor. Er hatte sie nicht angerufen, sich nicht einmal auf ihre Nachricht gemeldet. Vielleicht hatte sie sich geirrt, was seine Gefühle für sie betraf. Oder er hatte sich etwas vorgemacht und inzwischen erkannt, dass sie ihm nichts bedeutete.

»Jetzt hast du ihm das Herz gebrochen!« Ihre Kollegin Marisol stand plötzlich neben ihr.

»Wie bitte?« Jasmin war in Gedanken immer noch bei Adrian.

»Der nette Journalist, der sich gerade von dir verabschiedet und dir dabei besonders tief in die Augen gesehen hat.« Marisol legte die Hand auf ihr Herz und seufzte tief auf. »Ich finde, ihr passt so gut zusammen.«

»Tut mir leid, dass ich deine romantischen Vorstellungen zerstören muss. Ich mag Burkard Posch, mehr nicht. Das wird nichts mit ihm und mir.«

»Sehr schade.« Marisol hängte sich bei ihr ein. »Ich wünsche dir wirklich, dass du privat mal wieder so richtig glücklich wirst.«

»Im Moment finde ich es schön, so wie es ist«, behauptete Jasmin und war zum wiederholten Male froh, dass ihre Kollegen nicht bemerkt hatten, dass sie und Adrian sich nähergekommen waren.

»Ich gebe die Hoffnung trotzdem nicht auf. Vielleicht ist ja unter den neuen Passagieren ein Mann, der dich völlig um den Verstand bringt«, sagte Marisol grinsend.

»Danke, ich hatte einen, der mich fast um den Verstand gebracht hat«, erwiderte Jasmin trocken.

»Das Muttersöhnchen?« Marisol wusste, dass Jasmin mit einem Mann liiert gewesen war, der nichts ohne die Zustimmung seiner Mutter machte.

»Genau der.« Jasmin nickte. »Zum Glück habe ich gerade noch die Kurve gekriegt.«

»Beziehungsweise den Job auf der *MS Kristiana*«, sagte Marisol vergnügt. »Obwohl ich mir die Geschichten von deinem Verflossenen immer wieder gerne anhöre.«

Jasmin lachte. Heute konnte sie das, aber als sie noch im Hotel ihrer Beinahe-Schwiegermutter gearbeitet hatte, war die Situation alles andere als amüsant gewesen. Und doch verdankte sie ihrer Erfahrung im Hotelgewerbe den Job als Hotelmanagerin auf der *MS Kristiana*.

»Ruft Ralph dich immer noch an?«, wollte Marisol wissen.

»Zum Glück hat er es aufgegeben. Seine Mutter hat sich aber noch einmal gemeldet, um mir unter die Nase zu reiben, dass ihr Sohn eine neue Freundin hat.«

»Und was hast du gesagt?«, wollte Marisol wissen.

»Dass mich das für ihn freut. Das wiederum hat Cosima überhaupt nicht gepasst, weil sie mich mit dieser Neuigkeit doch eigentlich verletzen wollte. Als ich ihr dann noch den Rat gegeben habe, ein bisschen netter zu Ralphs neuer Freundin zu sein und es diesmal nicht zu vermasseln, hat ihr das den Rest gegeben.«

Für Jasmin war das Thema abgeschlossen. Sie klatschte in die Hände. »So, genug jetzt von den alten Kamellen. Morgen geht es wieder los.« Sie lächelte Marisol zu. »Ich freue mich auf die neue Tour.«

»Ich mich auch«, bestätigte Marisol. Die Spanierin, die mit einem Norweger verheiratet war und schon seit Jahren für die Reederei arbeitete, war Jasmin auf ihrer ersten Fahrt eine große Hilfe gewesen. Daraus hatte sich zwischen den Frauen eine enge Freundschaft entwickelt.

An diesem Morgen gab es noch nicht so viel zu tun. Jasmin stimmte Marisols Vorschlag gerne zu, zumindest für ein paar Stunden gemeinsam Sydney zu erkunden. Leider war die Zeit zu kurz, um sich alle Sehenswürdigkeiten anzuschauen. Ihr erster Weg führte zum Opernhaus. Fasziniert standen sie vor dem Gebäude. Mehr als eineinhalb Millionen Fliesen reflektierten das Sonnenlicht.

»Unglaublich!« Marisol machte Fotos mit dem Handy, die sie direkt an ihren Mann weiterschickte.

»Ja, wirklich. Schade, dass Jørn Utzon, der dänische Architekt dieses Gebäudes, das Produkt seines Entwurfs nie selbst gesehen hat«, berichtete Jasmin.

Marisol sah sie erstaunt an, und Jasmin ergänzte: »Das habe ich zumindest gelesen.«

Ihr nächstes Ziel war das Viertel *The Rocks*. In einer der zahlreichen historischen Gassen tranken sie einen Kaffee. Danach blieb noch Zeit für einen Besuch im Museum of Contemporary Art, wo sie die Werke lokaler und internationaler Künstler bestaunten.

Dann drängte Marisol zum Rückweg. »Nele kommt auch gleich. Ich glaube, sie braucht unsere Unterstützung.«

»Ja, sie hat mir auch geschrieben. Sie hat Angst vor dem Wiedersehen mit Mirko.« *Ich weiß nur zu gut, wie sie sich fühlt*, dachte Jasmin. Sie hatte zwar nicht wirklich Angst vor dem Wiedersehen mit Adrian, aber ein Gefühl des Unbehagens erfüllte sie trotzdem. Sie hatte keine Ahnung, wie sie sich verhalten sollte, nachdem er nicht auf ihren Anruf reagiert hatte.

Zufällig trafen sie zeitgleich mit Nele am Kai ein. Die junge Erzieherin sprang aus dem Taxi, lief mit weit ausgebreiteten Armen auf sie zu und umarmte nacheinander Marisol und Jasmin. »Wie schön, euch zu sehen!«, rief sie strahlend.

»Wir freuen uns auch, dass du wieder da bist.« Jasmin nahm Nele noch einmal in den Arm und sah sich dabei verstohlen um. Sie wusste, dass Nele in der gleichen Maschine mit Adrian und Eva Fredriksen nach Sydney gekommen war. Aber von Adrian war nichts zu sehen.

»Kapitän Fredriksen und seine Frau wollten in der Stadt etwas essen und haben mir angeboten, sie zu begleiten«, berichtete Nele, als sie zusammen zur Gangway gingen, als hätte sie ihre Gedanken gelesen. »Aber ich wollte gleich zum Schiff.«

Marisol lachte. »Wie nett, dass du unsere Gesellschaft vorziehst.«

Jasmin hingegen verspürte einen dumpfen Schmerz. War Eva Fredriksen die Erklärung für Adrians Schweigen? Er und seine Frau hatten um das Leben ihres Kindes gebangt, so etwas verband zwei Menschen. Und vielleicht hatten sie dabei festgestellt, dass sie sich immer noch liebten.

Adrian hatte nie über die Gründe für die Trennung von seiner Frau gesprochen. Und sie selbst hatte auch nie über ihre Zeit mit Ralph gesprochen. Es war nicht wichtig gewesen. Wenn sie mit Adrian zusammen gewesen war, hatte nur das Hier und Jetzt gezählt.

»Trinken wir noch etwas, sobald ich meinen Koffer ausgepackt habe?«, fragte Nele. »Ich habe euch so lange nicht gesehen, und es gibt so viel zu erzählen.«

Jasmin warf einen Blick auf ihre Armbanduhr. »Ich muss noch einiges für morgen vorbereiten«, sagte sie. »Aber heute Abend hätte ich Zeit.«

Marisol und Nele saßen bereits in der Pianobar, als sie ankam. Jasmin war gerne mit den beiden Kolleginnen zusammen, doch heute Abend war sie viel zu beschäftigt mit ihren eigenen Gedanken und der Angst vor dem Wiedersehen mit Adrian, um ihre Gesellschaft entspannt zu genießen.

Anna saß am Klavier und spielte, obwohl sie heute eigentlich frei hatte. Die Türen zum Außendeck standen weit offen. Der tiefblaue Himmel spiegelte sich im Wasser des Hafens. Es könnte alles so schön sein …

Nele hatte so viel zu erzählen, dass weder sie noch Marisol bemerkten, wie still Jasmin war. Sie war froh, als sie sich endlich zurückziehen konnte.

Ebenso wie Marisol und Nele, die sich eine Kabine teilen mussten, wohnte auch sie auf Deck 3. Sie hatte sich während des Gesprächs nur danach gesehnt, endlich allein zu sein, doch jetzt, als sie die Tür ihrer Kabine hinter sich schloss, fühlte sie sich schrecklich einsam.

Auf dem Tisch unter dem Fenster stand der Wein, den Adrian in Svolvær und Bergen mit ihr hatte trinken wollen. Beide hatten sie gewusst, dass damit auch eine neue Phase ihrer Beziehung eingeläutet worden wäre. Vielleicht war es ein Wink des Schicksals, dass sie jedes Mal durch Eva Fredriksen gestört worden waren, bevor Adrian die Flasche entkorken konnte. Es sollte nicht sein …

Jasmin trat an den Tisch und strich sacht mit dem Finger über die Flasche. Ihre Aufmerksamkeit wurde abgelenkt, als draußen ein Taxi anhielt. Heraus stieg Adrian. Jasmin beobachtete, wie er um den Wagen herumging und seiner Frau die Tür öffnete. Lachend hielt er ihr die Hand hin und half ihr beim Aussteigen.

Auch Eva Fredriksen lachte ihren Mann an. Sie sah glücklich aus.

Jasmin wandte sich eilig ab. Die beiden waren verheiratet, und wenn eine Ehe, die eigentlich schon gescheitert schien, gerettet wurde, war das doch eigentlich eine gute Sache. Es stand ihr nicht zu, darüber zu urteilen. Und doch hatte sie jedes Recht, sich verletzt zu fühlen. Jasmin schloss für einen Moment die Augen. Sie hatte eine ganze Nacht Zeit, sich mit den Gegebenheiten abzufinden. Morgen würde sie wieder ihr professionell freundliches Gesicht aufsetzen und sich nichts anmerken lassen.

Am nächsten Morgen stand Jasmin früh an der Rezeption. Die Listen der erwarteten Gäste hatte die Reederei ihr bereits zugemailt, es würde aber noch ein paar Stunden dauern, bis die ersten Passagiere von den Terminals zum Schiff gebracht wurden.

Marisol kam angelaufen. »Sorry, ich bin zu spät.«

Jasmin lächelte ihr zu. »Es ist noch nichts los. Ich überprüfe gerade die Gästeliste.«

»Haben wir irgendwelche Promis dabei?« Marisol schaute über Jasmins Schulter auf den Monitor.

»Zum Glück nicht«, erwiderte Jasmin. »Ich fand das auf der letzten Fahrt ziemlich anstrengend.«

Auf der Hurtigruten-Tour war eine berühmte Schriftstellerin an Bord erwartet worden. Sie hatte von Beginn an eine der Luxuskabinen gebucht, doch wann genau sie wirklich zusteigen würde, wusste niemand. Abschließend hatte sich herausgestellt, dass sie vom ersten Tag an an Bord gewesen war, sich aber nicht zu erkennen gegeben hatte, dabei gab es sogar Fans, die eigens wegen ihr die Passage gebucht hatten.

»Eigentlich war die Fahrt echt schön gewesen.« Jasmin gönnte sich den Luxus, sekundenlang in Erinnerungen zu schwelgen. Ihre erste Fahrt auf der *MS Kristiana* würde für immer in ihrem Herzen bleiben. Wegen ihrer ganz besonderen, eigenen Geschichte.

Jasmin schüttelte leicht den Kopf, um die Bilder aus ihren Gedanken zu verdrängen. Das war Vergangenheit. Jetzt lagen Australien und Neuseeland vor ihr, und nur darauf wollte sie sich konzentrieren.

Der erste Gast kam kurz vor Mittag. »Tim Rossberg«, stellte er sich vor.

Jasmin hieß ihn willkommen, überreichte ihm die Keycard für seine Balkonkabine und erklärte ihm den Weg.

»Netter Mann«, sagte Marisol, nachdem er gegangen war. »Sehr attraktiv.«

»Ja«, bestätigte Jasmin.

»Und allein reisend«, ergänzte Marisol.

Jasmin stemmte die Arme in die Hüften. »Ich hoffe sehr, du hast dir nicht vorgenommen, mich auf dieser Reise zu verkuppeln.«

»Nein«, beteuerte Marisol mit einem scheinheiligen Grinsen. »Aber du musst doch zugeben, dass dieser Tim Rossberg ein total interessanter Mann ist.«

»Interessant, aber nicht interessiert«, konterte Jasmin trocken.

»Na ja, er ist ja gerade erst angekommen. Wenn er dich erst einmal kennenlernt …«

»Ich meine mich«, unterbrach Jasmin sie. »Ich bin nicht interessiert.«

»Auch das kann sich noch ändern.« Marisol gab einfach nicht auf. Jasmin war fast schon froh, dass in diesem Augenblick Magnus Foss auftauchte, obwohl sie den Kreuzfahrtdirektor nicht sonderlich mochte.

Marisol hingegen hasste ihn geradezu, und so wurde ihr Gesichtsausdruck bei seinem Anblick sofort abweisend. Sie erwiderte seinen Gruß nur knapp, wohl wissend, dass Magnus immer auf eine Gelegenheit lauerte, um sie auf der *MS Kristiana* loszuwerden.

Jasmin bemühte sich um ein bisschen mehr Freundlichkeit, schließlich gab es einige Bereiche, in denen sie und Magnus zusammenarbeiten mussten.

»Wir sollten uns über das Unterhaltungsprogramm austauschen«, sagte er zu Jasmin. »Wir sind nach dem Auslaufen zwei Tage nur auf See.«

»Ja, das können wir gerne machen«, sagte Jasmin freundlich. »Später, wenn alle Gäste eingetroffen sind.«

»Natürlich.« Magnus nickte. »Ich wollte das nur ansprechen und wäre dankbar für die eine oder andere Idee.«

»Ja.« Die nächsten Gäste traten an die Rezeption. Eine Frau mit drei Kindern. Die Frau schaute sich immer wieder um und wirkte nervös. »Gisa Leupold«, stellte sie sich vor. »Und das sind meine Kinder Lynn, Clara und Lenny.«

»Schaukelt das Schiff, wenn wir losfahren?«, fragte Clara.

Jasmin lachte. »Nein. Es gibt sogenannte Stabilisatoren, die das verhindern.«

Das Mädchen zog ein langes Gesicht. »Schade.«

»Wir sind ganz froh darüber«, erklärte Jasmin. »Den meisten Leuten wird schlecht, wenn das Schiff zu sehr schaukelt.«

»Mama hat gesagt, hier ist ein Kindergarten«, sagte Lenny. »Können wir da hin?«

»Klar.« Wie aufs Stichwort kam Nele dazu, sie hatte die Worte des Jungen offenbar gehört. »Dann kommt ihr zu mir. Ich bin Nele, und ich freue mich schon darauf, mit euch zu spielen.«

»Kannst du sofort mit uns spielen?«, bat der Junge.

»Nein, Lenny, das geht nicht«, sagte Gisa Leupold. »Wir sind doch gerade erst angekommen.«

»Das ist kein Problem.« Nele streichelte dem Jungen übers Haar. »Ich kann die beiden sofort mit in den Kindergarten nehmen, dann können Sie sich in aller Ruhe in Ihrer Kabine einrichten und die Kinder später abholen.«

»Ich weiß nicht …« Sie schaute sich immer wieder suchend um. Wahrscheinlich wartete sie auf den Mann, der laut Jasmins Unterlagen mit ihr zusammen in der Luxuskabine an der Kreuzfahrt teilnahm.

»Ihre Kinder sind bei Nele sehr gut aufgehoben«, versicherte Jasmin.

»Bitte, Mama«, bettelte Lenny. »Darf ich mit Nele in den Kindergarten?«

»Ich will aber auch«, mischte Clara sich ein. Vertrauensvoll griff sie nach Neles Hand. »Ich finde dich nett.«

»Ich finde euch beide auch sehr nett.« Nele war die Freude über ihre ersten kleinen Gäste deutlich anzusehen. »Ich weiß jetzt schon, dass wir viel Spaß miteinander haben werden.«

»Na gut«, stimmte Gisa zu. »Vielleicht ist es auch ganz gut, wenn …« Sie brach ab, als ihre große Tochter sie in die Seite stieß.

Jasmin wusste nicht, was sie sagen sollte, und machte sich an die Buchung der Familie, während Nele mit den beiden Kleinen davonging.

Gisa Leupold schaute sich wieder um. »Ich warte noch auf jemanden.«

»Nick Becker.« Jasmin nickte bestätigend.

»Ja …« Gisa schaute sich um und wirkte mit einem Mal noch hilfloser als zuvor. »Er müsste eigentlich … Ich weiß überhaupt nicht … Wann kommt er denn?«

Jasmin verstand die Frage nicht. »Das weiß ich nicht«, sagte sie ruhig. »Ist Herr Becker denn nicht mit Ihnen an Bord gekommen?«

»Das …«, Gisa hielt kurz inne, »… weiß ich nicht.«

»Der kommt schon noch«, sagte Lynn und stieß ihre Mutter erneut an. »Wir können doch schon mal in unsere Kabine gehen und da auf ihn warten.«

»Ja, das ist eine gute Idee.« Gisa nickte. »Wir warten in der Kabine auf ihn.«

Jasmin überreichte ihr die Keycard zur Luxuskabine und erklärte den Weg. Jasmin und Marisol schauten sich verwundert an, nachdem Mutter und Tochter gegangen waren.

»Da stimmt doch was nicht«, meinte Marisol.

»Sehr seltsam, wie sich diese Frau verhalten hat«, stimmte Jasmin ihr zu. »Sie macht einen sehr sympathischen Eindruck, aber ich hatte die ganze Zeit das Gefühl, dass sie unter Druck steht. Ich bin gespannt auf diesen Nick Becker.«

»Ob er die Kabine bezahlt hat?«, überlegte Marisol. »Gisa Leupold wirkt so gar nicht, als könnte sie sich eine Luxuskabine leisten. Und wieso weiß sie nicht, wo ihr Mann ist? Wieso ist er nicht zusammen mit seiner Familie an Bord gekommen?«

»Er hat nicht nur die Luxussuite, sondern auch die Kabine daneben gebucht«, erwiderte Jasmin. »Wer weiß, was dahintersteckt. Gisa Leupold tut mir leid, sie wirkt ein bisschen konfus.«

Marisol lächelte. »Wir werden dafür sorgen, dass sie eine wundervolle Reise hat.«

»Das werden wir.« Jasmin lächelte. Dann trafen weitere Gäste ein und forderten ihre volle Aufmerksamkeit.

Nick Becker tauchte erst kurz vor dem Auslaufen auf. Ein großer muskulöser Mann, der ernst dreinblickte.

»Ich habe in Dubai meinen Anschlussflug verpasst«, erklärte er sein spätes Erscheinen.

Jasmin gelang es nur mit Mühe, ihre Überraschung nicht zu zeigen. War er denn nicht zusammen mit seiner Familie geflogen? Es hatte doch eben so ausgesehen, als würde Gisa Leupold sich suchend nach diesem Mann umsehen. Das Ganze wurde immer rätselhafter.

»Ihre …« Jasmin hielt inne. Was war das für eine Verbindung zwischen Gisa Leupold und diesem Mann?

»Meine Frau«, sagte er, als hätte er ihre Gedanken erraten.

Ja, natürlich, warum auch nicht? Es war ja durchaus möglich, dass die Ehefrau bei einer Heirat ihren Namen behalten hatte. Jasmin überreichte ihm seine Keycard und schaute ihm nach, als er davonging. Seine breiten Schultern schienen sich bei jeder Bewegung anzuspannen.

»Was für ein Muskelberg«, sagte Marisol. »Der wird seine Zeit doch zu einem großen Teil im Fitnessraum verbringen. Vielleicht sollten wir ihn direkt bei Mirko anmelden.«

»Marisol, da stimmt was nicht«, sagte Jasmin ernst.

Marisol musterte sie. »Das Gefühl habe ich auch. Aber was meinst du genau?«

»Ich weiß es nicht«, erwiderte Jasmin. »Ich habe einfach kein gutes Gefühl. Wir sollten diese Familie im Auge behalten.«

»Vielleicht sprichst du mit Kapitän Fredriksen darüber«, schlug Marisol vor.

Jasmin spürte einen inneren Widerstand. Sie wollte keineswegs, dass es so aussah, als würde sie geradezu nach einem Vorwand suchen, um mit Adrian zu reden. Obwohl er seit gestern Abend an Bord war, hatte sie ihn immer noch nicht gesehen. War das nicht ein deutliches Zeichen, dass sich etwas zwischen ihnen geändert hatte?

»Lass uns noch warten und die Sache beobachten«, schlug sie

vor. »Wir können den Kapitän immer noch informieren, wenn wir es für erforderlich halten.«

Doch Marisol senkte eilig den Blick und tat so, als wäre sie in die Unterlagen vertieft, die sie in der Hand hielt. »Die Eisprinzessin«, hauchte sie.

Jasmin zuckte innerlich zusammen, hob aber den Blick. Eva Fredriksen kam geradewegs auf sie zu, blickte Jasmin hochmütig an und sagte ohne jeglichen Gruß: »Ich erwarte ein Päckchen für die medizinische Station.«

»Das hat Ayda bereits vor einer halben Stunde abgeholt.« Trotz ihres inneren Aufruhrs fiel es Jasmin nicht schwer, nach außen hin Freundlichkeit zu zeigen, das hatte sie in den Jahren ihrer Tätigkeit in Hotels gelernt.

»Gut.« Kein Danke, keine Verabschiedung. Eva Fredriksen drehte sich einfach um und ging.

»Ich schwöre, diese Frau kann kochendes Wasser in Sekundenschnelle zu Eis verwandeln«, flüsterte Marisol. »Nur durch ihren Blick. Ich frage mich, was unser Kapitän jemals an der gefunden hat.«

Jasmin brachte ein gekünsteltes Lachen zustande, mehr nicht. Was sollte sie auch dazu sagen? Auch wenn sie selbst es nicht erkennen konnte, gab es bestimmt etwas, das Adrian einmal zu dieser Frau gezogen hatte. Und wahrscheinlich hatte er genau dieses Etwas wiederentdeckt.

»So, das war es«, unterbrach Marisol ihre Gedanken. »Alle Passagiere sind an Bord. In einer halben Stunde legen wir ab. Ist es okay für dich, wenn ich dich kurz allein lasse?«

»Natürlich«, stimmte Jasmin zu.

Marisol war kaum gegangen, da kam Adrian. Jasmins Herz schlug heftig in ihrer Brust, als er plötzlich am Tresen der Rezeption auftauchte. Sekundenlang standen sie da und schauten sich an.

»Hallo, Jasmin.« Seine Stimme klang rau.

»Hallo, Adrian.« *Mein Gott, wie sehr habe ich ihn vermisst.* »Wie geht es deiner Tochter?«

»Sie wurde inzwischen aus dem Krankenhaus entlassen«, berichtete er.

Und du konntest mir nicht einmal eine Nachricht zukommen lassen? »Das freut mich.«

»Ja, Eva und ich sind auch sehr erleichtert. Es sah am Anfang wirklich nicht gut aus.« Er schaute auf seine Armbanduhr. »Ich muss auf die Brücke, wir legen gleich ab.«

»Ich weiß.« Sie wusste selbst nicht, wie sie diese Worte hervorbrachte. Ihre Lippen fühlten sich taub an, ihr ganzer Körper war in einem Zustand, der alles abprallen ließ. Alles, was sie verletzen konnte. Worte, die gesagt wurden. Doch mehr noch die Worte, die nicht gesagt wurden.

»Wir sehen uns«, sagte er. Dann ging er. Sie blieb zurück. Allein! Und vor allem sehr einsam.

Kapitel 8

Die meisten Passagiere versammelten sich auf dem Außendeck vor dem Speisesaal. Tim hatte keine Lust, sich in dieses dichte Gedränge zu schieben. Während er noch unschlüssig auf dem Gang zwischen Rezeption und Speisesaal stand, kam die hübsche Hotelmanagerin auf ihn zu. Tim konnte sich sogar noch an ihren Namen erinnern: Jasmin Andres. Sie lächelte, als sie ihn sah.

»Was macht ein Passagier, wenn er etwas sehen, sich aber nicht in dieses Gedränge stürzen will?« Er wies mit der Hand auf die gläserne Tür, die zur Reling führte.

»Der geht zur Pianobar«, erwiderte sie und legte gleich darauf den Zeigefinger über die Lippen. »Ein Geheimtipp, der allerdings nur anfangs geheim ist. Wenn Sie die Bar durchqueren, gelangen Sie zu einer Außenterrasse. Die Aussicht von da aus ist fantastisch.«

»Kommen Sie mit? Für diesen Tipp lade ich Sie zu einem Glas Champagner ein.«

Jasmin Andres schüttelte den Kopf. »Vielen Dank, aber das geht nicht. Ich bin im Dienst. Und eigentlich …« Sie brach ab.

»Und eigentlich sind Ihnen private Kontakte zu den Passagieren nicht erlaubt«, beendete er ihren Satz.

»Ja.« Sie lächelte wieder, aber er fand, dass dieses Lächeln traurig wirkte. Als ihre Kollegin nach ihr rief, verabschiedete sie sich von ihm und eilte weiter.

Tim nahm die Treppe. Niemand begegnete ihm auf dem Weg nach oben. Nicht nur Hinweisschilder, sondern auch Klavierklänge wiesen ihm den Weg. Als er die Bar betrat, waren außer ihm nur zwei weitere Menschen dort. Eine Pianistin, die mit gesenktem Kopf an einem Steinway-Flügel saß und selbstvergessen spielte. Sie schien nicht einmal zu bemerken, dass er den Raum betrat.

Hinter dem Tresen, der die gesamte rechte Wand einnahm, stand der Barkeeper. Er polierte ein Glas, schaute dabei aber immer wieder zum Klavier. Als er Tim erblickte, begrüßte er ihn mit einem höflichen Nicken.

Der Raum war geschmackvoll mit hellen Loungemöbeln eingerichtet, die sich um den Flügel gruppierten. Genau gegenüber führten Türen auf die Außenterrasse. Sie waren offen und ließen frische Abendluft herein. Die Klavierklänge begleiteten ihn, als er die Terrasse betrat, und ergänzten perfekt die Aussicht auf das Opernhaus von Sydney.

Das Bauwerk ragte ins Hafenbecken und wirkte mit seiner auffallenden Dachkonstruktion wie eine Segelbootflotte im aufkommenden Wind. Auch die Harbour Bridge konnte er nun sehen, die wegen ihrer Form von den Einwohnern gerne *coat hanger*, Kleiderbügel, genannt wurde.

Ich hätte meine Kamera mitbringen sollen, dachte Tim, doch gleichzeitig war er froh, dass er sie in der Kabine gelassen hatte. Er wollte diese besonderen Momente nicht durch den Sucher einer Kamera festhalten, sondern mit den Augen und dem Herzen betrachten.

Langsam zog die *MS Kristiana* durch das glitzernde Wasser bis zu den *Sydney Heads*, die den Eingang in den Naturhafen bildeten. Das Schiff nahm Fahrt auf und Kurs aufs offene Meer.

Tim stand an der Reling. Tiefe Ruhe erfüllte ihn beim Anblick des Pazifiks, der wie eine bleigraue Fläche vor ihm lag. Von der untergehenden Sonne war nur noch ein orangegoldener Schein am Horizont zu sehen. Die Klavierklänge aus der Pianobar untermalten dieses Bild. Dann war es plötzlich still.

Schade, dachte er, doch gerade begann die Pianistin ein neues Stück. Er kannte die Melodie nicht, aber sie berührte ihn auf eine Weise, die er sich nicht erklären konnte. Er trat an die Tür und schaute zum Klavier. Jetzt konnte er das Gesicht der Pianistin sehen. Sie schaute in seine Richtung, aber Tim hatte das Gefühl, dass ihre bernsteinfarbenen Augen geradewegs durch ihn hindurchschauten. Dunkles lockiges Haar rahmte ihr Gesicht ein.

Tim rührte sich nicht von der Stelle. Er schaute die Pianistin unverwandt an, während er der Musik lauschte. Das Stück endete mit einer Folge von Arpeggien, die den ganzen Raum mit rasch aufeinanderfolgenden Klängen erfüllten. Die unmittelbar darauf einsetzende Stille raubte ihm sekundenlang den Atem. Plötzlich wurde ihm bewusst, dass die Pianistin nicht mehr durch ihn hindurchschaute, sondern ihn bewusst wahrnahm. Sie lächelte, als ihre Blicke sich begegneten.

Tim erwiderte ihr Lächeln. Langsam trat er näher. »Das war wunderschön.«

»Ja«, sagte sie. »Ich liebe dieses Stück.«

»Ich habe es noch nie zuvor gehört.«

Sie bog den Kopf zurück und lachte leise. »Es wurde auch nie veröffentlicht.«

»Es ist Ihr eigenes Stück? Haben Sie es komponiert?« Es passte so sehr zu ihr, dass er überrascht war, als sie den Kopf schüttelte.

»Würden Sie ein bestimmtes Stück für mich spielen?«, bat er.

Es war ihr anzusehen, dass sie dazu keine Lust verspürte. Sie nickte wahrscheinlich nur aus Höflichkeit.

Tim zog seine Brieftasche aus der Jacke und nahm das Notenblatt heraus. Er faltete es auseinander und reichte es ihr.

Sie schaute darauf, und plötzlich wurde ihre Miene starr. »Woher haben Sie das?«, stieß sie hervor.

»Ich habe es in einem Koffer auf dem Dachboden meines

Großvaters gefunden.« Fragend schaute er sie an. »Aber Sie scheinen das Stück zu kennen.«

»Ja.« Sie gab ihm das Notenblatt zurück und spielte die ersten Akkorde auf dem Klavier. Es war genau das Stück, das sie eben gespielt und das ihn so sehr berührt hatte. Sie brach ab und wandte sich ihm wieder zu. »Wie kommt Ihr Großvater zu diesem Notenblatt?«

»Genau das möchte ich auf dieser Reise herausfinden. Ich habe erst nach dem Tod meines Großvaters erfahren, dass er ein begabter Geiger war und in Neuseeland aufgetreten ist. Er hat mir nie etwas davon erzählt.« Tim lächelte sie an. »Und jetzt führt mich meine erste Spur ausgerechnet zu Ihnen. Woher kennen Sie *Grits Lied?*«

Ernst schaute sie ihn an. »Ich besitze das gleiche Notenblatt. Grit war meine Großmutter.«

Kapitel 9

Anna liebte diese stille Stunde zwischen Tag und Traum. Den Moment, wenn sich endlich der letzte Passagier zurückgezogen hatte und sie ganz allein auf der Außenterrasse stand. Die Gäste hatten sich in dieser Nacht besonders lange in der Pianobar aufgehalten. Ihre Hände umklammerten die Reling. Die Begegnung mit diesem Passagier, dessen Namen sie nicht einmal kannte, hatte in ihr eine Flut von Gefühlen ausgelöst.

Anna wusste nicht viel von ihrer Großmutter Grit, die einen Teil ihres Lebens in Neuseeland verbracht hatte. Annas Mutter Audrey war in Neuseeland zur Welt gekommen und hatte dort ihre Kindheit und Jugend gewohnt.

»Die glücklichste Zeit meines Lebens«, hatte sie immer gesagt. Neuseeland war für sie die Heimat gewesen, nach der sie sich zeitlebens zurückgesehnt hatte. Der Liebe wegen war sie nach Deutschland gezogen. Annas Vater war Deutscher gewesen und hatte zwei Jahre in Neuseeland als Bauingenieur gearbeitet. Dort hatte er Annas Mutter kennengelernt.

Anna wusste, dass die Ehe ihrer Eltern sehr glücklich gewesen war. An ihren Vater konnte sie sich aber nicht mehr erinnern. Er starb kurz nach ihrer Geburt bei einem Arbeitsunfall.

Anna wollte weitere Erinnerungen an ihre Vergangenheit nicht zulassen. Ihre Kindheit, ihre Jugend und ihre erste große Liebe, die in einer tiefen Enttäuschung endete. Kurz vor ihrem frühen Tod hatte ihre Mutter Audrey gesagt: »Du bist deiner Großmutter so ähnlich. Du siehst aus wie sie, du hast ihr Talent.

Pass auf, mein Kind, dass dir nicht auch das Herz gebrochen wird.«

Mehr hatte Anna nicht erfahren. Ihre Mutter starb zwei Tage später, nach einem viel zu kurzen, entbehrungsreichen Leben.

Anna hatte nicht viel mehr herausfinden können. In den Unterlagen ihrer Mutter hatte sie lediglich das Notenblatt zu *Grits Lied* gefunden. Offensichtlich gab es davon eine zweite Ausgabe, die im Besitz des Passagiers war und zuvor seinem Großvater gehört hatte. Sie hatte dem Fremden nicht sofort geantwortet, als er sie gefragt hatte, ob sie sich gemeinsam auf die Suche nach der Geschichte ihrer Vorfahren machen wollten.

Sie dachte an ihn, wie er sie so eindringlich angesehen hatte. Seine dunklen Augen, sein Lächeln …

»Pass auf, mein Kind, dass dir nicht auch das Herz gebrochen wird«, vernahm sie erneut die Stimme ihrer Mutter in ihren Gedanken.

Anna lächelte. »Keine Sorge, Mama, das ist mir einmal passiert. Ein zweites Mal werde ich dazu keinem Mann die Gelegenheit geben.« Ihre geflüsterten Worte wehten über das Meer. Ein Versprechen, das sie nicht nur ihrer Mutter, sondern auch sich selbst gab.

Eine dünne Nebelschicht waberte über dem Meer. Endlose Weite, so weit das Auge reichte. Ein goldener Streifen am Horizont kündigte das Aufgehen der Sonne an.

Anna ließ diesen Moment auf sich einwirken, während ihre Gedanken zum vergangenen Abend zurückkehrten, zu dem Fremden, dessen Großvater dieses wundervolle Lied für ihre Großmutter komponiert hatte.

Als hinter ihr die Tür zum Außendeck geöffnet wurde, drehte sie sich um. »Guten Morgen, Jasmin«, grüßte sie die Hotelmanagerin.

»Hallo, Anna. Du bist noch auf?«

Anna wies aufs Meer. »Ich wollte diesen Moment nicht verpassen.« Es war nicht die ganze Wahrheit, aber sie wollte nicht über das reden, was sie beschäftigte.

Ein Geräusch ließ sie beide zusammenfahren. Weder Anna noch Jasmin hatten den Mann bemerkt, der zwei Meter entfernt in einer Decke eingerollt in einem der Liegestühle schlief. Er richtete sich auf, wirkte sofort wach und aufmerksam. Wahrscheinlich hatten ihre Stimmen ihn geweckt.

»Herr Becker«, sagte Jasmin überrascht. »Haben Sie hier draußen übernachtet?«

»Nein.« Mehr sagte er nicht, dann stand er auf. Er überragte Jasmin und Anna um einen ganzen Kopf. Sein Hemd war zerknittert und spannte sich um seine Muskeln. »Bekomme ich um diese Zeit irgendwo Kaffee?«

»Der Speisesaal hat noch geschlossen, aber Sie können sich einen Kaffee in Ihre Kabine bringen lassen. Oder Sie gehen in die Pianobar, die ist immer geöffnet.«

»Und da gibt es den besten Kaffee auf dem Schiff«, sagte Anna. »Das ist ein Geheimtipp, den wir nicht an alle Passagiere weitergeben.«

Der Anflug eines Lächelns zeigte sich auf seinem Gesicht. »Vielen Dank für den Tipp, ich verrate es nicht weiter.«

»Wieso schläft dieser Passagier auf dem Außendeck?«, fragte Anna, kaum dass er außer Hörweite war.

»Das wüsste ich auch gerne. Er hat für sich und seine Familie nicht nur eine der Luxuskabinen gebucht, sondern auch die Kabine daneben«, sagte die Hotelmanagerin und erzählte, dass die Familie des Mannes Stunden vor ihm aufs Schiff gekommen war und die Ehefrau nicht wusste, wo sich ihr Mann befand.

Anna lauschte mit wachsendem Erstaunen. »Wenn das Paar die Reise gebucht hat, um seine Eheprobleme in den Griff zu bekommen, fängt das aber nicht gut an«, sagte sie.

»Wenn es nur das ist …« Jasmin klang nachdenklich.
»Was vermutest du denn?«, wollte Anna wissen.
»Nichts Konkretes«, erwiderte Jasmin. »Ich habe einfach nur ein ungutes Gefühl.«
»Wäre es nicht gut, Kapitän Fredriksen zu unterrichten?«, schlug Anna vor.
»Ja, vielleicht«, sagte sie vage und wechselte das Thema. »Für mich beginnt jetzt gleich der Dienst. Wir sehen uns.«
»Wir sehen uns.« Anna blieb noch auf dem Außendeck und genoss die Aussicht aufs Meer.

Eine Stunde später traf sie den Fremden vom vergangenen Abend in der Pianobar wieder. Fast kam es ihr so vor, als hätte er auf sie gewartet, obwohl er dort so früh eigentlich nicht mit ihr rechnen konnte. Er saß in der Loungegruppe gleich neben dem Flügel und sprang auf, als sie die Bar betrat.
»Hallo!« Er strahlte sie an.
»Hallo«, erwiderte Anna reserviert.
»Darf ich Sie zu einem Kaffee einladen?«
»Nein, danke.«
»Darf ich Ihnen ein paar Fragen stellen?«, bat er.
Darauf hatte Anna nun wirklich keine Lust. Sie blickte ihn abweisend an, in der Hoffnung, das sei Antwort genug.
»Ich habe jetzt erst herausgefunden, dass mein Großvater angeblich ein erfolgreicher Geiger war. Können Sie verstehen, dass ich mehr über diese Zeit seines Lebens wissen will?«
Seine Worte bewegten etwas in Anna, sodass es ihr zunehmend schwerfiel, ihre Ablehnung aufrechtzuerhalten. »Natürlich verstehe ich das. Aber ich kann Ihnen nicht helfen. Ich erinnere mich kaum an meine Großmutter, und meine Mutter hat selten über sie gesprochen. Ihren Großvater hat sie nie erwähnt. Vielleicht wusste sie nicht einmal von ihm.«

»Besteht die Möglichkeit, Ihre Mutter anzurufen und sie zu fragen?«

Anna schluckte schwer. »Sie lebt schon lange nicht mehr.«

»Das tut mir leid.« Er wirkte ehrlich betroffen, schwieg einen Moment, stand mit gesenktem Kopf vor ihr, tief in Gedanken versunken. Dann hob er den Blick. »Ich habe meine Eltern auch sehr früh verloren. Ich bin bei meinem Großvater aufgewachsen.«

Und der war nun auch verstorben. Anna bemühte sich, ihren Kopf und auch ihr Mitgefühl auszuschalten. Sie wollte sich auf keinen Fall in diese Geschichte hineinziehen lassen, die nicht ihre war. »Ich wünsche Ihnen, dass Sie etwas über das Leben Ihres Großvaters herausfinden«, sagte sie. »Aber ich kann Ihnen dabei nicht helfen.«

Er schenkte ihr einen langen Blick aus seinen dunklen Augen. Dann lächelte er plötzlich. »Ich verstehe.«

Du verstehst überhaupt nichts, antwortete sie in Gedanken.

»Mein Name ist übrigens Tim Rossberg. Darf ich trotzdem noch eine Bitte äußern?«

Nein! Sie wollte nichts mehr hören. Er sollte sie endlich in Ruhe lassen und gehen. Doch sie nickte steif.

»Spielen Sie noch einmal *Grits Lied*.«

Anna setzte sich ans Klavier. Ihre Finger ruhten still auf den Tasten. Sie schloss die Augen, dann begann sie zu spielen. Jeder Ton, jeder Akkord drang tief in ihr Herz. Nie zuvor war ihr bewusst geworden, dass es das Lied einer großen und unvergänglichen Liebe war. Es war, als würde ihre Großmutter durch diese Melodie zu ihr sprechen.

Der letzte Ton verklang. Anna sah auf, direkt in Tim Rossbergs Augen. »Ich will wissen, was damals geschehen ist«, hörte sie sich sagen und konnte nicht fassen, dass sie diese Worte aussprach.

Tim strahlte. »Dann machen wir uns gemeinsam auf die Suche nach der Vergangenheit?«

Seine Begeisterung war ansteckend. »Ja«, bestätigte sie lächelnd. »Ich bin dabei.«

Kapitel 10

»Mama, da steht ein total fremder Fremder vor der Tür«, berichtete Clara aufgeregt. »Der ist soooo groß.« Sie hielt die Hand so weit über den Kopf, wie es ihr möglich war.

»Nee«, widersprach Lenny. »Der ist noch viel größer.«

Bevor Gisa nachfragen konnte, betrat der *total fremde Fremde* die Terrasse der Luxussuite.

»Wow!«, entfuhr es Lynn, die neben Gisa auf dem Loungesofa lag und gelangweilt in einem Magazin geblättert hatte.

»Ich bin Nick Becker«, stellte der Mann sich vor.

Gisa nickte ihm kurz zu. »Ja.« Was sollte sie auch sonst sagen im Beisein der Kleinen? Sie hatte die beiden noch nicht darauf vorbereitet, dass ein Mann kommen und vorübergehend ihr Vater sein würde. Und eigentlich, so fand Gisa, war dieser Schachzug auch nicht nötig. Es hätte doch völlig gereicht, wenn dieser Mann irgendwo im Hintergrund für ihren Schutz gesorgt hätte. Darüber hatte sie vor ihrer Abfahrt lang und breit mit dem Staatsanwalt diskutiert, doch der war unerbittlich geblieben. Entweder fand diese Reise zu seinen Bedingungen statt – oder überhaupt nicht. Und dann hatte er ihr zu guter Letzt noch mitgeteilt, dass Bruno Koltritsch noch weitaus gefährlicher war, als sie bis dahin angenommen hatten. Offenbar hatte er weitreichende internationale Verbindungen von mafiaähnlicher Struktur. Gisa war hier am anderen Ende der Welt also keinesfalls so sicher, wie sie geglaubt hatte.

Und trotzdem hatte sie seit ihrer Ankunft in Sydney ein anderes Gefühl. Sie hatte sich hier nicht mehr so bedroht gefühlt wie in Deutschland. Das jedoch änderte sich durch die Ankunft von Nick Becker. Mit diesem Hünen an ihrer Seite fiel sie überall auf …

»Der sieht ja aus wie der Terminator in jung«, stellte Lynn fest. Ihr Blick glitt an Nick Becker herauf und herunter, dann schnalzte sie zu Gisas Entsetzen bewundernd mit der Zunge.

»Lynn!« Gisa empfand das Benehmen ihrer Tochter als äußerst unpassend.

»Was ist ein Ternimator?«, wollte Clara wissen.

»Eine Maschine«, erwiderte Lynn grinsend.

Clara piekste mit dem Finger kurz in Nick Beckers Hand. »Nee, der ist echt«, stellte sie fest.

Nick Becker lächelte ihr zu, bevor er sich Gisa zuwandte. »Können wir unter vier Augen miteinander reden?«

»Lynn, geh bitte mit Clara und Lenny rein und pass auf sie auf«, ordnete Gisa an.

»Ich bleib lieber hier und pass auf dich und die Maschine auf«, widersprach Lynn grinsend.

Gisa war das Verhalten ihrer Tochter so peinlich, dass ihr die Worte fehlten. Dafür reagierte Nick Becker. Nicht unfreundlich, aber mit einschüchternder Autorität sagte er: »Du hast gehört, was deine Mutter gesagt hat.« Sein Blick bohrte sich regelrecht in Lynns, und dann geschah tatsächlich das Wunder, mit dem Gisa nie gerechnet hätte: Lynn stand auf. »Kommt mit«, forderte sie ihre Geschwister auf und führte sie durch die gläserne Tür in den Wohnraum der Suite. Sie zog sogar die Tür hinter sich zu.

»Haben Sie meine Tochter hypnotisiert?«, fragte Gisa erstaunt und stand auf. Als Nick Becker näher kam, musste sie den Kopf in den Nacken legen, um ihm ins Gesicht zu schauen.

»Nein.« Er schüttelte den Kopf.

Gisa wartete, bis er sich ihr gegenüber in den Sessel gesetzt hatte, bevor sie selbst auf der Couch Platz nahm. »Wo kommen Sie jetzt plötzlich her? Ich hatte Sie schon gestern erwartet.«

Er lächelte. »Gar nicht so plötzlich. Ich bin tatsächlich seit gestern auf dem Schiff.« Dann wurde seine Miene ernst. »Haben Sie das Gefühl, dass Ihnen jemand gefolgt ist? Fühlen Sie sich beobachtet?«

Seine Fragen beunruhigten Gisa. »Wieso? Haben Brunos Leute herausgefunden, wo wir sind?«

Er hob beschwichtigend die Hand. »Nein, machen Sie sich keine Sorgen, das sind Standardfragen. Menschen, die verfolgt werden, spüren das oft, auch wenn sie niemanden sehen.«

»Nein. Ich habe mich sicher gefühlt«, sagte Gisa. »Bis eben …«

»In meiner Gegenwart wird Ihnen nichts passieren«, versicherte Nick Becker.

Gisa wollte ihm gerne glauben, war aber nicht überzeugt. »Sie sagten, Sie sind gestern schon an Bord gekommen. Wieso haben Sie sich nicht schon früher gemeldet? Und wieso sind wir nicht von Deutschland aus zusammen nach Sydney geflogen, so wie es eigentlich vorgesehen war?«

»Das sind eine Menge Fragen«, stellte er lächelnd fest. »Also, ich bin gestern gerade noch rechtzeitig vor dem Auslaufen des Schiffes an Bord gekommen. Und wir konnten nicht zusammen von Deutschland nach Sydney fliegen, weil ich an meinem letzten Einsatzort länger als erwartet aufgehalten wurde. Es hatte unerwartete Komplikationen gegeben.«

Unerwartete Komplikationen im Einsatz? Gisas Befürchtungen wuchsen. Nichts an seinen kryptischen Aussagen trug zu ihrer Beruhigung bei.

»Ich hoffe, an Ihrem vorherigen Einsatzort gab es keine Toten«, sagte sie ironisch.

Er erwiderte ernst ihren Blick. »Doch, die gab es«, sagte er zu ihrem Entsetzen. Dann lächelte er wieder. »Aber nicht unter meinen Schützlingen.«

»Wenn das ein Witz sein soll …« Gisa schüttelte den Kopf. »Ich kann darüber gar nicht lachen.«

»Ich auch nicht«, versicherte er.

»Und wieso tauchen Sie erst jetzt bei uns auf, wenn Sie schon seit gestern auf dem Schiff sind?«, wiederholte Gisa ihre Frage.

»Weil ich mir erst einmal aus der Distanz ein Bild machen wollte. Ich wollte wissen, ob hier jemand ein besonderes Interesse an Ihnen zeigt und Sie beobachtet.«

Dieser große und keineswegs unauffällige Mann hatte sie überwacht? »Ich habe Sie nicht bemerkt.«

»Ich mache diesen Job nicht erst seit gestern«, sagte er, als erkläre das alles. Er drehte sich kurz um und schaute zur Terrassentür, wo Clara und Lenny hinter der Scheibe standen und sie beäugten. Lynn stand grinsend hinter den Kleinen.

»Lynn weiß Bescheid, mit den Kleinen habe ich noch nicht gesprochen. Ich habe keine Ahnung, wie ich ihnen die Situation plausibel erklären soll, ohne ihnen Angst zu machen.«

»Ich rede mit ihnen«, entschied Nick Becker und ging zu den Kindern, noch bevor Gisa reagieren konnte. Sie folgte ihm neugierig, auch wenn es ihr nicht gefiel, wie er die Regie über ihre Familie übernahm.

»Setzt euch«, sagte er zu den Kindern. Er wartete, bis Gisa ebenfalls den Raum betreten hatte, dann schloss er die Tür. »Was wir jetzt besprechen müssen, darf außer uns niemand wissen.«

»Ein Geheimnis?«, hauchte Clara.

»Ein großes Geheimnis«, bestätigte Nick. »Und ein Spiel. Ich muss mich aber darauf verlassen, dass ihr keinem Menschen etwas sagt.«

Immerhin gelang es ihm, die volle Aufmerksamkeit der

Kinder zu gewinnen. Gisa registrierte, dass Clara und Lenny ihn mit offenem Mund anschauten.

»Versprochen?«

Beide Kinder nickten und wiederholten unisono: »Versprochen!«

»Ab sofort sagt ihr Papa zu mir«, verlangte Nick.

Clara und Lenny schauten einander an, bevor sie sich wieder Nick zuwandten. »Warum?«, wollte Clara wissen.

»Weil das zu unserem Spiel und unserem Geheimnis gehört«, erklärte er. »Alle Leute sollen glauben, dass ich euer Papa bin.«

»Warum?« Diesmal war es Lenny, der fragte.

Gisa wartete ebenso gespannt auf seine Antwort wie die Kinder. Ihr selbst wäre dazu nichts eingefallen.

Nick beugte sich vor und sagte leise: »Wenn wir es schaffen, dass alle Leute das glauben, haben wir einen Wunsch frei.«

Die Erklärung schien Clara einzuleuchten. »So wie im Märchen, wenn die gute Fee kommt?«

»Genau so«, bestätigte Nick.

»Kann ich mir dann was aussuchen?«, fragte Clara weiter. »Das große Feuerwehrauto aus dem Spielzeugladen?«

Wenn ihn Claras Wunsch überraschte, so ließ Nick Becker sich das nicht anmerken. »Großes Ehrenwort«, versprach er.

»Und mein Bruder will einen Hund«, sagte Clara schnell.

»Den willst du!«, beschwerte sich Lenny. »Ich will den großen Baukasten mit der Eisenbahn und echt richtigen Schienen.«

»Du musst dich also entscheiden«, sagte Lynn zu ihrer kleinen Schwester. Die Vierzehnjährige hatte offensichtlich ihren Spaß. Gisa hatte sie schon lange nicht mehr so fröhlich gesehen. »Entweder Hund oder Feuerwehrauto.«

»In unserer Wohnung sind Haustiere nicht erlaubt«, sagte Gisa hastig.

Clara schob die Unterlippe vor. »Ich will aber das Feuerwehrauto und den Hund. Sonst mach ich nicht mit.«

Berechnendes kleines Biest, dachte Gisa. Laut sagte sie: »Dann hört das Spiel jetzt auf.« Sie wandte sich Nick zu und schaute ihn beschwörend an. »Sie haben gehört, was Clara gesagt hat.«

Nick Becker verstand. Er stand auf und hob bedauernd die Hände. »Schade, aber dann muss ich mir eben eine andere Familie für das Spiel suchen.«

»Na gut, ich nehme nur das Feuerwehrauto«, sagte Clara schnell, bevor Nick und damit auch die Aussicht auf diese Gelegenheit verschwand. »Aber wenn ich keine Lust mehr habe, spiele ich nicht mehr mit.«

»Das geht nicht.« Nick schüttelte mit ernster Miene den Kopf. »Wir spielen alle zusammen, bis die Schiffsreise vorbei ist.«

Diesmal musste Clara sehr lange über eine Entscheidung nachdenken. Gisa hatte das Gefühl, dass Nick Becker insgeheim erleichtert aufatmete, als die Sechsjährige endlich nickte. »Na gut.« Sie wandte sich an Gisa. »Darf ich jetzt wieder mit Lenny auf der Terrasse spielen?«

Gisa ermahnte sie, nicht zu nahe an die Reling zu gehen, und ließ die Tür weit auf, um notfalls sofort nach draußen zu eilen, wenn Clara oder Lenny sich nicht an ihr ausdrückliches Verbot hielten.

»Was bekomme ich eigentlich, wenn ich mitspiele?«, fragte Lynn.

Nick schaute ihr fest in die Augen. »Vielleicht bekommst du dann dein Handy zurück, das du bei meinen Kollegen abgegeben hast. Obwohl ich glaube, dass du auch ohne das Teil ganz gut zurechtkommst, nicht wahr?«

»Ja, okay.« Lynn wirkte plötzlich nervös. »Mama, ich gehe lernen«, sagte sie und zog sich in das kleine Schlafzimmer neben dem Salon zurück, das sie gestern sofort für sich vereinnahmt hatte. Gisa schlief mit Lenny und Clara in dem breiten Doppelbett im Hauptschlafzimmer.

Gisa war überrascht. Sie verstand nicht, was sich gerade unterschwellig zwischen dem Beamten und ihrer Tochter abspielte, und wäre vielleicht weitaus weniger misstrauisch gewesen, wenn Lynn sich nicht so schnell freiwillig zum Lernen zurückgezogen hätte.

»Was genau hatte das Gespräch zwischen Ihnen und Lynn zu bedeuten?«, hakte sie nach.

Doch er ging nicht auf ihre Frage ein. »Wir müssen uns duzen, wenn wir glaubwürdig sein wollen«, sagte er stattdessen.

Gisa starrte ihn an. Zuerst tauchte er am Vortag nicht auf, als sie auf ihn gewartet hatte. Dann war er plötzlich da, übernahm die Regie innerhalb ihrer Familie, bestach die beiden Kleinen und führte ein seltsames Gespräch mit ihrer vierzehnjährigen Tochter, das nur die beiden verstanden. Gleichzeitig war dieser Mann so geheimnisvoll, dass er ihr eher ein Gefühl des Unbehagens als der Sicherheit vermittelte. »Außerhalb der Kabine können wir uns duzen, aber hier halte ich es lieber förmlicher«, sagte sie kühl.

»Okay, mir ist es recht so.« Er stand auf und ging noch einmal zu den Kindern. Mahnend hob er den Zeigefinger. »Und denkt immer an unser Spiel!«

»Ja, Papa«, erwiderten beide gleichzeitig.

»Das macht ihr super«, lobte Nick.

»Sie werden sich früher oder später verplappern«, prophezeite Gisa, als er sich wieder umdrehte.

Nick schüttelte den Kopf. »Es sind nicht die Kinder, die mir Sorgen bereiten. Sie sind es.«

»Ich?« Gisa war überrascht.

»Sie müssen sich entspannen. Und vor allem müssen Sie mir vertrauen!« Seine Stimme klang fast schon beschwörend.

»Ich vertraue nur mir selbst«, erwiderte sie kühl. »Sie können übrigens nachts hier auf dem Sofa schlafen. Ich hoffe, das ist groß genug für Sie.«

Er schaute sie an. Lange, mit einem Blick, den sie nicht deuten konnte. Dann wandte er sich um. »Ich bin rechtzeitig zurück, damit wir alle pünktlich zum Abendessen gehen können.«

»Wo gehen Sie denn hin?«, fragte sie überrascht. Dieser Mann gab ihr immer mehr Rätsel auf.

»Ziehen Sie sich etwas Hübsches an.« Damit drehte er sich um und verschwand. Einfach so. Ohne Erklärung. Und ausgerechnet dieser Mann erwartete von ihr, dass sie ihm vertraute.

Im Nachhinein ärgerte Gisa sich auch über seine Bemerkung, sie solle sich hübsch machen. Was war denn an ihrer Jeans und dem hellen T-Shirt auszusetzen? Und überhaupt … Für wen sollte sie sich denn hübsch machen? Etwa für ihn?

»Nie im Leben«, murmelte sie.

»Sprichst du etwa mit dir selbst?«, fragte Lynn.

Gisa hatte nicht gehört, dass ihre Tochter in den Salon gekommen war. »Ja«, gab sie zu.

»Das klang irgendwie sauer.«

»Ich bin nicht sauer«, behauptete Gisa.

Lynn musterte sie prüfend.

»Na gut, ein bisschen«, gab Gisa zu. »Es hat aber nichts mit dir oder deinen Geschwistern zu tun.«

»Dann bleibt ja nur noch Nick«, schlussfolgerte Lynn. »Findest du nicht auch, dass er fantastisch aussieht?«

»Ich stehe nicht so auf Muskelberge«, erwiderte Gisa.

»Ich schon«, behauptete Lynn.

»Lass das nur nicht deinen Luke hören.« Sie bedachte ihre Tochter mit einem langen Blick. »Wie hat Herr Becker die Sache mit dem Handy eben eigentlich gemeint?«

Lynn zuckte betont gleichmütig mit den Schultern. »Keine Ahnung. Er hat doch nur festgestellt, dass ich ganz gut ohne Handy auskomme. Und das stimmt ja auch. Oder habe ich einmal gemeckert, seit ich es abgeben musste?«

»Nicht einmal, mindestens tausendmal«, sagte Gisa trocken. »Außerdem geht es mir nicht um das, was Herr Becker gesagt hat, sondern darum, wie er es gesagt hat.«

»Ich habe keine Ahnung, was du meinst. Und sag nicht Herr Becker zu Herrn Becker.« Sie grinste das typische Lynn-Grinsen. »Wir wollen doch nicht auffallen.«

»Wie soll ich ihn denn sonst nennen?«

»Schatz«, schlug Lynn vor. »Oder Liebling. Was Frauen eben so zu ihren Männern sagen.«

Ein Schauer überlief Gisa. Natürlich einer von der unangenehmen Art, nicht so ein wohlig warmer …

»Pass du lieber auf, dass du dich nicht versprichst«, sagte Gisa hastig.

»Papa sag ich nicht zu ihm.« Lynn schüttelte heftig den Kopf, und mit einem Mal füllten ihre Augen sich mit Tränen. »Niemals. Ich hab nur einen Papa«, flüsterte Lynn. »Auch wenn der tot ist.«

»Schon gut, Lynn, das musst du auch nicht.« Gisa nahm ihre Tochter liebevoll in die Arme. »Nenn ihn, wie du willst«, sagte sie sanft. Sie fasste ihre Tochter bei den Schultern und schob sie gerade so weit von sich, dass sie ihr ins Gesicht schauen konnte. »Aber bitte nicht beim Vornamen. Wir müssen alles unternehmen …«

»… damit wir nicht auffliegen«, ergänzte Lynn. Sie lächelte leicht. »Ich weiß, Mama, und ich passe wirklich auf. Damit das alles bald vorbei ist und wir endlich wieder nach Hause können.«

»Danke, dass du so vernünftig bist, meine Große.« Gisa drückte ihre Tochter schnell noch einmal an sich. »Und jetzt machen wir uns so richtig hübsch für heute Abend, ja?«

Sie bemerkte zu spät, dass sie genau das aussprach, was Nick Becker von ihr verlangt hatte. Lynn strahlte übers ganze Gesicht. »Ja, das machen wir. Und dann machen wir die Typen hier auf dem Schiff heiß.«

Gisa betrachtete ihre Tochter. »Ich bin mir nicht so sicher, was ich von deiner Redeweise halten soll«, sagte sie grinsend. »Und was ist mit deinem Luke? Ist der inzwischen in Vergessenheit geraten?«

»Natürlich nicht«, rief Lynn empört. »Die anderen Typen sollen mich toll finden. Verliebt bin ich nur in Luke.«

Nick kam um kurz vor sechs. Er war frisch rasiert, der Hauch eines teuren Aftershaves umgab ihn. Sein Anzug saß tadellos. Kurz und gut: Er sah hervorragend aus.

Gisa war bemüht, sich ihre Überraschung nicht anmerken zu lassen. Lynn war da nicht so zurückhaltend. »Du siehst super aus. Echt jetzt.« Sie duzte ihn ohne Probleme.

»Das Kompliment kann ich nur zurückgeben.« Er lachte Lynn an. »Ich wäre sehr stolz, wenn ich eine Tochter wie dich hätte.«

»Danke.« Lynn freute sich sichtlich über das Kompliment, wirkte aber auch ein wenig verlegen. »Sieht Mama nicht auch ganz toll aus?«

Es gefiel Gisa überhaupt nicht, dass Lynn seine Aufmerksamkeit auf sie lenkte. Dann der Blick, mit dem er sie anschaute. Dieses Lächeln, das nur in seinen Augen erkennbar war. Sie bemerkte darin durchaus Bewunderung, aber er wirkte auch amüsiert. Und ganz bestimmt gefiel es ihm, dass sie auf ihn gehört hatte.

Gisa wusste, dass sie gut aussah. Das grüne Seidenkleid, in der Farbe ihrer Augen, umspielte locker ihre schlanke Figur. Ihre rotblonden Haare, die ihr bis zum Kinn reichten, glänzten. Aber sie wollte von ihm keine Komplimente hören. »Lenny und Clara, kommt ihr bitte«, sagte sie eilig.

Die beiden saßen auf dem Sofa und schauten sich einen Zeichentrickfilm an.

»Ich will das noch ausgucken«, sagte Clara.

»Ich auch.« Wie so oft stimmte Lenny auch diesmal seiner Schwester zu.

»Dann gehen wir allein essen«, sagte Nick. »Beschwert euch nachher aber nicht, wenn ihr Hunger habt.«

Clara sprang vom Sofa. »Ich hab jetzt schon Hunger.« Sie schaltete den Fernseher mit der Fernbedienung einfach aus, obwohl ihr Bruder noch immer auf den Monitor schaute.

Lenny protestierte nicht. Er stand ebenfalls auf und trottete hinter seiner Schwester zur Tür. Alle zusammen verließen sie die Suite. Wie eine ganz normale Familie, die an einem ganz normalen Ferientag zusammen zum Abendessen ging.

»Schau mal, was für eine reizende Familie«, hörte Gisa eine ältere Dame auch prompt sagen, als sie an der Rezeption vorbeigingen. Hinter dem Tresen stand Jasmin Andres. Der Blick der Hotelmanagerin flog zwischen ihr und Nick hin und her, dann lächelte sie.

»Ich finde auch, dass wir eine reizende Familie sind.« Nick legte einen Arm um Gisas Schultern. »Mein Liebling«, fügte er grinsend hinzu.

»Nehmen Sie Ihre Pfoten weg, oder es passiert etwas«, zischte Gisa.

Nick kam dieser Aufforderung sofort nach. »Keine Sorge«, sagte er, immer noch grinsend. »Das ist nur beruflich. Privat habe ich keinerlei Interesse an Ihnen.«

»Gut.«

»Sie sind überhaupt nicht mein Typ«, fuhr er fort.

Gisa schwieg.

»Ich stehe mehr auf große Brünette, die …«

»Ich habe es verstanden«, unterbrach sie ihn grob.

Zwei Stunden später war Gisa froh, dass dieser Abend endlich vorbei war. Das Abendessen war zum Glück ohne Probleme verlaufen. Vor allem Lenny und Clara waren wieder fasziniert gewesen von all den Köstlichkeiten, die das Büfett bereithielt. Warme und kalte Speisen, herzhaft bis süß.

Nach dem Essen brachte Nick sie zurück zur Suite. Dort verabschiedete er sich und verschwand, obwohl Gisa ihm angeboten hatte, die Nacht auf dem Sofa zu verbringen. Dieser Mann blieb rätselhaft, aber inzwischen war Gisa so müde, dass sie darüber nicht mehr nachdenken mochte. Sie brachte die Kleinen ins Bett, danach legte sie sich ebenfalls in das breite Doppelbett. Innerhalb weniger Minuten schlief sie so tief und fest wie schon lange nicht mehr.

Kapitel 11

»Wenn du gesehen hättest, was ich gesehen habe.« Raphael, der gerade in die Kabine gekommen war, küsste sich die Fingerspitzen. »Genau gegenüber wohnt mein Traummann. Ich schwöre dir, wenn ich von Bord gehe, ist das meiner.«

»Vergiss ihn«, riet Emily. »Marisol hat uns doch gestern beim Einchecken gesagt, dass die Suite gegenüber einen Schlafraum mehr hat und dort eine Familie untergebracht ist. Also handelt es sich bei deinem Traumtypen offensichtlich um einen zeugungsfreudigen Familienvater. Wenn ich die Anzahl der unterschiedlichen Stimmen richtig deute, hat er mindestens drei Kinder.«

»Oh nein!« Raphael ließ sich neben ihr aufs Sofa fallen. Er faltete die Hände und richtete den Blick nach oben. »Lieber Gott, lass ihn nicht der Vater der Rasselbande sein. Mach bitte, dass er nur ein schwuler Besucher der Familie ist. Ich hab mich sowas von spontanverliebt.« Er wandte sich wieder Emily zu. »Das ist der männlichste Mann, den ich je gesehen habe. Echt, Süße, du wirst dich auch sofort in ihn verlieben, wenn du ihn siehst. Aber …«, er hob den Zeigefinger, »… er gehört mir! Ich habe ihn zuerst entdeckt.«

Emily lachte. »Wir kriegen ihn beide nicht, weil er ganz sicher der Dame nebenan gehört. Es wäre ja nun wirklich ein sehr großer Zufall, wenn ausgerechnet an unserem ersten Tag auf See genau gegenüber dein schwuler Traummann zu Besuch kommt.«

»Na, dann …« Raphael sprang wieder auf.

»Was hast du vor?«, fragte Emily.

»Ich bereite mich aufs Abendessen vor.« Er fuhr sich mit beiden Händen durchs Haar, dann schnippte er mit den Fingern Richtung Nachbarkabine. »Ich will heute Abend ausloten, welche Möglichkeiten sich mir hier sonst noch bieten, wenn ich Mr. Hundertprozent wirklich nicht haben kann.«

»Immerhin trägst du es mit Fassung.« Emily lachte.

»Wie hättest du mich heute Abend gerne, Lady?«, hauchte er. »Als verführerische Freundin?« Seine Stimme nahm einen männlichen Klang an. »Oder als männlichen Verführer? Soll ich heute Abend der Mann an deiner Seite sein, um den dich alle Frauen im Speisesaal und anschließend an der Bar beneiden?«

»Ich liebe es, wenn andere Frauen mich beneiden.« Emily lachte erneut, obschon sehr viel Wahrheit in diesen Worten steckte.

Früher war sie die Außenstehende gewesen, das unattraktive Mädchen mit der Garderobe aus der Kleiderkammer, der dicken Brille und der Zahnspange. Sie war Opfer vieler Hänseleien geworden. Ganz besonders Melissa Oliver hatte sich darin gefallen, immer schlimmere Gemeinheiten auszubrüten.

Die schöne Melissa Oliver. Mittelgroß, schlank, aus gutem Hause. Jeder Wunsch wurde ihr von den Eltern erfüllt, und natürlich war sie auch mit dem Jungen zusammen, für den alle Mädchen in der Schule schwärmten: Kai Draxler!

»Hör auf damit!«, sagte Raphael streng.

Emily wusste genau, was er meinte. »Womit?«, fragte sie dennoch scheinheilig.

Er wedelte mit der Hand vor ihrem Gesicht herum. »Schlechte Erinnerungen und so.«

»Pah!« Sie schlug seine Hand weg. »Als ob das so einfach wäre. Gerade du weißt das doch.«

»Wirf diese Melissa über Bord. Gedanklich, meine ich. Schau zu, wie sie in den Fluten versinkt. Danach geht es dir besser.«

»Wie grausam!« Doch die Idee gefiel ihr. Eine Melissa Oliver, die über Bord ging und verzweifelt versuchte, dem Schiff nachzuschwimmen. Und Kai Draxler. Den warf sie gleich hinterher. Die Vorstellung, wie er versuchte, die *MS Kristiana* einzuholen, dabei sogar Melissa hinter sich ließ, ohne sich um sie zu kümmern, nur darauf bedacht, sich selbst zu retten, verursachte Emily so gute Laune, dass sie laut auflachte.

»Und du sagst, ich wäre grausam?«, rief Raphael und legte sich mit gespielt beleidigter Miene eine Hand auf die Brust, als sie ihm von dieser höchst vergnüglichen Vorstellung erzählte. Doch plötzlich wurde seine Miene ernst. »Eigentlich ist der Pazifik ja groß genug, da könnte Frederic den beiden glatt Gesellschaft leisten.«

»Wirf ihn rein!«, forderte Emily ihn auf.

»Ich glaube, ich kann das nicht«, flüsterte Raphael. »Trotz allem …« Er stand mit hängenden Schultern da.

Emily verspürte tiefes Mitleid mit ihrem besten Freund. Sie kannte diesen Frederic Steinbeck nicht persönlich, aber sie wusste, was er Raphael angetan hatte. Das stand in nichts hinter dem zurück, was sie mit Melissa erlebt hatte.

Lange hielt Raphaels Niedergeschlagenheit nicht an. »Es ist vorbei. Ich fühle nichts mehr, wenn ich an Frederic denke«, behauptete er.

»Ich hasse Melissa«, erwiderte Emily trocken. »Und es wäre gut für dich, wenn du damit auch endlich anfangen würdest.«

»Oh, ich hasse Melissa auch«, versicherte Raphael. »Und das nicht nur aus Loyalität zu dir, sondern weil sie offenbar wirklich ein Miststück ist.«

»Du weißt genau, dass ich Frederic Steinbeck gemeint habe.«

»Ja. Aber er war einfach überfordert. Eigentlich habe ich gewusst, dass er nicht schwul ist. Aber tief in mir war da die Hoffnung, dass er meine Gefühle doch erwidert. Wahrscheinlich muss man sogar verstehen, dass er so auf mein Liebesgeständnis reagiert hat.«

»Das muss *man* nicht verstehen, und ganz besonders nicht du«, ereiferte sich Emily. Raphael hatte ihr erzählt, wie sein ehemals bester Freund auf sein Liebesgeständnis reagiert hatte. Frederic hatte nicht nur die Freundschaft auf der Stelle beendet, er hatte noch am gleichen Tag alle Klassenkameraden informiert. Und damit begann ein Jahr vor dem Abitur für Raphael der Horrortrip, den seine Mitschüler ihm bereiteten. Angeführt von Frederic, seinem ehemals besten Freund, dem Jungen, den Raphael geliebt hatte und den er bis heute nicht vergessen konnte. Ja, Emily hätte ihm gerne geholfen, Frederic in den Pazifik zu stoßen – wenn auch nur gedanklich.

Raphael winkte ab. »Ich mag an all das gerade jetzt nicht denken. Lass uns den Augenblick genießen. Dieses wunderbare Schiff und all das, was uns hier geboten wird.« Lachend breitete er die Arme aus. »Für das tolle Abschiedsgeschenk verzeihe ich Henning sogar, dass er mich verlassen hat.«

Sie waren zweifellos das glamouröseste Paar, das an diesem Abend den Speisesaal betrat. Raphael sah fantastisch aus in seinem dunklen Anzug, ebenso wie Emily in einem superkurzen Sommerkleid, das sich eng an ihren Körper schmiegte. »Ich kenne keine andere Frau, die so etwas tragen kann, ohne billig zu wirken«, stellte Raphael fest.

Sie erregten Aufsehen, als sie gemeinsam den Speisesaal betraten. Die meisten Passagiere, die bereits an ihren Tischen Platz genommen hatten, schauten ihnen nach.

»Guten Abend.« Ein Mann in weißer Uniform mit dem Emblem der Reederei auf der Brusttasche verbeugte sich leicht.

»Harrison Ford«, hauchte Raphael entzückt. »Also, der sehr junge Harrison Ford.«

»Leider nicht.« Der Mann schmunzelte. »Ich bin Gregor, der Restaurantleiter. Und wenn Sie mir Ihre Namen verraten, führe ich Sie gerne an Ihren Tisch.«

»Vielen Dank, Gregor.« Raphael schenkte ihm ein gewinnendes Lächeln. »Wir sind Raphael Levin und Emily Brehm.«

»Sie sitzen mit einem netten jungen Paar an einem Fenstertisch«, sagte Gregor. »Die beiden kommen heute allerdings nicht in den Speisesaal.«

Emily lachte. »Und gestern waren wir nicht hier.« Am vergangenen Abend hatten sie und Raphael entschieden, es sich nach der langen Anreise in ihrer Suite gemütlich zu machen.

Der Steward hatte ihnen einen Snack serviert, und heute Morgen hatten sie so ausgiebig auf ihrer Terrasse gebruncht, dass sie den ganzen Tag über keinen Hunger verspürt hatten.

Emily war begeistert von dem Tisch, zu dem Gregor sie führte. Er stand am Ende des Speisesaals abseits des Bereichs, wo ständig andere Passagiere vorbeiliefen. Vom Fenster aus konnten sie aufs Meer schauen, in die andere Richtung hatten sie selbst einen wunderbaren Überblick über den Raum, den vor allem Raphael nutzte.

»Da ist er!«, zischte er Emily zu.

»Wer?« Emily schaute sich suchend um.

»Mein Traumtyp. Direkt am Büfett. Neben dem Obstkorb rechts.«

Er sah wirklich gut aus, aber Emily sah noch mehr als den großen Mann.

»Ist der nicht süß?«, flüsterte Raphael.

»Ja, vor allem der kleine Junge neben ihm. Ob das sein Sohn ist?«

»Das werde ich jetzt herausfinden.« Raphael stand auf und ging zum Büfett. Emily, die sich das Schauspiel auf keinen Fall entgehen lassen wollte, folgte ihm. Der Junge stand vor dem Büfett und schaute auf die ausgestellten Törtchen. Ihm war anzusehen, dass ihm das Wasser im Mund zusammenlief.

»Soll ich dir helfen?«, fragte Raphael. »Möchtest du eins davon haben?«

Der Junge schüttelte den Kopf. Er schaute Raphael kurz an, dann starrte er wieder auf die Süßigkeiten.

»Ich bin Raphael«, versuchte Raphael das Vertrauen des Jungen zu gewinnen. »Und wie heißt du?«

Der Junge steckte einen Finger in den Mund und sagte kein Wort.

»Willst du nicht mit mir reden?«

Der Kleine schüttelte den Kopf.

»Soll ich deinen Papa holen?« Raphael lächelte, während er den Kleinen gespannt anschaute.

Emily, die ein Stück entfernt stand, bemerkte im Gegensatz zu Raphael, dass sich der Hüne wieder näherte. Unglaublich, dass sich ein so großer Mann so lautlos anschleichen konnte! Emily beobachtete, wie Raphael erschrocken zusammenzuckte, als der große Mann sich plötzlich neben ihm aufbaute. Er erholte sich aber sehr schnell von dem Schrecken, und Raphael wäre nicht Raphael, wenn er die günstige Gelegenheit nicht gleich genutzt hätte.

»Hallo, ich bin Raphael«, stellte er sich nur mit dem Vornamen vor.

Der große Mann schaute ihn durchdringend an.

»Sie haben einen bezaubernden Sohn.«

»Danke!« Der Mann wandte sich dem Kind zu. »Möchtest du noch etwas vom Büfett, Lenny?«

Der Junge zeigte auf ein mit Schokolade überzogenes Törtchen. »Kannst du das tragen, Papa?«

Ein Lächeln glitt über das Gesicht des Hünen. Er nahm den Teller mit dem Törtchen und zog zusammen mit seinem Sohn ab. Emily folgte ihnen mit dem Blick. Sie saßen nicht weit von ihrem Tisch entfernt, ebenfalls an einem der Fensterplätze. Eine hübsche Frau, ein junges Mädchen und zwei kleine Kinder. Eine richtig nette Familie.

»Jetzt hast du endgültig Gewissheit.« Emily griff nach Raphaels Arm und schmiegte sich an ihn. »Dein Traumtyp wird wirklich nur ein Traumtyp bleiben.«

»Ja.« Raphael seufzte. »Der ist für die Männerwelt verloren. Aber wenn ich ehrlich bin, gefällt mir der schöne Gregor auch ganz gut. Mal schauen, ob da was geht.«

»Es wäre nett, wenn du ihn nicht direkt hier auf dem Büfett vernaschst«, erwiderte Emily ironisch.

»Schätzchen, ich habe Stil.« Er grinste sie an. »Das solltest du eigentlich wissen.«

Sie beluden ihre Teller am Büfett. Während sie aßen, bemerkte Emily, dass der große Mann immer wieder verstohlen zu ihnen schaute. Sie machte Raphael leise darauf aufmerksam.

»Vielleicht bekomme ich ja doch noch meine Chance.« Er brach ein Stück von seinem Brötchen ab. »Es scheint jedenfalls eine sehr interessante Reise zu werden.«

Den Abend verbrachten sie in der Pianobar, in der heute nicht Klavier, sondern Tanzmusik bis zum frühen Morgen gespielt wurde. Ein DJ sorgte für eine gute Mischung, die alle Gäste mitriss.

»So ganz chancenlos bist du auf dieser Reise auch nicht«, sagte Raphael schmunzelnd, als sie an der Bar saßen, beide einen Cocktail vor sich. Er blickte interessiert über den Spiegel hinter der Theke zu einem Mann, der unweit von ihnen stand und in ihre Richtung blickte.

Er sah gut aus. Groß, dunkelhaarig. Hin und wieder nippte er an einem Cognacglas. Raphael hatte recht: Er schaute eindeutig zu ihnen.

»Vielleicht bist du ja derjenige, der ganz gute Chancen hat«, erwiderte Emily. »Vielleicht interessiert er sich für dich.«

»Das wüsste ich!« Raphael prostete ihr lächelnd zu. Er trank einen Schluck, dann schaute er erneut verstohlen in den Spiegel. »Nein, der hat nur Augen für dich.«

Emily warf ebenfalls wieder einen Blick in den Spiegel. Ihr Blick und der des Mannes trafen sich. Er lächelte ihr im Spiegel zu, und unwillkürlich lächelte auch sie.

»Na bitte, das klappt doch«, murmelte Raphael neben ihr. »Wir haben einander versprochen, dass wir alles aus dieser Reise herausholen, was möglich ist.« Er grinste. »Einschließlich eines heißen Flirts.«

»Von einem heißen Flirt kann hier nicht die Rede sein«, erwiderte Emily amüsiert. »Wir haben einander gerade einmal zugelächelt.«

»Aber das ist ausbaufähig«, behauptete Raphael. »Ich kenne mich da bestens aus. Zumindest, was kurzlebige Affären betrifft«, schränkte er ein. »So was Festes für immer …« Er zuckte mit den Schultern, trank noch einen Schluck und starrte sekundenlang ins Leere. Dann lachte er wieder. »Mann muss eben nehmen, was einem geboten wird. Frau übrigens auch. Also ran an den Burschen.« Er hielt einen Moment inne. »Wie machen wir das eigentlich, wenn wir die Nacht mit einem Typen verbringen wollen? Du wirst ja kaum nebenan im Bett liegen wollen, während ich …« Er brach ab, dann schüttelten sie beide die Köpfe. »Nein!«, sagten sie gleichzeitig und lachten.

In ihrer Luxuskabine gab es keinen zusätzlichen Schlafraum, aber es war für sie beide kein Problem, sich das breite Doppelbett zu teilen. Schwieriger würde es mit dem Bad werden, sobald Raphael beschloss, sich der Umwelt als Raphaela zu präsentieren.

»Ach, ich weiß: Ich schlafe bei ihm, wenn ich den Richtigen

für eine Nacht zu zweit finde. Und du schläfst ebenfalls bei ihm, wenn du deinen Mr. Right findest.«

Emily bemerkte amüsiert, dass der Cocktail bei Raphael bereits Wirkung zeigte. Er sprach mit nicht mehr ganz fester Zunge. »Unser gemeinsames Bett bleibt jedenfalls eine sexfreie Zone.«

»Unbedingt!« Darauf stieß Emily mit ihm an, dann blickte sie noch einmal in den Spiegel. Der attraktive Fremde war verschwunden. Sie drehte sich um, konnte ihn aber nirgendwo erblicken. Er war gegangen. Schade.

»Offensichtlich bleibe ich in dieser Nacht auch eine sexfreie Zone«, sagte sie zu Raphael.

Er grinste. »Ich teile dein Leid. Sollen wir darauf noch einen trinken?«

Sie nickte. »Oder zwei, oder drei …«

Sie tranken und tanzten bis zum frühen Morgen. Auf dem Weg zurück zu ihrer Kabine mussten sie sich gegenseitig stützen.

Das Frühstück verschliefen sie erneut. Mittags ließen sie sich einen Snack auf der Terrasse servieren und genossen es, einfach aufs Meer zu schauen, sich zu unterhalten, zu lesen und zwischendurch zu dösen.

»Ich weiß nicht, wann ich mich das letzte Mal so entspannt gefühlt habe.« Emily räkelte sich auf dem Loungesofa. »Vielen Dank, dass du mich mitgenommen hast.«

Raphael streckte die Hand nach ihr aus. »Ich wüsste keinen Menschen, mit dem ich auf dieser Reise lieber zusammen sein würde.«

»Ich hab dich sehr lieb«, sagte sie herzlich.

»Ich dich auch.« Er blinzelte. Ganz so, als würde ihn die Sonne ein wenig blenden, dann rettete er sich aus seiner Rührung mit einer typischen Raphael-Bemerkung: »Wenn du ein Mann wärst, würde ich dich auf der Stelle heiraten.«

Abends betraten sie erneut sorgfältig gestylt den Speisesaal. Auch heute Abend war Raphael wieder Raphael. Zu diesem Zeitpunkt ahnte Emily nicht, wie dankbar sie dafür noch sein würde.

Am Eingang des Speisesaals traf sie den attraktiven Fremden vom vergangenen Abend wieder. Raphael unterhielt sich ein Stück entfernt gerade mit Gregor, und der Fremde schien das für die richtige Gelegenheit zu halten, Emily anzusprechen.

»Hallo, Sie sind mir gestern aufgefallen.« Sein Blick klebte an ihrem Gesicht. Sein Lächeln zeigte, wie sehr sie ihm gefiel.

»Sie sind mir auch aufgefallen«, erwiderte Emily amüsiert.

»Mein Name ist Phillip Graf.«

Emily stellte sich ebenfalls vor.

»Darf ich Ihnen eine sehr persönliche Frage stellen?«

Emily nickte. Sie konnte ja immer noch überlegen, ob sie antworten wollte, wenn sie die Frage gehört hatte.

»Ist der Herr dort drüben Ihr Ehemann, Freund, Lebensgefährte?«

Emily lächelte strahlend. Die Antwort war einfach: »Er ist mein bester Freund!«

»Aber niemand, dem ich in die Quere komme, wenn ich Sie einmal zu einem Glas Wein einlade oder zum Tanz auffordere?«

»Nein.« Emily war verwirrt. Es war nicht das erste Mal, dass ein Mann sehr deutlich Interesse an ihr zeigte, aber dieser Mann hier war so ganz anders.

Sie bemerkte im Augenwinkel, dass Raphael sich suchend nach ihr umschaute, und verabschiedete sich von Phillip Graf.

»Wir sehen uns bestimmt wieder«, sagte sie.

Er lächelte. »Ganz bestimmt!« Es klang wie ein Versprechen.

Das Paar saß mit dem Rücken zu ihnen, als sie an ihren Tisch traten.

»Jetzt lernen wir unsere Tischnachbarn endlich kennen«, stellte Raphael erfreut fest. Er ging vor, nannte seinen Namen.

Der Mann am Tisch war aufgestanden, die Frau jedoch blieb sitzen. Und dann vernahm Emily die Worte, die ihr durch Mark und Bein gingen. »Guten Abend«, sagte der Mann freundlich und stellte sich so, dass Emily sein Profil sehen konnte. »Ich bin Hendrik Oliver.« Er wies auf die Frau neben sich. »Und das ist meine Schwester Melissa.«

Kapitel 12

»Mama, mir geht es wirklich wieder richtig gut. Du musst dir keine Sorgen machen!« Fenjas Stimme klang ein klein wenig genervt.

»Natürlich mache ich mir Sorgen«, erwiderte Eva energisch. »Du hast gerade eine Not-OP hinter dir.«

»Was dich und Papa aber nicht dazu gebracht hat, mir eine Entschuldigung für die Schule zu schreiben. Und wer zur Schule gehen muss, ist gesund. Oder?«

»Deiner bestechenden Logik habe ich nichts entgegenzusetzen.« Eva lachte. »Pass gut auf dich auf.«

»Mach ich«, versicherte Fenja. »Gib Papa einen Kuss von mir.«

»Ich bestelle ihm Grüße«, erwiderte Eva ausweichend.

»Nein, gib ihm einen Kuss von mir«, verlangte Fenja nachdrücklich. »Ich finde es übrigens super, dass ihr euch wieder so gut versteht.«

Ja, ich auch. Eva antwortete nur in Gedanken. Es war nicht nötig, das Schicksal herauszufordern, indem sie die Worte laut aussprach. Amüsiert stellte sie fest, dass sie für eine Naturwissenschaftlerin ganz schön abergläubig war.

»Mama, bist du noch da?«

»Ja, natürlich.«

»Warum sagst du nichts?« Fenja holte am anderen Ende tief Luft. »Hast du dich wieder mit Papa gestritten? Und du willst mir das nicht sagen, weil ich mir so sehr wünsche, dass wir wieder eine richtige Familie sind?«

»Nein, wir haben uns nicht gestritten.« Eva lächelte, als sie fortfuhr. »Gestern Abend haben wir sogar zusammen gegessen. Ganz allein, auf unserer gemeinsamen Terrasse.«

»Wie romantisch.« Fenja lachte. »Meine Mutter hatte ein Date mit meinem Vater.«

Ein Date war sicher zu viel gesagt. Es war ein netter Abend gewesen, und die Initiative dazu war von ihr ausgegangen. Anfangs hatte Adrian von dem Vorschlag nicht sehr begeistert gewirkt, bis er feststellte, dass sie eigens für ihn ein veganes Menü bestellt hatte.

Die gemeinsame Zeit in Hamburg hatte sie einander wieder nähergebracht. Da hatte es keine unangenehmen Gesprächspausen gegeben, keine Bemerkungen über den Grund ihrer Trennung. Er hatte auch nicht von Scheidung gesprochen. Seit vier Jahren hatte sie Angst davor, dass dieses Wort fiel, weil es den Bruch ihrer Ehe endgültig und offiziell besiegeln würde.

»Maaaamaaa!«, drang Fenjas Stimme erneut an ihr Ohr. »Ich werte das mal als positives Zeichen, dass du mich die ganze Zeit vergisst und vor dich hin träumst.«

»Ich vergesse dich nie!«, sagte Eva ernst.

»Wo seid ihr jetzt?«, wollte Fenja wissen.

Eva schaute auf ihre Armbanduhr. »In zwei Stunden laufen wir in Melbourne ein.«

»Schade, dass ich nicht dabei sein kann. Ich wollte schon immer mal nach Australien. Schick wenigstens mal ein paar Fotos, auch von euch.« Fenja machte eine kurze Pause. »Ein Wort von dir, und ich steige ins nächste Flugzeug. Das heißt …«, verbesserte sie sich lachend, »du musst mir natürlich auch das Ticket buchen.«

»Womit sich der Kreis schließt und wir wieder beim Thema Schule wären. Du wirst dich mit den Bildern begnügen müssen«, erwiderte Eva.

Fenja seufzte. »Also gut, dann verabschiede ich mich jetzt mal. Ich will noch zu Sophie und mit ihr Mathe lernen.« Wieder ein tiefer Seufzer. »Wenn ich heute noch nach Australien fliegen könnte, müsste ich morgen nicht den blöden Mathetest schreiben.«

In diesem Moment betrat Magnus den Raum, der Eva innerhalb des Klinikbereiches auf dem Schiff als Sprechzimmer diente. Einfach so, ohne anzuklopfen. Wie anmaßend!

»Ich muss Schluss machen«, verabschiedete sich Eva. »Da kommt … der erste Patient.« Sie ärgerte sich, als er zu grinsen begann.

»Alles klar, Mama. Und gib Papa einen Kuss«, wiederholte Fenja. Lachend beendete sie das Gespräch.

»Was willst du?« Eva erhob sich hinter ihrem Schreibtisch, weil es ihr missfiel, dass er auf sie hinunterschaute.

»Darf ich nicht einfach einmal nachfragen, wie es dir so geht?«

»Du darfst vor allem anklopfen, wenn du den Raum betrittst. Das sage ich dir übrigens nicht zum ersten Mal. Es besteht ja durchaus die Möglichkeit, dass ich hier einen Patienten untersuche.«

»Ich bin gerne in diesem Raum.« Er klopfte mit der flachen Hand auf ihren Schreibtisch. »Positive Erinnerungen. Du verstehst, was ich meine«, sagte er anzüglich.

Eva verstand ihn nur zu gut. Dieser schwache Moment, zum zweiten Mal in ihrem Leben, als sie und Magnus auf diesem Schreibtisch … Sie schloss die Augen, versuchte, die Bilder zu verdrängen.

»Wir können das jederzeit wiederholen«, vernahm sie seine Stimme dicht an ihrem Ohr. Lautlos war er neben sie getreten.

Sie riss die Augen wieder auf und widerstand der Versuchung, ihm einen Stoß zu verpassen. Stattdessen trat sie einen Schritt zurück. »Das wird nie wieder passieren«, versicherte sie mit finsterer Miene.

Er lachte sie aus. »Wir werden sehen«, erwiderte er. »Sobald Adrian sich wieder mit der Hotelmanagerin …«

»Verschwinde einfach!«, fuhr Eva ihn an und bemerkte im selben Moment Ayda Yilmaz, die an der Tür stand. Die hübsche Krankenschwester hatte Magnus' Worte offensichtlich mitbekommen. Ihr Mund stand vor Erstaunen offen.

Das fehlt mir gerade noch, schoss es Eva durch den Kopf. Gerede über Adrian und Jasmin Andres! Gerede, das sie selbst der Lächerlichkeit preisgab. Ihr Mann amüsierte sich mit der Hotelmanagerin, während seine Ehefrau als Ärztin ebenfalls an Bord der *MS Kristiana* war.

In ihr stieg plötzlich eine enorme Wut auf, die sie kaum beherrschen konnte. Wut auf Adrian, auf Jasmin Andres und ganz besonders auf Magnus!

Ich hasse ihn!

Sie bemühte sich, sich nichts von ihren Gefühlen anmerken zu lassen. »Was gibt es?«, erkundigte sie sich sachlich bei Ayda.

Deren Blick wanderte zwischen Magnus und ihr hin und her, bevor sie antwortete: »Wir haben einen Notfall auf Deck 4. Patientin, 53 Jahre alt. Sie ist gestürzt und befürchtet nun, dass sie sich eine Fraktur des rechten Fußgelenkes zugezogen hat. Ich habe sie in den Röntgenraum gebracht.«

Endlich einmal ein Einsatz, der sie wirklich als Ärztin forderte. Wie sehr hatte sie das vermisst! Und es half ihr, ihre Wut noch ein Stück weiter beiseitezuschieben.

»Wie du hörst, haben wir zu tun«, sagte sie kühl zu Magnus. »Und unterlass es gefälligst in Zukunft, unaufgefordert in mein Sprechzimmer zu kommen.«

Er sagte kein Wort, sondern verneigte sich mit einem spöttischen Lächeln und ging.

Die Krankenstation auf der *MS Kristiana* war bestens ausgestattet. Labordiagnostik, Sonografie und Röntgentechnik gehörten zum Standard.

Eva konnte nach der Untersuchung Entwarnung geben. Der Fuß der Patientin war nicht gebrochen, sondern lediglich verstaucht. »Zwei Tage sollten Sie das Gelenk aber ruhig halten. Am besten nur liegen …«

»Aber ich habe den Landausflug in Melbourne gebucht«, rief die Frau entsetzt aus.

»Ich bin sicher, die Reederei wird sich kulant zeigen. Schwester Ayda wird Ihren Fall mit dem Kreuzfahrtdirektor besprechen und den gebuchten Landausflug mit einem anderen Ausflug verrechnen.«

Aydas Gesicht blühte auf. »Ja, das mache ich gern«, versicherte sie schnell.

Eva unterdrückte ein Lächeln. Sie wusste, dass die Krankenschwester für Magnus schwärmte. Warum das so war, wusste sie allerdings nicht. Nur wegen seines attraktiven Äußeren, das über seinen miesen Charakter hinwegtäuschte …

Du bist doch selbst auf ihn hereingefallen!

Eva umwickelte das Fußgelenk der Frau fest mit einer Bandage. Es war eine Tätigkeit, die im Krankenhaus eine der Krankenschwestern oder ein Pfleger übernommen hätte, hier aber machte sie es selbst, weil es sonst nichts für sie zu tun gab. Es warteten keine weiteren Patienten auf sie, und während Ayda die Dame mit dem Rollstuhl zurück auf ihre Kabine brachte, saß sie wieder ganz allein in ihrem Sprechzimmer.

Sie dachte daran, dass auf riesigen Kreuzfahrtschiffen sogar mehrere Ärzte im Einsatz waren, ab 800 Menschen war das zwingend erforderlich.

Aber die *MS Kristiana* bot nur Platz für 450 Reisende – und die schienen sich zumindest bisher bester Gesundheit zu erfreuen. Auch auf der Fahrt durch die Hurtigruten hatte Eva ihre Patienten an einer Hand abzählen können. Wobei zwei von ihnen nicht einmal echte Patienten, sondern Simulanten gewesen waren, die mit vorgetäuschten Krankheiten Reisemängel geltend machen wollten.

Eva konnte es drehen und wenden, wie sie wollte, aber sie langweilte sich an Bord. Sie dachte an die Begegnung mit Lothar und beneidete ihn glühend um seinen Job.

»Wenn du von der Bordklinik genug hast, könnten wir dich hier gut brauchen«, hatte er zum Abschied gesagt. »Ich würde mich sehr freuen, wieder mit dir zu arbeiten.«

Sie hätte sofort zugesagt, wenn da nicht diese ungeklärte Situation zwischen ihr und Adrian gewesen wäre. Wenn es nicht diese Hotelmanagerin gäbe …

Eva wusste, dass sie ihren Mann nur zurückgewinnen konnte, wenn es keine räumliche Distanz zwischen ihnen gab. Er musste sie täglich sehen, um zu erkennen, dass sie die Frau war, die zu ihm gehörte. Wenn sie erst einmal wieder mit ihm zusammen war, würde sie ihr Glück kein zweites Mal riskieren.

Eva lächelte, als ihr Handy klingelte und sie Adrians Namen auf dem Display sah. Ob er spürte, dass sie gerade an ihn dachte?

»Fenja hat mich angerufen und von mir verlangt, dass ich dich zu einem Ausflug nach Melbourne einlade.«

»Mich hat sie auch angerufen. Ich soll dir einen Kuss geben.«

Am anderen Ende blieb es sekundenlang still. Dann lachte Adrian, allerdings eindeutig verhalten. »Ich fürchte, unsere Tochter hat sich da etwas in den Kopf gesetzt.«

Was niemals in Erfüllung gehen wird. Bildete sie sich das ein oder schwangen diese Worte tatsächlich in seiner Stimme mit?

Eva lachte nervös. »Was hältst du davon, wenn wir nachher trotzdem einen kurzen Ausflug machen und Fenja ein Selfie von dort schicken?«

»Ich halte nichts davon, Hoffnungen in ihr zu wecken, die sich nie erfüllen werden.«

»Sie hat vor allem die Hoffnung, dass wir beide wieder normal miteinander umgehen. Und wenn ich ganz ehrlich bin, wünsche ich mir das auch. Egal, was zwischen uns war, wir können doch zumindest versuchen, Freunde zu sein. Unserer Tochter zuliebe.«

Es war keineswegs das, was sie sich wünschte, aber es war das, womit sie ihn für sich einnehmen konnte. Alles Weitere würde sich fügen.

»Bitte, Adrian«, fuhr sie fort. »Ich habe Fenja versprochen, dass ich ihr Fotos schicke. Ich weiß, ich hätte das vorher mit dir abstimmen müssen. Nach der schweren Zeit wollte ich ihr einfach eine Freude machen.«

»Ja, okay«, reagierte er genau so, wie sie es erhofft hatte. »Sehr viel Zeit habe ich aber nicht, wir laufen am späten Nachmittag ja schon wieder aus.«

»Mittags an der Gangway?«, schlug Eva vor.

Adrian war einverstanden. Und jetzt hatte sie zumindest etwas, worauf sie sich freuen konnte.

Adrian wartete bereits auf sie, als sie zum vereinbarten Treffpunkt kam. Sie hatte sich den frühlingshaften Temperaturen angepasst und trug ein leichtes Sommerkleid mit einem hellen Blazer.

Adrian hatte seine Uniform gegen Jeans und einen weißen Pullover getauscht. Ihr Herz klopfte schneller, als er ihr entgegenlächelte. »Du siehst gut aus.«

»Farblich aufeinander abgestimmt.« Sie hängte sich lachend bei ihm ein. »Als hätten wir uns abgesprochen.«

»Wir harmonieren nicht nur farblich«, griff er den Inhalt ihres Telefonats von eben wieder auf. »Ich finde, du hast recht, wir sollten uns um eine gute Freundschaft bemühen. Nicht nur wegen Fenja.« Er schaute sie an, mit einem Blick, der sie mitten ins Herz traf. »Es ist auch für uns wichtig, dass wir die Vergangenheit abschließen, damit wir ein neues Kapitel in unserem Leben aufschlagen können. Als Freunde!«

»Ja«, stimmte sie leise zu, doch dann fügte er etwas hinzu, was sie ins Mark traf.

»Nur so können wir auch unsere eigenen Leben neu gestalten, jeder für sich.«

»Ja.« Ihre Stimme war kaum mehr als ein Hauch. Ihre Gedanken behielt sie für sich. Sie wollte ihr Leben nicht neu gestalten, und sie gestand das auch ihm nicht zu. Ein Neuanfang war okay, aber miteinander, nicht jeder für sich.

»Stürzen wir uns ins Stadtleben?« Adrian sah sie an, und als sie zur Antwort nickte, griff er nach ihrer Hand. Gemeinsam gingen sie über die Gangway zum Kai.

»Schade, dass wir nicht mehr Zeit für Melbourne haben«, sagte Adrian. »Diese Stadt braucht Zeit, um entdeckt zu werden.«

»Ich war noch nie hier«, erwiderte Eva. »Ich überlasse mich ganz deiner Führung.«

»Ich dachte, wir schauen uns das Zentrum an. Ich bin mir sicher, dass es Fenja gefallen würde. Und da machen wir dann auch unser Foto.«

Mit dem Taxi fuhren sie vom Hafen zur Hosier Lane. Von dort aus liefen sie durch die kopfsteingepflasterten Gassen. Sie spazierten über die Degraves Street und erkundeten die Arkaden. Ihr Selfie schossen sie vor einem Graffiti des Künstlers Banksy.

»Hoffentlich bringt das Fenja nicht auf die Idee, mit Spraydosen bewaffnet durch Hamburg zu ziehen«, sagte Eva.

»Ich stelle mir gerade vor, wie sie ihre Graffiti-Karriere am Gebäude der Reederei beginnt«, erwiderte Adrian trocken. »Wenn sie so etwas vorhaben sollte, wartet sie damit hoffentlich bis zu unserer Rückkehr. Ich möchte das Gesicht deines Vaters sehen.«

In der Little Bourke Street tranken sie einen *Flat White.* »Das schmeckt so ähnlich wie Latte macchiato«, stellte Eva fest. »Und doch irgendwie besser.«

»Es gibt keinen besseren Kaffee als hier in Melbourne«, erwiderte Adrian.

Eva bemerkte, dass er verstohlen auf seine Uhr schaute. »Müssen wir schon wieder zurück?«, fragte sie enttäuscht.

Er nickte. »Leider. Ich habe diesen Ausflug mit dir sehr genossen.«

»Vielleicht können wir es ja bei einem unserer nächsten Aufenthalte wiederholen.« Gespannt wartete sie auf seine Reaktion.

»Sehr gern«, stimmte er zu, und sie spürte, dass es nicht nur eine höfliche Floskel war.

»Lass uns noch ein Selfie für Fenja machen«, bat Eva. Sie rückte in dem Straßencafé mit ihrem Stuhl ganz dicht an Adrians Stuhl, hob ihr Handy hoch und schoss das Foto.

Mit dem Taxi fuhren sie zurück zum Schiff und gingen zusammen die Gangway hinauf. »Grüße Fenja von mir, wenn du ihr die Fotos schickst«, bat Adrian.

»Vielen Dank für diesen wundervollen Ausflug«, sagte Eva und umarmte ihn zum Abschied. Kurz nur, so wie es Freunde tun. Dann wandte sie sich um und ging zur Krankenstation, die auf der gleichen Etage lag wie der Eingang zum Schiff. Nicht ohne Genugtuung bemerkte sie die Hotelmanagerin im Bereich der Crew-Räume. Jasmin Andres musste sie und Adrian gesehen haben.

Eva ging weiter und tat so, als würde sie Jasmin nicht bemerken. Sie konnte nicht anders, als triumphierend zu lächeln. Der gelöschte Anruf auf Adrians Handy, jetzt die Umarmung von ihr und Adrian, das alles ließ für die Hotelmanagerin sicher nur den Schluss zu, dass er sich wieder für sie, Eva, entschieden hatte.

Alles wird gut!

Wie oft hatte sie diesen Satz schon gedacht? Aber jetzt war es nicht nur ein Gedanke, sie fühlte es. Sie wusste, dass sie Adrian wieder ganz für sich gewinnen konnte. Und wenn sie bei ihrem Vater zur richtigen Zeit die richtigen Andeutungen machte, versetzte er die Hotelmanagerin ganz bestimmt auf ein anderes Schiff!

Alles wird gut!

Pünktlich um 17 Uhr lief das Schiff aus dem Hafen von Melbourne. Eva saß derweil an ihrem Schreibtisch in ihrem Besprechungszimmer und schaute sich die beiden Fotos an, die sie von sich und Adrian gemacht hatte. Sie wirkten darauf fast wieder wie das glückliche Paar, das sie einmal gewesen waren.

Das Bild aus dem Café gefiel ihr besonders gut. Sie schob es mit zwei Fingern auseinander, um es zu vergrößern, und bemerkte plötzlich die Frau, die ein ganzes Stück hinter ihnen stand und ebenfalls in die Kamera starrte. Ihr Gesicht war nur undeutlich zu erkennen. Es wurde noch undeutlicher, als Eva den Ausschnitt erneut vergrößerte.

Sie legte das Smartphone auf den Schreibtisch, fuhr sich mit beiden Händen durchs Gesicht. Dann nahm sie es wieder auf, starrte auf das Bild. Die Frau im Hintergrund war und blieb undeutlich, trotzdem glaubte Eva sicher zu wissen, wer das war: ihre Halbschwester Kristiana, die seit zehn Jahren als verschollen galt und nach der das Kreuzfahrtschiff benannt worden war.

Kapitel 13

Vorsichtig strich Tim über den Schatz, den er in Melbourne erstanden hatte. In einem der kleinen Geschäfte im Zentrum hatte er ausgerechnet diese Schellack-Schallplatte gefunden. Das Cover war verblichen, in bräunlichen Tönen, die Beschriftung fast unleserlich. Nur der Name *Grit* war noch zu erkennen.

Grit saß an einem Klavier. Im Hintergrund waren Geiger zu sehen. Einer von ihnen stand ein wenig abseits, er war offensichtlich der Solist. Auch sein Gesicht war auf dem verblassten, gelblichen Papier kaum zu erkennen. Tim war sich aber sicher, dass es sich bei dem Mann um seinen Großvater handelte.

Er hatte mit dem Verkäufer geredet, versucht, ihn nach den Personen auf dem Cover auszufragen, aber der Mann war viel zu jung. Jünger noch als er selbst. Allerdings hatte er erzählt, dass der Laden seinem Vater gehöre. Er hatte angeboten, ihn zu fragen, ob er etwas über Grit und Paul wusste, und Tim hatte ihm seine Handynummer dagelassen.

Wahrscheinlich würde er nie wieder etwas von ihm hören …

Die Schallplatte konnte er sich auch nicht anhören. Nicht einmal zu Hause hatte er einen Plattenspieler, und er bezweifelte, dass es an Bord so ein Gerät gab. Anna wusste das sicher.

Gleich nach seiner Rückkehr aufs Schiff hatte er sich auf die Suche nach ihr gemacht, sie aber nicht gefunden. Sie war weder in der Pianobar noch sonst irgendwo auf den öffentlich zugänglichen Bereichen des Schiffes. Schließlich hatte er gewagt, die hübsche Hotelmanagerin nach Annas Kabinennummer zu fragen, doch er erhielt eine abschlägige Antwort.

»Selbstverständlich gebe ich Ihnen die Kabinennummer eines Crew-Mitglieds nicht«, hatte sie abweisend gesagt. »Im Übrigen auch nicht die eines Passagiers.«

»Aber Anna und ich …« Er hatte abgebrochen, hatte nicht gewusst, wie er es erklären sollte. »Sie haben natürlich recht«, hatte er zu Jasmin Andres gesagt und war anschließend in seine Kabine gegangen. Jetzt saß er hier mit der Platte, die ihn kein bisschen weiterbrachte. Und doch erfüllte ihn dieser Besitz mit Freude. Er würde das Gefühl so gern mit Anna teilen. Er musste sich einfach gedulden, bis er sie wiedersah.

Verflixt, warum hatte er nicht die Handynummern mit ihr ausgetauscht?

Als sich das Schiff in Bewegung setzte, trat er auf seinen winzigen Balkon hinaus. Der war gerade so groß, dass ein Stuhl, den er zur Liege ausklappen konnte, darauf passte. Milchglasscheiben rechts und links schützten ihn vor den Blicken seiner Nachbarn.

Melbournes Skyline verabschiedete sich, und Tim beschloss in diesem Moment, irgendwann in diese Stadt zurückzukehren. Eine Kreuzfahrt war schön, aber es blieb einfach zu wenig Zeit für Erkundigungen. Eine Stadt wie Melbourne verdiente mehr als ein paar Stunden.

Ob Opapa auch hier gewesen war? Damals, bevor er nach Neuseeland weitergereist war? Oder hinterher, als er abreiste und seine große Liebe zurückließ? Hatte seine Großmutter überhaupt davon gewusst?

Tim stieß einen tiefen Seufzer aus. So viele Fragen, auf die er möglicherweise nie eine Antwort erhalten würde.

Er sah Anna erst abends in der Pianobar wieder. Sie saß am Klavier und spielte Evergreens, als Hintergrundmusik, die es den Gästen ermöglichte, sich miteinander zu unterhalten. Sie lächelte, als er näher kam, spielte aber weiter und stimmte danach ein weiteres Stück an.

Tim setzte sich an einen Tisch, lehnte sich auf dem Sofa zurück und schloss die Augen. Mit den Händen auf dem Plattencover versuchte er, sich in eine andere Zeit zu versetzen, und stellte sich vor, dass sein Großvater damals auch irgendwo mit geschlossenen Augen gesessen hatte, um Grits Klavierspiel zu lauschen. Allerdings mit einem entscheidenden Unterschied zwischen ihm und Opapa, dachte Tim lächelnd: Tims musikalisches Talent war faktisch nicht vorhanden.

Plötzlich wurde ihm bewusst, dass das Klavier verstummt war. Er öffnete die Augen.

Anna saß ihm lächelnd gegenüber. »Ich war mir nicht sicher, ob Sie eingeschlafen sind oder einfach nur träumen.«

»Ich habe geträumt.« Er reichte ihr die Platte. »Schauen Sie mal, was ich heute in Melbourne gefunden habe.«

Anna schaute lange auf das Cover, während er von seinem Streifzug berichtete. Ihrer Miene war nicht zu entnehmen, was in ihr vorging.

»Vielleicht ruft der Verkäufer mich an«, sagte Tim. »Sofern sein Vater etwas über Ihre Großmutter oder meinen Großvater weiß.«

»Versprechen Sie sich nicht zu viel.« Anna gab ihm die Platte zurück. »Aber ich habe noch einen anderen Ansatzpunkt: Ich weiß, dass meine Großmutter sich eine Zeit lang in Tauranga aufhielt. Das ist der vorletzte Halt unserer Reise. Vielleicht finden wir da Hinweise, die uns weiterhelfen.«

Tim beugte sich interessiert vor. Warum hatte sie das nicht schon früher gesagt?

Er fragte nicht nach, weil er zum ersten Mal das Gefühl hatte, dass sie sich wirklich mit der Geschichte ihrer Großmutter auseinandersetzte. Er musterte sie nachdenklich, spürte all den Fragen nach, die ihn überfielen: Wer war sie? Was hatte sie gemacht, bevor sie auf der *MS Kristiana* in der Pianobar zu spielen begann?

»Das klingt doch vielversprechend. Vielleicht finden wir in Neuseeland wirklich mehr über die beiden heraus«, sagte er lächelnd. »Ich würde mich freuen, wenn wir uns bis dahin ein bisschen besser kennenlernen.« Er schaute sie gespannt an. Ihre Miene verhärtete sich, und sie schwieg, vermutlich suchte sie in Gedanken nach einer diplomatischen Zurückweisung. Doch plötzlich fand sie seinen Blick. »Ich weiß nicht, wie ich es sagen soll«, sagte sie mit einem leichten Lächeln, »aber ich fürchte, ich habe den Umgang mit anderen Menschen verlernt. Ich habe in den vergangenen Jahren sehr zurückgezogen gelebt.«

Tim freute sich über ihre Offenheit. »Also arbeiten Sie noch nicht so lange für die Reederei?«, fragte er neugierig.

»Seit fünf Jahren. Ich liebe es, zu reisen, und ich liebe die Musik. So konnte ich beides miteinander vereinbaren.«

Tim war überrascht. »Aber wie kann man auf einem Kreuzfahrtschiff zurückgezogen leben?«

»Ja, das klingt seltsam«, gab sie leise zu. »Aber es ist ziemlich leicht, unter vielen Fremden unterzutauchen, sich unsichtbar zu machen …« Ihr Blick glitt an ihm vorbei ins Leere. »Und nirgendwo fühlt man sich einsamer als unter vielen Menschen.«

Tim widerstand dem Impuls, nach ihrer Hand zu greifen. Der Wunsch, ihr zu zeigen, dass sie nicht allein war, wurde beinahe übermächtig in ihm.

Anna stand auf. »Ich muss wieder spielen«, sagte sie.

»Ich höre zu«, sagte er. »Wenn Sie nichts dagegen haben.«

Sie nickte, zögerte kurz. »Wir können uns gerne duzen.«

»Das würde mich sehr freuen … Anna.«

»Mich auch, Tim.« Sie lächelte ihm noch einmal zu, dann ging sie wieder ans Klavier und spielte. *Grits Lied.* Und mit jedem Ton verlor Tim sich mehr und mehr in der Melodie …

Kapitel 14

»Auf keinen Fall gehe ich noch mal in den Speisesaal und setze mich zu der an den Tisch. Verdammt, warum bin ich nicht in Melbourne von Bord gegangen und nach Hause geflogen!« Emily gab sich die Antwort selbst: »Sie hat es nicht verdient, dass ich wegen ihr auf diese tolle Reise verzichte.«

Raphael nickte heftig. »Wir lassen uns die Freude an der Reise nicht verderben.«

»Aber wie soll ich mich freuen, wenn diese Giftkröte mir bei jeder Mahlzeit gegenübersitzt?«

»Indem du nicht sie, sondern ihren Bruder anschaust. Der ist wirklich sehenswert«, zog Raphael sie auf.

Emily griff nach dem Kissen, das neben ihr auf dem Sofa lag, und warf es in seine Richtung. Er fing es lachend auf, doch gleich darauf wurde seine Miene ernst. »Du musst dich ihr stellen, Emily.«

»Nein, das muss ich nicht.« Sie starrte düster vor sich hin, doch plötzlich kam ihr eine Idee. »Warum bin ich da nicht früher drauf gekommen: Wir lassen uns an einen anderen Tisch setzen.«

Raphael schüttelte den Kopf. »Nein, das geht leider nicht. Ich habe den schönen Gregor gestern nach deinem überstürzten Abgang schon danach gefragt, aber das Schiff ist komplett ausgebucht, alle Tische sind besetzt.« Er bedachte sie mit einem langen Blick. »Erschwerend kam hinzu, dass ich keine Begründung für deinen Wunsch angeben konnte. Ich wollte ja nicht gleich deine ganze Lebensgeschichte erzählen.«

»Danke, sehr rücksichtsvoll«, erwiderte Emily ironisch.

»Der Bruder macht eigentlich einen sehr netten Eindruck«, sagte Raphael vorsichtig.

»Für den habe ich mal geschwärmt.« Emily musste in Erinnerung an den großen Jungen nun doch lächeln. Er allerdings hatte nie Notiz von ihr genommen, was weniger daran gelegen hatte, dass sie ein paar Klassen unter ihm gewesen war, als an ihrem unattraktiven Äußeren. Davon war sie zumindest überzeugt.

Er hatte auf dem Schulhof ein paar Mal mitbekommen, wie übel seine Schwester Emily mitgespielt hatte. Er hatte nie darüber gelacht wie die anderen, hatte sich aber auch nicht eingemischt.

»Und was ist aus deiner Schwärmerei geworden?«, unterbrach Raphael ihre Gedanken.

»Nichts.« Emily zuckte die Schultern. »Er machte das Abitur, und danach habe ich ihn nie mehr gesehen. Und als Kai Draxler an unsere Schule kam, habe ich auch nicht mehr an Hendrik gedacht.«

Emilys Gedanken wanderten zu Kai Draxler, dem Neuen, den sich alle Mädchen als Freund gewünscht hatten. Natürlich war es Melissa, die mit ihm zusammenkam, bereits in der ersten Woche.

Damit hatte Emily leben können. Doch dann veränderte sich etwas: Nachdem Melissa ihr wieder einmal einen hässlichen Streich gespielt hatte, trat Kai plötzlich für Emily ein. Er stritt sich ihretwegen sogar mit Melissa – und damit begann für Emily die schöne Zeit ihres jungen Lebens, denn Kai trennte sich von Melissa. Für Emily, wie er ihr kurz darauf gestand. Er führte sie aus, ging mit ihr ins Kino und ins Eiscafé. Er war der erste Junge, der sie geküsst hatte, die erste große Liebe ihres Lebens. Und als er sie nach zwei Monaten zu einem romantischen Abend in das Waldhaus seiner Eltern einlud, da war sie zu allem bereit. Er war der Junge, mit dem sie das erste Mal schlafen wollte …

Ihr schoss heute noch die Röte ins Gesicht, wenn sie an diesen schrecklichen Abend dachte. An den Moment, als sie nackt vor dem Kamin lag und plötzlich ihre Mitschüler in den Raum drängten und sich über sie lustig machten. Und mitten unter ihnen Kai. Der Streit mit Melissa, das plötzliche Interesse an ihr, all das hatte er nur vorgespielt. Mit dem Wissen der ganzen Klasse, als besonderes Geburtstagsgeschenk für Melissa. Emily schwieg und starrte eine Weile vor sich hin. »Wenn sie nur mal nahe genug an der Reling steht …«, stieß sie schließlich hervor.

»Es gefällt mir nicht, dass du so bitter bist«, sagte Raphael.

»Ich habe allen Grund dazu.«

Raphael sagte nichts.

»Wie würdest du dich denn verhalten, wenn Frederic statt Melissa an unserem Tisch sitzen würde?«

Raphael dachte lange nach. »Wahrscheinlich würde ich ihn fragen, wie es ihm geht.«

Emily starrte ihn verblüfft an. »Niemals stelle ich ihr so eine Frage!«, beschied sie vehement. »Weil es mich nicht interessiert. Oder doch … wenn es ihr sehr schlecht geht, würde ich das schon gerne wissen. Damit ich mich darüber freuen kann. Glaubst du, dass ich mir so etwas vom Universum wünschen kann?«

»Sei vorsichtig mit dem, was du dir wünschst«, sagte Raphael ernst. »Es könnte passieren, dass du es bereust.«

»Niemals!«, fuhr sie auf. Aber das änderte nichts an ihrem grundsätzlichen Problem. Emily atmete tief durch. »Was soll ich denn jetzt machen? Ach verdammt, Raphael, sie verdirbt mir die ganze Reise. Und jetzt sitzt sie mir im Speisesaal auch noch leibhaftig gegenüber. Wie soll ich das aushalten, diese Frau jeden Tag zu sehen?« Emily wusste keinen Rat. »Wie soll ich mich verhalten?«

»Erwachsen«, erwiderte Raphael prompt. »Du musst sie zur Begrüßung nicht umarmen, aber lass dir nicht anmerken, was sie dir angetan hat und immer noch mit dir macht. Du bist inzwischen eine wunderschöne Frau. Du leitest eine große Maschinenfabrik, sprichst drei Fremdsprachen fließend und noch zwei weitere ganz leidlich dazu. Du musst dich vor Melissa nicht verstecken.«

»Aber diese Situation, als ich da nackt vor dem Kamin lag …« Emily brach ab, als Raphael die Hand hob.

»Dafür musst nicht du dich schämen, sondern ausschließlich Melissa.« Er setzte sich neben Emily und nahm sie in die Arme. »Zeig ihr, was aus dir geworden ist. Diesmal wird es dein Triumph sein.« Ein Lächeln breitete sich auf seinem Gesicht aus. »Und dann hast du auch noch einen Traummann wie mich an deiner Seite. Ich wette, sie wird dich so sehr beneiden, dass ihr die Reise verdorben ist.«

Emily war nicht überzeugt. »Ich weiß nicht … nach meinem Abgang gestern wird sie es sein, die triumphiert.«

»Ach was. Die beiden ahnen nicht im Ansatz, wen sie vor sich hatten. Dafür warst du ja auch viel zu schnell weg. Ich habe behauptet, dir ginge es schon die ganze Zeit nicht gut.« Er blickte ihr tief in die Augen. »Und jetzt erlebst du gefälligst eine Spontanheilung und machst dich schön. Du wirst dich höflich, souverän und ein bisschen arrogant verhalten.« Raphael drückte ihre Hand. »Ich bin bei dir!«

Emily trug ein sehr teures Kostüm eines namhaften Designers. Dazu eine Handtasche, die selbst gebraucht nur zu Höchstpreisen gehandelt wurden. Sie hatte sich unter Raphaels Aufsicht geschminkt und trug ihre Haare locker hochgesteckt. Sie war zufrieden mit ihrem Spiegelbild.

Zusammen mit Raphael betrat sie den Speisesaal. Auch diesmal saß das Paar mit dem Rücken zu ihnen am Tisch. Und so wie am Abend zuvor stand Hendrik Oliver auch jetzt wieder auf. »Ich hoffe, es geht Ihnen heute besser«, sagte er und schaute Emily direkt an.

Emily schaffte es sogar, ihn anzulächeln. »Ja, danke.« Sie war froh, dass er sich nicht noch einmal vorstellte und sie ihren Namen deshalb nicht nennen musste. Sie setzte sich.

Und dann sah Melissa sie an. Die verhasste ehemalige Klassenkameradin grüßte mit einem freundlichen Nicken.

Sie sieht blass aus. Emily musste plötzlich an ihren gar nicht so freundlichen Wunsch denken und wandte eilig den Blick ab, bevor sie möglicherweise so etwas wie Mitleid mit Melissa empfand.

Raphael streichelte ihren Arm. »Soll ich dir etwas vom Büfett holen, Liebes?«, erkundigte er sich fürsorglich.

»Danke, aber ich komme mit.« Sie wollte nicht mit den Olivers allein am Tisch sitzen und sprang schon wieder auf. Raphael folgte ihr.

»Souverän bleiben«, raunte er ihr zu.

»Das bin ich doch«, sagte sie ebenso leise.

»Nicht wirklich.« Er lächelte und warf einen kurzen Blick zurück. »Sie haben dich nicht erkannt.«

»Natürlich nicht. Du hast ja keine Ahnung, wie ich früher ausgesehen habe.« Während sie sprach, füllte sie ihren Teller, ohne darauf zu achten, was sie nahm. Großen Appetit hatte sie ohnehin nicht.

Als sie und Raphael an den Tisch zurückkehrten, brachen Hendrik und Melissa gerade auf. »Heute geht es meiner Schwester nicht gut«, sagte Hendrik. »Ich wünsche Ihnen noch einen schönen Abend.«

»Danke!« Sie schaffte es nicht, Melissa gute Besserung zu wünschen. Das wäre ihr völlig falsch und verlogen vorgekommen.

»Ich wünsche ihr nichts wirklich Schlimmes«, rechtfertigte sich Emily, als sie und Raphael allein am Tisch saßen.

Er warf ihr einen schrägen Blick zu. Natürlich glaubte er ihr nicht. Er kannte sie einfach zu gut.

»So ein bisschen Seekrankheit bringt doch keinen Menschen um.«

»Woher willst du wissen, dass sie seekrank ist?«

»Ich weiß es nicht, ich vermute es nur. Und ganz ehrlich, es ist mir ziemlich egal, was sie hat.« Sie schob sich eine Gabel von dem köstlichen Nudelgericht in den Mund und verdrehte genussvoll die Augen.

Raphael beobachtete sie missbilligend. »Wie kannst du diese ganzen Kohlehydrate in dich hineinstopfen, ohne fett zu werden?«

»Keine Ahnung. Seit mein Übergewicht weg ist, habe ich nie wieder zugenommen. Ich kann essen, was ich will.«

»Beneidenswert«, seufzte er und stocherte lustlos in seinem Salat herum. Dann schob er den Teller von sich. »Darauf hab ich jetzt keine Lust. Ich hole mir etwas Vernünftiges, auch wenn ich Gefahr laufe, auf dieser Kreuzfahrt zuzunehmen.«

»Es gibt einen Fitnessraum auf dem Schiff«, erinnerte ihn Emily.

Raphael wirkte nicht begeistert. Er sah zwar nicht so aus, aber er war nicht wirklich sportlich, sondern zog gemütliche Stunden auf dem Sofa vor.

Nach dem Essen warfen sie einen Blick in die Pianobar, wo es an diesem Abend eher beschaulich zuging. »Bleiben wir hier, oder besuchen wir die Disco auf Deck 2?«, fragte Raphael.

Emily hatte Phillip Graf entdeckt. Er nickte ihr zu, lächelte. »Ich würde gerne bleiben«, sagte sie. »Oder möchtest du lieber tanzen?«

»Nein, die Cocktails hier sind richtig gut, außerdem sitzt mein Muskelmann an der Theke. Ich habe mich gerade auch fürs Hierbleiben entschieden. Aber ich muss kurz etwas erledigen. Ich bin gleich wieder da.«

Bevor Emily nachfragen konnte, drehte er sich um und verließ die Bar. Emily ärgerte sich ein wenig, dass er sie einfach allein ließ, doch plötzlich stand Phillip Graf vor ihr. »Sie wirken ein bisschen verloren.«

»Ja, so fühle ich mich auch«, gestand sie.

»Es ist unverzeihlich, dass Ihr Begleiter Sie einfach hier stehen lässt.«

Emily hätte erwidern können, dass er gleich zurückkam, doch dann fielen ihr Raphaels Worte ein: »Wir holen alles aus dieser Reise heraus, einschließlich eines heißen Flirts.« Phillip Graf gefiel ihr ausnehmend gut.

»Darf ich Sie zu einem Drink einladen?« Sein Lächeln war umwerfend.

»Ich dachte schon, Sie fragen nie«, erwiderte Emily unverblümt.

Er lachte laut auf. »Ich mag unkomplizierte Frauen.« Er fasste sie leicht am Arm und führte sie zur Theke. Dort erkundigte er sich nach ihren Wünschen, bevor er für sie und sich selbst einen Tequila Sunrise bestellte.

»Wie gefällt Ihnen die Kreuzfahrt bisher?«, fragte er.

Bis gestern Abend war es traumhaft, doch dann traf ich die Geißel meiner Jugend wieder.

»Es ist wundervoll«, behauptete sie. »Ich genieße jede Minute an Bord.« *Mit Ausnahme der Mahlzeiten.* »Es ist meine erste Kreuzfahrt«, fügte sie hinzu.

»Ich habe diese Art des Reisens bereits vor ein paar Jahren für mich entdeckt«, erzählte Phillip Graf. »Für einen alleinstehenden Mann ist es sehr angenehm, weil ich so immer Menschen um mich habe. Eine schöne Abwechslung zu der Stille meiner Villa am Vierwaldstätter See.«

In zwei Sätzen hatte er alle wesentlichen Informationen verpackt und ihr klargemacht, dass er alleinstehend und vermögend war. Jedenfalls wollte er das mit dem Hinweis auf seine Schweizer Villa offensichtlich andeuten. Emily registrierte es mit einem stillen Lächeln, ohne darauf einzugehen.

»Was machen Sie beruflich?«, fragte er.

»Ich bin Sekretärin in einer Maschinenfabrik«, behauptete sie. Sie hatte den Eindruck, dass er einen Augenblick stutzte, doch dann hatte er seine Mimik wieder unter Kontrolle.

»Interessant.«

»Nicht wirklich.« Emily lachte. »Ich tippe den ganzen Tag Geschäftsbriefe, die mir mein Chef diktiert hat. Oder ich kümmere mich um das Zusammenstellen des Kantinenessens. Ich führe die Urlaubslisten der Mitarbeiter, die Krankenlisten und ich halte den Kontakt zu wichtigen Kunden. Darunter ist aber nicht eine Aufgabe, die ich als wirklich interessant bezeichnen würde.« Sie trank einen Schluck ihres Cocktails und beobachtete ihn dabei aus den Augenwinkeln. Verlor er jetzt das Interesse an ihr?

»Immerhin verdienen Sie mit diesem Job genug Geld, um sich den Urlaub auf diesem Schiff zu gönnen.« Er ließ sie nicht aus den Augen.

Diesmal konnte Emily bei der Wahrheit bleiben. »Mein Freund hat mich eingeladen«, berichtete sie.

Phillip nickte und schwieg eine Weile in Gedanken versunken. Dann zeigte er ihr wieder sein strahlendes Lächeln. »Da hatten wir beide Glück. Sie können diese Reise machen, und ich habe dadurch die Gelegenheit, Sie kennenzulernen. Wir müssen Ihrem Freund beide dankbar sein.«

Er trug unglaublich dick auf und verlor dadurch einiges von seiner Faszination. Emily begann, sich zu langweilen, und wünschte sich, dass Raphael endlich zurückkam.

Ihr Wunsch wurde in genau dem Moment erfüllt, als sie ihn in Gedanken formuliert hatte. Doch es war nicht Raphael, der die Pianobar betrat, sondern Raphaela. Emily verschluckte sich fast an ihrem Tequila Sunrise, als er in goldenen High Heels durch die Tür stolzierte.

Er erregte sofort Aufsehen. Alle Anwesenden starrten in seine Richtung, sekundenlang verstummten alle Gespräche. Nur die sanften Klavierklänge zogen durch den Raum. *Somewhere beyond the sea!*

In der Tat kostete Raphaela diesen Moment aus. Es sah so aus, als würde sie sich im Takt der Musik bewegen.

Es fehlt nur noch, dass du anfängst zu singen, dachte Emily.

»Was für ein Auftritt«, hörte sie jemanden sagen.

Emily konnte dem nur zustimmen. Raphaelas königsblaues Kleid reichte vorne bis zu den Fußknöcheln und lief hinten lang aus. Als Perücke hatte sie heute die langen blonden Locken gewählt, die wie ein Wasserfall über ihre nackten Schultern fielen.

Das Kleid war zwar schulterfrei, hatte aber lange, fließende Ärmel. Ihr Dekolleté war tief ausgeschnitten, ohne den Ansatz ihres Busens zu zeigen. Nur Emily wusste, dass die beiden wohlgeformten Erhebungen aus Silikon bestanden. Ebenso wie Perücken in den unterschiedlichsten Haarlängen und Farben, besaß Raphaela auch Silikoneinlagen in unterschiedlichen Größen.

Raphaela schaute nur kurz in ihre Richtung, ohne jedes Zeichen des Erkennens, während sie auf die Bar zutrat und sich dicht neben den Muskelmann stellte.

Emily bemerkte, dass selbst Phillip Graf vorübergehend jegliches Interesse an ihr verloren hatte und nur Raphaela anschaute. Es war ihm sichtlich peinlich, dass sie ihn beim Starren erwischt hatte.

»Entschuldigen Sie bitte, meine Aufmerksamkeit war vorübergehend abgelenkt.«

Das klang so geschwollen, dass es Emily insgeheim vor Lachen schüttelte. Sie freute sich jetzt schon darauf, sich später gemeinsam mit Raphael darüber zu amüsieren. Sobald Raphaela wieder Raphael war.

Phillip Graf fiel es auch in der Folge schwer, seine Aufmerksamkeit auf Emily zu konzentrieren. Immer wieder wandte er den Kopf. Raphaela schien ihm ausnehmend gut zu gefallen.

Emily war froh, dass Phillip so abgelenkt war, weil es ihr die Gelegenheit gab, Raphaela in ihren Bemühungen um den Muskelmann zu beobachten. Sie konnte sein Gesicht sehen, Raphaela hingegen wandte ihr den Rücken zu. Leider konnte Emily nicht verstehen, was sie sagte.

Der Muskelmann wandte sich Raphaela zu, doch sein Blick glitt über sie hinweg, was Raphaela dazu veranlasste, sich noch mehr in Pose zu stellen. Eine Hand in die Taille, den Rücken leicht durchgebogen. Mit der anderen Hand fegte sie ein imaginäres Stäubchen von den Schultern des Mannes.

Emily wusste genau, was Raphaela später als Raphael sagen würde: »Diese Muskeln, das hättest du mal fühlen müssen!« Sie schaffte es nicht ganz, ihre Heiterkeit zu verbergen, und stieß ein glucksendes Geräusch hervor.

Das wiederum weckte Phillip Grafs Aufmerksamkeit. »Tut mir leid«, entschuldigte er sich ein weiteres Mal.

»Möchten Sie Raphaela kennenlernen?« Emily schenkte Phillip ihr freundlichstes Lächeln.

»Sie kennen sie?« In seinem Blick lag pure Begeisterung.

»Sie ist meine beste Freundin. Ich stelle sie Ihnen gerne vor.« *Sie haben es verdient, einander kennenzulernen,* dachte sie. Phillip, weil er sie inzwischen so gut wie gar nicht mehr beachtete, und Raphael …

Nun, eigentlich aus genau dem gleichen Grund. Er ließ sie einfach allein mit diesem Langweiler.

»Ich glaube nicht, dass ich ihr Typ bin.« In Phillips Stimme lag so viel Selbstmitleid, dass Emily ihn fast ein wenig bedauerte.

»Eigentlich steht Raphaela überhaupt nicht auf diesen Typ Mann«, log Emily. »Sie schätzt eher eine gepflegte Unterhaltung mit einem kultivierten Mann wie Ihnen.«

Phillips Brustkorb dehnte sich vor Stolz. »Ja, darauf verstehe ich mich. Ich wäre sehr dankbar, wenn Sie da etwas arrangieren könnten.«

»Das mache ich«, versprach Emily, und dann konzentrierten sie sich beide auf Raphaela und den Mann an ihrer Seite.

Emily stellte fest, dass der von Raphaela keineswegs so beeindruckt schien wie Phillip. Sein Blick blieb abweisend. Immer wenn Raphaela ein wenig näher an ihn heranrückte, wich er zur Seite.

Was macht sie, wenn sie das Ende der Theke erreicht haben?, fragte sich Emily. Doch eine Antwort darauf sollte sie nicht mehr erhalten, denn bevor es so weit war, tauchte die Ehefrau des Muskelmannes auf.

Emily hielt den Atem an. Jetzt wurde es richtig spannend!

Die Frau und Raphaela begrüßten sich. Sie zeigte nicht die geringste Spur von Eifersucht, ganz im Gegenteil. Sie und Raphaela schienen sich blendend zu verstehen, während der Muskelmann sich verabschiedete und die Bar verließ.

Raphaela fand an diesem Abend offenbar eine neue beste Freundin. Die beiden unterhielten sich angeregt, und nach wenigen Minuten saßen sie nebeneinander an der Bar, bestellten Drinks und schienen sich köstlich zu amüsieren.

Emily war eifersüchtig, weil Raphael sie einfach so ersetzte. Und sie war eingeschnappt, weil ihr bester Freund sie nicht dazuholte, sondern sie weiter mit dem Langweiler Phillip allein ließ. Sie hatte genug und verabschiedete sich.

An diesem Abend stieg sie allein in das breite Doppelbett. Irgendwann in der Nacht registrierte sie, dass Raphael den Raum betrat.

»Bist du wach?«, flüsterte er.

»Nein«, knurrte sie.

»Ich habe heute Gisa von gegenüber kennengelernt.« Raphael setzte sich auf das Bett. »Sie ist unglaublich sympathisch.«

»Und wie findet sie es, dass du ihren Ehemann vernaschen willst?«, murmelte Emily.

»Den Typen kannst du so was von vergessen!« Diesmal lag deutliche Empörung in Raphaels Stimme. »Der fühlte sich kein bisschen geschmeichelt, als ich ihn unter all den Männern in der Pianobar ausgewählt hatte, ihm meine Aufmerksamkeit zu schenken.«

»Wie frech von ihm«, murmelte Emily und hoffte, dass Raphael sich endlich hinlegte und die Klappe hielt. Sie war müde und wollte schlafen. Außerdem war sie immer noch ein kleines bisschen beleidigt.

»Ja, nicht wahr? Der war überhaupt nicht an mir interessiert. Ich glaube, der fühlte sich sogar belästigt.«

»Du bist ihm ja auch ziemlich auf die Pelle gerückt.«

»Es gibt Männer, die mögen das.« Raphaels Stimme klang eingeschnappt. Eine Weile blieb es still. Emily döste wieder ein.

»Aber da ich ja jetzt mit Gisa befreundet bin, ist der Muskelmann sowieso raus. Ich weiß überhaupt nicht, wie der zu einer Frau wie Gisa gekommen ist. Sie ist einfach toll! Ich hätte gerne die ganze Nacht mit ihr gequatscht, aber irgendwann wurde sie nervös und wollte zu ihren Kindern. Sie hat drei Kinder, kannst du dir das vorstellen? Ich meine, das sieht man ihr so gar nicht an. Sie sieht noch so jung aus, dabei ist ihre älteste Tochter bereits vierzehn. Und sie ist so schlank, dass …«

»Phillip war übrigens sehr an dir interessiert«, fiel Emily ihm mit boshafter Schadenfreude ins Wort.

»Tatsächlich?« Er war hörbar geschmeichelt.

Sie wandte sich ihm zu. »Er möchte dich gerne kennenlernen.«

Raphael strahlte, schüttelte aber gleichzeitig den Kopf. »Natürlich nicht! Ich nehme einer Freundin doch nicht den Mann weg.«

»Du nimmst ihn mir nicht weg«, versicherte Emily. »Ich habe ziemlich schnell festgestellt, dass aus ihm und mir nichts wird.«

Er streichelte ihre Hand. »Danke.«

Emily beschlich ein schlechtes Gewissen. Gerade als sie ihm sagen wollte, wie langweilig ihr Treffen mit Phillip Graf gewesen war, begann Raphael erneut, von Gisa zu schwärmen.

Sie schloss den Mund und ließ ihn reden. Irgendwann schlief sie ein.

Am nächsten Morgen lief das Schiff gerade in den Hafen von Burnie ein, als Emily aufwachte. Neugierig ging sie auf die Terrasse. Bewaldete Berge zogen sich am Ufer hoch, die Silhouette der Kleinstadt war nicht so spektakulär wie in Sydney, zeigte aber eine malerische Küstenatmosphäre. Sie hatte gelesen, dass die Stadt an einem Tiefseehafen lag, der von Containerschiffen angelaufen werden konnte.

Sie freute sich auf den Ausflug, den sie gebucht hatten. Vorher blieb ihnen noch genug Zeit für ein ausgiebiges Frühstück.

Die Gedanken an Melissa und Hendrik hatte sie erfolgreich verdrängt, bis sie die beiden am Tisch im Speisesaal erblickte.

»Mist!«, fluchte sie leise.

Raphael griff nach ihrer Hand und zog sie hinter sich her. »Guten Morgen«, grüßte er freundlich, als sie den Tisch erreichten.

Auch Melissa und Hendrik grüßten freundlich.

»Morgen«, brummte Emily und setzte sich auf ihren Platz. Sie schaute nicht auf, dennoch spürte sie, dass Melissa sie musterte. In aller Eile schlang sie ihr Frühstück hinunter und überließ es Raphael, Smalltalk zu halten. Das Gespräch zwischen ihm und

Hendrik drehte sich um das derzeitige Wetter, das bevorstehende Wetter und den damit verbundenen Seegang. Melissa war ebenso still wie Emily.

Dann endlich war es überstanden – glaubte Emily. Sie hatte den letzten Schluck Kaffee getrunken, Raphael hatte bereits seinen Stuhl zurückgeschoben, um aufzustehen, da sagte Melissa: »Ich werde das Gefühl nicht los, dass wir uns kennen.«

Emily zuckte zusammen. Jetzt war er gekommen, der Moment, den sie befürchtet hatte … Sie hob den Blick und schaute Melissa ins Gesicht …

… und nahm mit einem Mal all die Einzelheiten wahr, die sich so gar nicht mit ihrem Bild der Melissa von früher vereinbaren ließen: die blasse Haut, die dunklen Schatten unter den Augen, die eingefallenen Wangen. Emily schluckte. Melissa war nur noch ein Schatten des schönen, bösartigen Mädchens, das Emily immer noch in ihren Träumen heimsuchte.

Ihr Blick fiel auf den Haaransatz. Es war die gleiche Farbe, ein ähnlicher Schnitt wie früher, aber das waren nicht Melissas eigene Haare. Sie trug eine Perücke.

Eine Welle von Mitleid durchfuhr Emily. Verdammt, das hatte selbst Melissa nicht verdient! Aber ihr Mitleid auch nicht!

Emily zog sich hinter ihren Panzer aus Kälte und Abneigung zurück, errichtet aus all dem Schmerz ihrer Erinnerungen.

»Ich glaube nicht, dass Sie mich kennen«, erwiderte sie kühl. »Ich wünsche Ihnen noch einen schönen Tag.« Sie blickte kurz zu Hendrik, dann ging sie, ohne darauf zu achten, ob Raphael ihr folgte. Sie wollte nur weg!

Kapitel 15

Schwungvoll bog Nele in den nächsten Gang ein und lief dort ausgerechnet dem Mann in die Arme, dem sie seit ihrer Ankunft auf dem Schiff aus dem Weg ging.

»Nele!« Mirkos Hände umfassten ihre Schultern. Sein Lächeln brannte sich in ihr Herz. »Ich habe dich vermisst.«

»Lass das!« Sie machte sich von ihm los.

»Kannst du mir diesen einen Fehltritt denn nicht verzeihen?« Er wirkte so verzweifelt, wie sie sich selbst fühlte.

Durchdringend schaute sie ihn an. »War es denn nur dieser eine Fehltritt?«

Mirko wandte den Blick ab. Er sagte kein Wort, aber das war auch nicht nötig.

Wortlos ging sie weiter, und diesmal hielt er sie nicht auf. Sie hatte es die ganze Zeit geahnt, die Gewissheit traf sie dennoch mit voller Macht.

»Nele! Nele!« Clara kam auf sie zugelaufen.

Nele wischte sich hastig die Tränen aus den Augen und fing die Kleine auf. »Wir fahren heute alle mit dem Ausflug«, berichtete das Mädchen aufgeregt.

»Ja, wir machen alle einen Ausflug«, bestätigte Nele. »Ich komme auch mit.«

»Und vielleicht sehen wir ganz viele tansamische Tiere.«

Nele war der Kleinen zutiefst dankbar, dass sie sie trotz ihres Kummers wieder zum Lächeln brachte. »Ich habe keine Ahnung, welche Tiere es in Tasmanien gibt«, sagte sie. »Ich war hier noch nie.«

Clara schüttelte den Kopf. »Ich auch nicht.«

»Das habe ich mir fast gedacht.«

Gisa kam den Gang entlanggeeilt. Sie hatte Lenny im Schlepptau und war sichtlich verärgert. »Clara! Du darfst nicht einfach weglaufen«, schimpfte sie.

Nele bemerkte, dass sie offenbar große Angst gehabt hatte.

»Ich bin nicht weggelaufen.« Clara verschränkte ihre Arme vor der Brust. »Ich bin ganz langsam gegangen. Und als da Nele war, bin ich stehen geblieben.«

»Du darfst überhaupt nicht allein auf dem Schiff herumlaufen. Wenn du irgendwohin willst, fragst du gefälligst mich oder …« Sie machte eine kurze Pause. »Papa.«

»Ja gut«, murmelte Clara kleinlaut. Gleich darauf hellte sich ihr Gesicht wieder auf. »Nele fährt heute auch auf den Ausflug.«

»Ja, ich bin dabei«, bestätigte Nele. »Einer der Passagiere hat abgesagt, und da wurde mir die Teilnahme angeboten.« Sie verschwieg, dass Kapitän Fredriksen höchstpersönlich dafür gesorgt hatte. Ein paar Minuten zuvor war ihr selbst das Gerücht zu Ohren gekommen, das neuerdings in Umlauf war: Angeblich hatte der Kapitän ein Verhältnis … ausgerechnet mit Jasmin.

Nele glaubte es nicht. Jasmin war ihre Freundin, das hätte sie bestimmt bemerkt. Und eigentlich wirkte Jasmin überhaupt nicht wie eine Frau, die glücklich verliebt war. Sie sah in den letzten Tagen eher immer traurig aus. Außerdem war Kapitän Fredriksen zusammen mit seiner Frau in Hamburg gewesen. Sie hatten gemeinsam um ihre Tochter gebangt. Nele war sich also sicher, dass nichts an dem Gerede stimmte. Und wie bei den meisten Gerüchten wusste niemand genau, wo es eigentlich herkam.

»Nele, darf ich im Bus bei dir sitzen?«

»Du sitzt bei mir und …« Pause. »Papa.«

Clara stampfte wütend mit dem Fuß auf. »Der ist aber nicht …«

»Denk an das Spiel«, fiel Gisa ihrer Tochter schnell ins Wort.

Nele hatte schon die ganze Zeit das Gefühl gehabt, dass mit dieser Familie etwas nicht stimmte, so stark wie heute aber hatte sie es noch nie empfunden.

»Ist alles in Ordnung?«, fragte sie Gisa.

Gisa lächelte nervös. »Es ist alles noch ein bisschen aufregend. Aber ja, es geht uns gut. Ich freue mich, dass Sie gleich auf der Fahrt auch dabei sind«, wechselte sie das Thema.

»Ich will aber bei Nele sitzen«, begehrte Clara erneut auf.

»Nele hat heute frei.«

Mit einem Mal wirkte Gisa plötzlich ganz ruhig, wie ausgewechselt. Ob das an ihrem Mann lag? Er kam jetzt dazu und legte einen Arm um Gisas Schultern. »Wir haben nur noch eine halbe Stunde Zeit bis zum Ausflug.«

»Ich musste Clara suchen.«

»Ich bin nicht weggelaufen«, beharrte Clara, ohne dass ihre Mutter das jetzt behauptet hatte. »Ich bin nur weggegangen.«

Ihren Vater schien das nicht so zu sorgen wie Gisa. »Wo wolltest du denn hingehen?«, erkundigte er sich ruhig.

»Ich wollte mit Julia spielen.«

»Wer ist Julia?«, hakte ihr Vater sofort nach.

»Ein Kind aus unserer Kindergartengruppe«, antwortete Nele für Clara. »Die Mädchen verstehen sich sehr gut.« Sie beugte sich zu Clara hinunter. »Du darfst trotzdem nicht weglaufen. Julia ist sowieso nicht im Kindergarten. Da ist heute niemand, weil alle Kinder mit ihren Eltern diesen Ausflug machen.«

»Kommt Julia auch mit?«, rief Clara begeistert aus. »Mama, darf ich im Bus bei Julia sitzen?«

»Und ich?« begehrte Lenny auf. »Ich will bei Clara sitzen.«

»Du sitzt bei Papa«, bestimmte Clara. »Die Jungen bei den Jungen und die Mädchen bei den Mädchen. Mama kann ja dann bei Nele sitzen.«

»Ich fürchte, dass deine Sitzordnung nicht so ganz eingehalten werden kann, auch wenn du dir das sehr schön ausgedacht hast.« Nele lachte. »Aber vielleicht kann ich darum bitten, dass Julias Familie in eurer Nähe sitzt. Da ist dann ja auch Leo dabei«, wandte sie sich an Lenny. »Den magst du doch?«

Lenny nickte.

»Dann sehen wir uns gleich«, verabschiedete sich Nele. »Ich bin sicher, wir alle werden viel Spaß haben.«

Die kurze Begegnung mit der kleinen Familie hatte sie vollends von ihrem Kummer abgelenkt. Ein paar Minuten, in denen sie nicht an Mirko gedacht hatte.

Dafür dachte sie jetzt umso mehr an ihn. Wieso schaffte er es nicht, treu zu sein? Was ging in ihm vor, wenn er sie verletzte, obwohl er sie doch angeblich liebte?

Sie schüttelte leicht den Kopf, als könnte sie ihre Gedanken so abschalten. Irgendwann war es vorbei, irgendwann würde es nicht mehr wehtun.

Der Bus war nicht besonders groß und bis auf einen Platz voll besetzt, als Nele einstieg. Der dunkelhaarige Mann auf dem Sitz schaute auf, als Nele sich neben ihn setzen wollte, dann stand er auf und bot ihr den Fensterplatz an.

Nele bedankte sich, freudig überrascht.

»Ich habe Sie noch nie auf dem Schiff gesehen«, sagte er.

»Ich treffe an Bord eigentlich auch nur unsere kleinen Passagiere und deren Eltern«, erwiderte sie. »Ich bin Erzieherin auf der *MS Kristiana.*«

»Da wünschte ich mir fast, noch einmal ein Kind zu sein«, entfuhr es ihm.

Nele lachte. Seine bewundernden Blicke streichelten ihr angeknackstes Selbstwertgefühl.

»Mein Name ist übrigens Phillip.«

»Nele.«

Der Bus fuhr los. Hinter sich vernahm sie das fröhliche Lachen der Kinder. Sie schaute sich um und bemerkte, dass ihre vier Schützlinge alle zusammen auf der Rückbank saßen.

Zufrieden schaute Nele aus dem Fenster. Straßen schlängelten sich durch grüne Wiesen den Hang hinauf. Von hier aus war die Aussicht auf den Hafen und das Meer so beeindruckend, dass Nele kurz den Atem anhielt. Sie konnte sogar die *MS Kristiana* sehen. Und irgendwo da unten war auch Mirko.

Der Bus bog ab und fuhr landeinwärts Richtung Cradle Mountain. Die Landschaft besaß eine Ursprünglichkeit, die erahnen ließ, wie die Welt einmal ausgesehen hatte, lange bevor es Menschen gab.

Nach gut einer Stunde erreichten sie Waratah und legten nicht nur wegen der Kinder eine Pause an den Waratah-Falls ein. Vor dem Wasserfall waren die Relikte eines Wasserrades zu sehen, und ein Schild wies darauf hin, dass an dieser Stelle 1883 erstmals Wasserkraft in Australien industriell genutzt wurde. Der so gewonnene Strom wurde verwendet, um Zinnerz von seinem Wirtsgestein zu befreien. Waratah war zudem die erste Stadt in Australien, die im Jahre 1886 elektrische Straßenlaternen besaß.

»Ich stelle mir gerade vor, wie romantisch das gewesen sein muss«, sagte Phillip zu Nele. »Diese alten Straßenlaternen, das Dorf am See. Manchmal wünschte ich, ich hätte in einer früheren Zeit gelebt. Und Sie?«

»Ich habe noch nie darüber nachgedacht«, sagte Nele. Dann schüttelte sie den Kopf. »Nein, ich möchte genau jetzt leben.«

Clara drängte sich zwischen sie. »Ich will auch lieber jetzt leben und nicht früher.« Sie schaute zu Phillip auf. »Sonst wärst du ja schon tot.«

Nele lachte beim Anblick von Phillips verblüfftem Gesicht laut auf. »Kindliche Logik verblüfft mich auch immer wieder. Weil sie so einfach und zutreffend ist.«

»Ja, du hast recht«, sagte er zu Clara. »Dann lebe ich auch lieber heute. Du bist ein kluges Mädchen.«

Strahlend vor Stolz über dieses Lob lief Clara zurück zu ihrer Familie, um damit anzugeben.

»Haben Sie Kinder?«, fragte Nele.

»Nein, leider nicht.« Er lächelte sie an. »Und Sie?«

»Ich habe eine Nichte und einen Neffen. Sie sind ungefähr so alt wie Clara und Lenny, und so ähnlich verhalten sie sich auch. Emilia ist immer forsch und geradeheraus, Noah eher zurückhaltend und ängstlich.« Nele erzählte ihm, wie sie die Zwillinge bei der letzten Fahrt aufs Schiff geschmuggelt hatte.

»Sie lieben die beiden offenbar sehr.«

Nele nickte. »Und ich vermisse sie jedes Mal, wenn ich unterwegs bin.« Sie sah Phillip an. Dafür musste sie den Blick heben, weil er einen ganzen Kopf größer war als sie. So wie Mirko …

… du denkst jetzt nicht an Mirko, ermahnte sie sich selbst. *Du machst einen wunderbaren Ausflug mit einem ganz tollen Mann an deiner Seite. Er ist nett, charmant und offensichtlich interessiert.* Dieser Tag heute gehörte nur ihr, sie wollte ihn genießen ohne Gedanken an das, was sie zuletzt gequält hatte.

»Dann wollen Sie bestimmt irgendwann eigene Kinder haben«, sagte Phillip.

»Ja, ganz bestimmt. Und dafür würde ich mein Leben auch komplett ändern. Ich liebe es, auf einem Schiff zu arbeiten, aber irgendwann möchte ich für immer an Land sein.«

»Mit einem Mann, Kindern, einem Haus im Grünen?«.

»Und wenn möglich, hätte ich gerne auch noch einen Hund«, ergänzte Nele lachend.

»Es muss schön sein, solche Träume zu haben.« Er hatte den Blick jetzt abgewendet und schaute starr geradeaus.

Seine Antwort machte sie neugierig. »Haben Sie keine Träume?«

Er lächelte traurig. »Meine Träume wurden längst von der Realität überholt. Und das ist ganz allein meine Schuld.«

Sie kannten sich zu wenig, als dass Nele den Mut aufgebracht hätte, nachzufragen. Sie verspürte Mitleid mit ihm. Und sie mochte ihn. Wenn nicht …

Nein, du wirst diesen Namen nicht einmal denken.

Ihr nächstes Ziel, der Cradle Mountain-Lake St Clair National Park, wurde zu Beginn des 20. Jahrhunderts von dem österreichischen Auswanderer Gustav Weindorfer mitbegründet, der das Chalet *Waldheim* erbaute, ein Ressort für Wanderer, erzählte der Busfahrer. Dort begann auch der Weindorfers Forest Walk, ein auch für Familien geeigneter Wanderweg, der durch einen Regenwald mit palmenähnlichen Pandanen und uralten King-Billy-Kiefern führte. Sogar Tasmaniens berühmte Laubbuche mit ihren verdrehten, bodennahen Ästen stand hier.

Nach einem kurzen Abstecher entlang des spiegelnden Gewässers des Dove Lake ging es zurück Richtung Burnie. Dabei gab es noch ein besonderes Erlebnis für die Kinder.

»Mama, guck mal. Da ist ein ganz komisches Tier«, rief Clara aufgeregt und wies mit dem Finger aus dem Fenster.

Der Busfahrer hielt an, damit sie das Tier beobachten konnten, zu dem sich zwei weitere gesellten.

»Das sind Wallabys«, erklärte Phillip. »So eine Art kleines Känguru.«

»Woher weißt du das?«, fragte Clara.

»Die habe ich schon einmal in einem Zoo gesehen«, erwiderte Phillip freundlich.

Obwohl er keine Erfahrungen mit Kindern hat, kommt er ganz gut mit ihnen aus, dachte Nele.

»Heiratest du die Nele?«, fragte Clara in diesem Moment.

Nele spürte, wie sie errötete.

Phillip hingegen lachte laut auf. »Mal sehen«, erwiderte er

und schaute sie von der Seite her an. »Ich bin mir nicht sicher, ob Nele mich will.«

»Frag doch einfach mal«, schlug Clara vor.

»Sie haben recht«, sagte Phillip amüsiert zu Nele. »Kindliche Logik ist wirklich sehr einfach und folgerichtig. Warum machen wir Erwachsenen uns nur das Leben so schwer?«

»Du musst du zu Nele sagen«, riet ihm Clara. »Leute, die heiraten, machen das.«

Die anderen Fahrgäste lachten und schenkten Clara jetzt mehr Beachtung als den Wallabys draußen.

»Clara, es reicht«, rief Gisa ihre Tochter zur Ordnung. »Nele hat heute ihren freien Tag, also lass sie in Ruhe.«

Nele war ihr dankbar für diese Worte, die ganze Situation war ihr peinlich.

»Ich rede überhaupt nicht mit Nele, sondern mit dem Mann«, rechtfertigte sich das Mädchen.

»Nein!«, sagte Gisa streng und in einem Ton, den Clara offensichtlich verstand. Trotzig verschränkte sie die Arme vor der Brust und schmollte erst einmal.

»Da ist ein großer Hund«, rief Lenny aufgeregt. »Mama, darf ich den streicheln?«

Phillip schaute aus dem Busfenster. »Das ist ein Wombat«, stellte er richtig. »Und wir haben wirklich Glück, dass wir hier einen sehen. Die Tiere sind nämlich eigentlich nachtaktiv.«

»Sie kennen sich aber gut aus.« Nele hatte den Moment der Peinlichkeit überwunden und konnte nur hoffen, dass Clara sich nicht weiterhin als Verkupplerin bemühte.

Er lächelte ihr zu und berührte kurz ihre Hand. »Ich finde, Clara hat recht«, sagte er so leise, dass nur sie ihn hören konnte. »Wir sollten uns duzen.«

Nele musste nicht lange überlegen. Sie fand Phillip nett, und seine Bewunderung tat ihr gut. »Ja, gerne«, stimmte sie zu.

Eine Stunde vor dem Auslaufen der *MS Kristiana* kamen sie zurück zum Hafen. »Ich würde dich gerne wiedersehen«, sagte Phillip, als sie zusammen über die Gangway gingen.

»Das ist ein Schiff«, erwiderte Nele lachend. »Wir werden uns ganz bestimmt wieder begegnen.«

»Ich möchte das nicht so gern dem Zufall überlassen.«

Sie hatten das Ende der Gangway erreicht und betraten das Schiff. Nele blieb ebenfalls stehen, als er nicht weiterging.

»Treffen wir uns heute Abend auf der Terrasse vor der Pianobar? Ich würde mich sehr freuen.«

Nele hätte vermutlich abgelehnt, wenn sie nicht in diesem Moment Mirko erblickt hätte. Er stand nicht weit von ihr und Phillip entfernt. Seine Miene verriet, dass er jedes Wort gehört hatte. Hatte er auf sie gewartet?

»Ja«, sagte Nele mit einem strahlenden Lächeln. »Ich nehme deine Einladung gerne an.«

Langsam gingen sie weiter, und als sie Mirko passierten, nickte Nele ihm knapp zu, bevor sie ihre ganze Aufmerksamkeit wieder auf Phillip richtete. »Es war ein wundervoller Tag«, sagte sie. »Ich habe den Ausflug zusammen mit dir sehr genossen!« Sie widerstand nur mit Mühe der Versuchung, sich umzudrehen, um Mirkos Reaktion zu sehen.

Dann trennten sich ihre Wege. Phillip ging weiter zu den Aufzügen, während Nele den Weg zu den Kabinen der Crew einschlug. Doch bevor sie die Kabine erreichte, die sie zusammen mit Marisol bewohnte, holte Mirko sie ein.

»Was soll das? Willst du mich eifersüchtig machen?«

»Was hätte ich davon?«, erwiderte Nele, ohne seinem Blick auszuweichen. »Das mit uns ist vorbei. Für immer!« Es war wichtig, das in dieser Endgültigkeit laut auszusprechen. Für ihn, aber vor allem für sie selbst.

Die Verzweiflung in seinem Blick berührte sie, aber sie

wusste, dass sie ihm nie mehr vertrauen konnte. Es würde auch ihr wehtun, wenn sie ihn demnächst mit einer anderen Frau – mit vielen anderen Frauen – zusammen sah. Jedenfalls eine Zeit lang.

Er streckte die Hand nach ihr aus. »Nele …«

»Nein!« Sie wehrte ihn ab. »Akzeptier es endlich und lass mich in Ruhe.« Sie ließ ihn stehen und ging in ihre Kabine. Tränen liefen über ihre Wangen, aber das sah er zum Glück nicht mehr.

Marisol, die auf ihrem Bett saß, sprang auf. »Du musst nichts sagen, ich habe alles gehört.« Ein bisschen verlegen fügte sie hinzu: »Ich wollte nicht lauschen, aber die Ohren habe ich mir auch nicht zugehalten.«

Nele lächelte unter Tränen. »Schon gut. Ich hätte dir ohnehin alles erzählt.«

Marisol schloss sie in die Arme. »Ich mag Mirko«, sagte sie leise. »Aber ich finde, du hast genau richtig entschieden. Die Frauen machen es ihm einfach zu leicht.«

»Ich weiß.« Plötzlich musste Nele grinsen. »Aber eigentlich ist es gerade genau umgekehrt. Mirko ist sauer, weil ich mich mit einem anderen Mann treffen will. Phillip Graf. Kennst du ihn?«

»Dieser große Dunkelhaarige von Deck 5?«

»Ich weiß nicht, wo er wohnt«, erwiderte Nele. »Er ist nett, er sieht gut aus …« Sie begann zu kichern. »Und eine meiner kleinen Schützlinge möchte mich gerne mit ihm verheiraten.« Als sie von Clara erzählte, stimmte Marisol in ihr Lachen ein.

Plötzlich wurde Nele ernst. »Eigentlich wird es ja nicht gerne gesehen, wenn wir uns privat mit den Passagieren treffen.«

»Nein«, stimmte Marisol zu, »aber direkt verboten ist es auch nicht.« Sie drückte Nele noch einmal fest. »Denk nicht darüber nach und mach dir einen schönen Abend mit diesem Mann, aber halte dein Herz ganz fest.«

»So schnell verliebe ich mich nicht mehr«, versicherte Nele.

Es wurde ein wunderschöner Abend. Phillip wartete vor der Pianobar auf Nele und blickte sie verzaubert an.

Nele wusste, dass sie gut aussah. Ihre blonden Locken fielen ihr über die Schultern. Heute trug sie nicht die weiße Hose und das Shirt mit dem Emblem der Reederei, sondern ein rotes Kleid, das ihre zarte Figur umspielte.

»Du bist so unglaublich schön.« Er streckte ihr die Hand entgegen, und Nele ergriff sie. »Und so jung«, ergänzte er. »Ich fürchte, neben dir wirke ich wie ein uralter Mann.«

»Du hast es wirklich nicht nötig, nach Komplimenten zu fischen«, sagte sie.

Sie wurden beide abgelenkt, als ein Paar an ihnen vorbeiging. Beide grüßten, die Frau lächelte.

»Ist sie nicht toll«, schwärmte Nele.

»Du kennst sie?« Phillip war sichtlich überrascht.

»Das ist Emily Brehm, eine sehr erfolgreiche Unternehmerin. Ich habe in einem Frauenmagazin einen Bericht über sie gelesen. Sie hat das marode Unternehmen ihres Onkels gerettet und ist in der Branche offensichtlich sehr angesehen.«

»Also doch«, hörte sie Phillip neben sich murmeln.

Nele wusste nicht, worauf er hinauswollte.

»Mir wurde gesagt, sie wäre Sekretärin«, sagte er, als er ihren Blick bemerkte, und zuckte lächelnd mit den Schultern. »Aber eigentlich ist das egal. Es gibt nur eine Frau, die mich wirklich interessiert.«

Nele spürte plötzlich einen Hauch von Misstrauen in sich aufsteigen, der ihr zeigte, dass es wahrscheinlich lange dauern würde, bis sie wieder einem Mann vertrauen konnte.

Kapitel 16

Morgens tauchte er auf, blieb als angeblicher Familienvater stets an ihrer Seite, und abends verschwand er wieder.

Als er an diesem Morgen die Kabine betrat, sprach Gisa ihn direkt darauf an. »Wo verbringen Sie eigentlich die Nächte?«

»Nebenan«, sagte er.

Ihr verschlug es für den Moment die Sprache. Er hatte nebenan eine Kabine und hielt es nicht für nötig, ihr das mitzuteilen?

»Warum sollte ich?« Verwundert schaute er sie an, als sie ihm das an den Kopf warf.

»Damit ich weiß, wo ich Sie im Notfall erreiche!«

»Warum ist Mama so sauer auf Papa?«, fragte Lenny seine Schwester.

»Weil der ihr nicht gesagt hat, wo er nachts schläft.« Clara nannte Nick nur im Beisein anderer Passagiere *Papa.* Ansonsten vermied sie eine direkte Anrede und nannte ihn ausschließlich *»der«*, wenn sie über ihn sprach.

Lenny nahm die ganze Angelegenheit sehr gelassen. Seine Familie war bei ihm, er ging gerne in den Kindergarten, und das reichhaltige Büfett zu den Mahlzeiten gefiel ihm auch.

Lynn hielt sich die meiste Zeit in ihrer Kabine auf. Um dort zu lernen, wie sie behauptete.

Gisa nahm ihr das nicht wirklich ab, ließ sie aber gewähren. Nur gestern war es ihr überhaupt nicht recht gewesen, als Lynn sich weigerte, an dem Ausflug teilzunehmen.

»Ich habe keine Lust auf eine Busfahrt durch die Walachei.«

»Das ist auch nicht die Walachei, sondern Tasmanien«, hatte Gisa geantwortet.

»Sag bloß, es gibt die Walachei wirklich?« Lynn hatte sie erstaunt angesehen. »Ich dachte, das sagt man nur so.«

»Ja, die kleine Walachei und die große Walachei …«, hatte Gisa angesetzt, jedoch sofort abgebrochen, als ihre Tochter sie angrinste. »Du willst mich nur vom Thema ablenken. Lynn, ich möchte, dass du mitkommst. Ich hätte keine ruhige Minute, wenn du allein auf dem Schiff bleibst.«

»Kein Mensch weiß, dass wir hier sind. Bitte, Mama, zwing mich nicht, an so einem dämlichen Ausflug teilzunehmen. Das ist so uncool!«

»Das ist Tasmanien. Wer weiß, ob du je wieder hierherkommen wirst …«

»Ganz bestimmt nicht, wenn ich es verhindern kann«, war Lynn ihr ins Wort gefallen. »Warum konnten wir nicht in einer so coolen Großstadt wie Sydney untertauchen.«

»Wir haben doch gar nicht so viel von Sydney gesehen«, wandte Gisa ein. Ihre Maschine war mittags gelandet, und wenige Stunden später lief die *MS Kristiana* schon aus.

Gisa hatte schließlich nachgegeben, sich von Lynn aber das feste Versprechen geben lassen, die Suite nicht zu verlassen und auch niemandem die Tür zu öffnen.

Nick unterbrach ihre Gedanken. »Im Notfall werde ich da sein«, versprach er. »Niemand betritt diese Räumlichkeiten, ohne dass ich es weiß.«

»Wie meinen Sie das?« Gisa musterte ihn mit gerunzelter Stirn.

»So wie ich es gesagt habe.« Damit schien das Thema für ihn erledigt. Er setzte sich neben Lenny auf den Boden, der mit einem Polizeiauto spielte und gerade eine Reihe anderer Miniautos stoppte. »He, Kumpel, darf ich mitspielen?«

»Klar«, erlaubte Lenny großzügig und zeigte auf das rote Miniauto. »Du bist der Verbrecher.«

»Damit kennen Sie sich ja aus«, sagte Gisa spitz.

Nick schaute kurz auf, verzog seine Lippen zu einem angedeuteten Lächeln, bevor er sich auf das Spiel konzentrierte.

Clara sah eine Weile zu. »Der spielt nur mit Lenny«, beschwerte sie sich.

»Der hat nichts dagegen, wenn du auch mitspielst«, forderte Nick sie auf.

Clara zögerte einen Moment. »Aber nur, wenn wir nachher was spielen, was ich will.«

Nick schaute Lenny fragend an. »Was meinst du, Kumpel? Können wir uns darauf einlassen?«

Die Bezeichnung *Kumpel* schien Lenny zu gefallen. »Klar, Kumpel«, erwiderte er.

Gisa gefiel, wie er mit den Kindern umging. Sie hatte das Gefühl, dass es ihm sogar Freude bereitete, mit den beiden zu spielen. Trotzdem wäre es ihr lieber gewesen, wenn Ines sie auf dieser Reise begleitet hätte. Sie vermisste die Gesellschaft und die Gespräche mit einer Frau.

Und mit einem Mal war es ihr zu eng, selbst in dieser Luxuskabine. Ihr fiel sprichwörtlich die Decke auf den Kopf. »Kann ich Sie für ein paar Minuten mit den Kindern allein lassen?«

Nick sah auf und musterte sie prüfend.

»Ich muss nur mal kurz raus«, murmelte sie. »Lagerkoller.«

Er nickte. »Bleiben Sie nicht zu lange weg. Ich möchte nicht das ganze Schiff nach Ihnen absuchen müssen.«

»In spätestens einer Stunde bin ich wieder hier.«

»Eine halbe Stunde«, gestand er ihr zu.

Sie nickte resigniert, dann floh sie regelrecht aus der Kabine. In diesem Moment ging auf der anderen Seite ebenfalls die Tür auf, und ein Mann kam heraus. »He, Gisa«, grüßte er.

Erstaunt sah sie ihn an. »Kennen wir uns?«

»Oh!« Er griff sich in das kurz geschorene Haar. »Du kennst ja nur Raphaela.« Er stellte sich anmutig in Pose. »Nun lernst du meine andere Persönlichkeit kennen: Raphael.«

Gisa starrte ihn ungläubig an. Das war doch nicht die nette Frau, mit der sie sich eine halbe Nacht lang unterhalten und gelacht hatte? Die Frau, von der sie gedacht hatte, dass sie ihr eine gute Freundin werden könnte?

Raphael hörte auf zu lächeln und nahm eine normale Haltung ein. »Diesen Gesichtsausdruck kenne ich«, sagte er.

Gisa fasste sich unwillkürlich an die Wange, dann begriff sie, was er sagen wollte. »Ich bin nur überrascht«, sagte sie schnell. »Ich mag Raphaela sehr gern, Raphael muss ich erst noch kennenlernen.«

Sein Lächeln verzauberte sie geradezu. »Dann würde Raphael dich gerne zu einem Kaffee einladen. Hast du Lust und Zeit?«

»Beides!« Sie verdrängte jeden Gedanken an Nick und die halbe Stunde, die er ihr eingeräumt hatte. Doch dummerweise war ihr angeblicher Ehemann genau das Thema, das Raphael bewegte.

»Du weißt schon, dass ich mich ein bisschen in deinen Mann verliebt habe«, gestand Raphael, als sie auf der Terrasse vor der Pianobar saßen und auf ihren Kaffee warteten.

»Du oder Raphaela?«, fragte sie amüsiert.

»Wir beide«, gab er zu. »Aber natürlich lasse ich die Finger von ihm. Trotzdem bin ich neugierig. Wie ist er denn so? Als Mann, meine ich.«

Ganz dünnes Eis! Sie konnte schlecht zugeben, dass sie nicht die geringste Ahnung und Nick erst nach ihrer Abfahrt in Sydney kennengelernt hatte. »Er ist ganz okay«, sagte sie ausweichend.

»Okay?«, hakte Raphael gedehnt nach. »So wirklich enthusiastisch klingt das aber nicht. Bist du glücklich mit ihm?«

Gisa hasste es, ihn belügen zu müssen. Aber sie konnte ihm auch nicht die Wahrheit sagen. Sie mochte ihn sehr, aber er war ein Fremder. Und so blieb ihr keine andere Möglichkeit, als sich mit möglichst unauffälligen Antworten aus der Situation hinauszulavieren.

»Er kommt sehr gut mit den Kindern zurecht.«

Raphael betrachtete sie prüfend. »Aha«, sagte er schließlich. Mehr nicht. Jedenfalls für eine ganze Weile. Erst als sie an ihrem Kaffee nippte, fragte er: »Und wie ist er im Bett?«

Gisa verschluckte sich und hustete. Mit dieser Frage hatte sie nicht gerechnet. Und es erzeugte Bilder in ihrem Kopf …

Sie kämpfte dagegen an, wollte die Schauer auf ihrer Haut nicht spüren, diese Gefühle, die sie schon lange nicht mehr empfunden hatte. Und schon gar nicht in Verbindung mit Nick Becker. Er war so was von Typ Mann, der niemals in ihr Männerbild gepasst hätte …

»Hallo!« Raphael beobachtete sie schmunzelnd. »Du musst meine indiskrete Frage natürlich nicht beantworten. Das ist im Übrigen gar nicht nötig. Dein Gesicht verrät alles.«

Gisa hätte gerne nachgefragt, was ihr Gesicht alles verriet, aber dummerweise tauchte genau jetzt Nick mit den beiden Kleinen auf.

In seinem Gesicht arbeitete es. »Wir haben ausgemacht, dass du nach einer halben Stunde zurückkommst.«

Gisa schaute auf ihre Uhr. Eine Dreiviertelstunde war seitdem vergangen. Sie spürte Raphaels erstaunten Blick und wusste jetzt erst recht nicht, was sie sagen sollte. Und es ärgerte sie, dass Nick sie in eine solche Situation brachte. »Eine Stunde kannst du dich ja wohl auch mal allein um die Kinder kümmern«, sagte sie wütend.

»Du weißt genau, worum es geht.« Nicks Stimme klang heiser. »Ich habe mir Sorgen gemacht.«

»Wow!«, stieß Raphael hervor. Lächelnd wandte er sich an Clara. »Ist euer Vater immer so besorgt?«

»Das weiß ich nicht«, erwiderte Clara. »So lange haben wir den noch nicht.«

Nick war immer noch wütend, als sie ihre Kabine erreichten. Er beherrschte sich aber, bis er mit ihr auf der Terrasse allein war. Durch die Scheibe konnten sie die Kinder sehen, sie saßen auf dem Sofa und schauten sich einen Zeichentrickfilm an. Nick hatte den Fernseher extra laut gestellt, damit sie sie nicht hören konnten.

»Wenn du unsere Abmachungen nicht einhältst, kann ich nicht für deine Sicherheit garantieren.«

»Wir siezen uns, wenn niemand dabei ist«, erinnerte sie ihn kühl.

»Wer war dieser Mann, mit dem Sie sich getroffen haben?« Er betonte das *Sie* ganz besonders.

»Ein Freund!«, sagte sie, mehr nicht. Obwohl ihr auf der Zunge lag, dass er diesen Mann auch kannte. Als Raphaela. Aber das wäre ihr wie ein Vertrauensbruch an Raphael vorgekommen.

»Kannten Sie ihn vorher schon?«, hakte Nick nach. »Haben Sie jemandem gesagt, dass Sie auf der *MS Kristiana* sind?«

»Natürlich nicht«, fuhr sie ihn an. »Ich hatte mit keinem Menschen aus meinem Freundeskreis oder meiner Familie Kontakt, seit ich im Zeugenschutz bin. Ich habe Raphael erst hier auf dem Schiff kennengelernt.«

»Raphael?« Er musterte sie prüfend. »Keine Alleingänge mehr«, teilte er ihr unmissverständlich mit, dann beendete er das Verhör.

Gisa wandte sich wütend um und ging wortlos zu den Kindern.

Nick blieb auf der Terrasse. Durch die Scheibe sah sie, dass er auf seinem Handy herumtippte. Ob er jetzt mit seinen Vorgesetzten Kontakt aufnahm, um sich über sie zu beschweren?

Plötzlich schien er zu spüren, dass sie ihn beobachtete. Er hob seinen Kopf, sie schauten sich an. Dann steckte er das Handy ein und stand auf.

Gisa erhob sich ebenfalls. Sie trat ihm entgegen, als er den Raum betrat. »Es tut mir leid«, sagte sie leise.

»Mir auch.« Er lächelte, und plötzlich waren da wieder diese Bilder in ihrem Kopf …

»Ich verstehe sehr gut, dass Sie sich eingesperrt fühlen. Aber ich bin nun einmal für Ihre Sicherheit verantwortlich. Und Sie selbst sind es auch!«

»Wir können uns gerne duzen«, kam Gisa ihm entgegen.

Ihr Zugeständnis überraschte und erfreute ihn sichtlich. Er nickte lächelnd.

»Und ich bin dir sehr dankbar«, fuhr sie fort. »Auch wenn ich das nicht immer so zeige.«

»Du musst dir keine Gedanken machen«, versicherte er. »Ich weiß von vergangenen Einsätzen, dass der Druck für die Betroffenen manchmal unerträglich ist.«

Es fühlte sich nicht gut an, dass er Vergleiche zwischen seinen Einsätzen zog und dies hier kein besonderer Fall für ihn war. Er schützte sie und die Kinder, aber sobald es vorbei war, erinnerte er sich wahrscheinlich nicht einmal mehr an sie.

Nein, das fühlte sich ganz und gar nicht gut an!

Kapitel 17

»Ich bin froh, dass wir morgen wieder Land in Sicht haben«, seufzte Marisol. Zwei Tage auf See, ohne Landausflüge, waren vor allem für die Crew sehr anstrengend. Spätestens am zweiten Tag setzte bei den Passagieren Langeweile ein, die manchmal zu den absonderlichsten Wünschen führte.

»Kann ich eine andere Kabine haben?«, erkundigte sich ein Passagier von Deck 4.

»Herr Luis.« Jasmin erinnerte sich an den Namen des Mannes. »Was stimmt denn mit der Kabine nicht, die Sie bewohnen?«

»Die Aussicht! Ich will eine Kabine mit einem anderen Ausblick. Egal, in welche Richtung ich schaue, da ist überall Wasser.«

Jasmin lachte über den vermeintlichen Schmerz.

»Lachen Sie mich etwa aus?« Konrad Luis sah sie missbilligend an. »Ich finde das überhaupt nicht lustig.«

Jasmin traute ihren Ohren nicht, als ihr bewusst wurde, dass Konrad Luis es ernst meinte. »Ich bekomme inzwischen Depressionen von diesem Anblick«, beschwerte er sich.

»Ich fürchte, da kann ich Ihnen nicht helfen«, erwiderte Jasmin vorsichtig. »Wir sind hier auf einem Kreuzfahrtschiff, und da ist eine gewisse Menge an Wasser erforderlich, damit wir uns fortbewegen können.«

Marisol, die neben ihr stand, beugte sich tief über die Unterlagen, die auf dem Tresen vor ihr lagen. Lange. Ihre Schultern bebten.

Jasmin bemerkte, dass die Kollegin mit einem Lachanfall kämpfte.

Konrad Luis hingegen fühlte sich offensichtlich verhöhnt. »Wollen Sie mich auf den Arm nehmen?«, fuhr er wütend auf.

»Natürlich nicht«, versicherte Jasmin. »Ich weiß nur nicht, wie ich Ihnen helfen soll.«

»Gibt es ein Problem?« Magnus Foss tauchte auf. Unmittelbar darauf auch wieder Marisol, die sich übereifrig an Konrad Luis wandte.

»Herr Luis, das ist unser Kreuzfahrtdirektor. Ich bin sicher, dass Herr Foss der richtige Ansprechpartner für Sie ist.«

Jasmin und Marisol hörten gespannt zu, als Konrad Luis nun Magnus sein Problem schilderte.

Magnus reagierte wenig verständnisvoll und verdrehte genervt die Augen. »Ziehen Sie einfach die Vorhänge zu, wenn Sie den Pazifik nicht mehr sehen wollen«, stieß er hervor und ging wütend weiter.

»Was für eine unfreundliche Person.« Konrad Luis' ganzer Ärger konzentrierte sich nun auf Magnus. »Über den werde ich mich beschweren. Wie war sein Name doch gleich?«

»Magnus Foss«, sagte Marisol prompt und buchstabierte den Nachnamen auch noch: »F – O – S – S.«

Konrad Luis notierte sich den Namen. »Danke«, sagte er grimmig, dann zog er davon.

»Nett war das nicht«, sagte Jasmin zu Marisol.

»Ich habe auch keinen Grund, ausgerechnet zu Magnus nett zu sein«, erwiderte Marisol schulterzuckend. »Er würde jede Gelegenheit nutzen, um mich loszuwerden.«

Jasmin wusste nur zu gut, worauf sie anspielte. Magnus' Onkel hatte einst eine norwegische Reederei gehört, die Magnus einmal erben sollte. Doch das Unternehmen geriet in finanzielle Schieflage, und dem Onkel blieb letztendlich keine andere Möglichkeit, als ein Angebot von Clemens Tychsen anzunehmen und die Reederei an ihn zu verkaufen.

Magnus fühlte sich um sein Erbe betrogen, das hatte Marisol Jasmin erzählt. Und er wusste, dass Marisol einmal ein Gespräch mitbekommen hatte, in dem er gedroht hatte, sich alles zurückzuholen. Das verstärkte die gegenseitige Abneigung. Marisol ging ihm aus dem Weg, während Magnus ständig darauf lauerte, ihr Schwierigkeiten zu bereiten.

Auf der *MS Kristiana* hatte er damit allerdings wenig Erfolg. Kapitän Fredriksen verabscheute Magnus' intrigante Machenschaften.

Jasmin lächelte wehmütig, als sie wieder einmal an Adrian dachte. Seit sieben Tagen waren sie unterwegs, aber bis auf den Tag ihrer Abfahrt hatte sie ihn nicht gesehen.

Es war bereits nach 22 Uhr, als sie an diesem Abend endlich Feierabend machen konnte. Sie beschloss, noch ein wenig frische Luft zu schnappen und sich einen stillen Platz auf einem der Außendecks zu suchen. Einen Platz, wo sie völlig ungestört in den Sternenhimmel schauen und alle Gedanken ausschalten konnte.

Nur das Brummen des Schiffsmotors war zu hören, übertönt vom steten Rauschen des Meeres.

Plötzlich stand Adrian vor ihr. Er trug seine Uniform, sein Lächeln war zärtlich. So wie sie es in Erinnerung hatte und sie es immer und immer wieder in ihren Träumen sah.

»Was für ein Zufall.« Ihre Stimme klang ironisch, obwohl sie sich freute, ihn zu sehen.

»Das ist kein Zufall. Ich habe dich gesehen und bin dir gefolgt.«

»Warum?«

»Kannst du dir das nicht denken?« Sein Blick wirkte jetzt traurig.

»Ich weiß überhaupt nicht, was ich denken soll«, bekannte

sie leise. Und dann, nach einer Weile: »Wieso hast du dich nie gemeldet? Du hast nicht einmal auf meinen Anruf reagiert.«

Er wirkte verwundert. »Du hast mich angerufen?«

»Ja. Hast du die Nachricht auf deiner Mailbox nicht abgehört? Ich wollte wissen, wie es deiner Tochter geht.« Sie schwieg sekundenlang. »Und vor allem wollte ich wissen, wie es dir geht.«

»Auf meiner Mailbox war kein Anruf von dir.« Er blickte sie nachdenklich an und erkundigte sich gleich darauf, wann genau sie ihn angerufen hatte.

Jasmin dachte nach.

»Fenja!«, stieß er hervor, als sie ihm das Datum nannte. »An dem Tag hatte sie mein Handy. Wahrscheinlich hat sie den Anruf gelöscht.« Er stieß einen tiefen Seufzer aus. »Es tut mir leid, Jasmin. Ich habe von deinem Anruf nichts gewusst.« Er hob die Hand und berührte sanft ihre Wange. Seine Finger strichen über ihre Lippen. »Ich habe dich vermisst«, sagte er leise. »Ich habe dich so sehr vermisst.«

Sie schaute ihn an, sagte kein Wort. Seine Erklärung reichte ihr nicht, verriet nicht, warum er sie nicht von sich aus angerufen hatte.

Adrian legte die Hände auf ihre Schultern und zog sie an sich. Er küsste sie, zärtlich sanft, und brachte damit ihre Gedanken zum Schweigen. Als sie ihre Arme um seinen Hals schlang, wurden seine Küsse drängender, leidenschaftlicher … und dann ließ er sie abrupt los.

Jasmin war zutiefst verwirrt, dann stieg Ärger in ihr auf. »Was machst du mit mir?«

Er schüttelte den Kopf. »Es tut mir leid«, murmelte er.

»Ja, mir auch.« Jasmin drehte sich um und ging.

»Du siehst blass aus.« Marisol musterte sie am nächsten Morgen besorgt.

»Ich habe nicht besonders gut geschlafen«, sagte Jasmin, was allerdings nicht der Wahrheit entsprach. Sie hatte so gut wie gar nicht geschlafen, die Begegnung mit Adrian hatte sie aufgewühlt.

»Nimm dir doch ein paar Stunden frei«, schlug Marisol vor. »Du hast gestern Abend so lange gearbeitet.«

»Lieber nicht.« Nicht eine Minute hielt sie es länger in ihrer Kabine aus. Allein mit sich und ihren Gedanken.

Sie schüttelte den Kopf. »Außerdem will ich die Einfahrt in den Milford Sound nicht verschlafen.«

Eine Stunde später als geplant tauchte die *MS Kristiana* von der Tasmansee in den imposanten Fjord ein. Der Anblick der großartigen Natur ließ Jasmin vorübergehend ihren Kummer vergessen. Steile Klippen erhoben sich aus dem kristallklaren Wasser, spiegelten sich darin in allen Grüntönen, die sich mit dem Blau des Wassers vermischten.

»Die Maori nennen den Milford Sound Piopiotahi.« Adrian stand an diesem Morgen ebenso plötzlich neben ihr wie am vergangenen Abend.

»Musst du nicht auf der Brücke sein?«, fragte sie spröde.

»Ben Mermann kommt auch ohne mich zurecht.« Adrian schaute sie unverwandt an. »Ich schulde dir eine Erklärung.«

»Ja.« Sie nickte, obwohl sie unsicher war, ob sie diese Erklärung überhaupt hören wollte. Das Treffen am vergangenen Abend machte ihr noch immer zu schaffen.

»Ich habe mir unser Wiedersehen so nicht vorgestellt.« Er ließ seinen Blick über die vorbeiziehende Landschaft gleiten. »Die ganze Zeit in Hamburg habe ich nur diesen Moment herbeigesehnt. Du hast mir so sehr gefehlt.« Er wandte sich ihr zu und schaute sie zärtlich. »Es gibt Gerüchte über uns, Jasmin, und ich weiß nicht, wer sie in Umlauf gebracht hat.«

»Ich habe davon gehört.« Mehr sagte Jasmin nicht.

»Ich habe mich deshalb bis jetzt zurückgehalten, weil ich dich schützen will.« Er schluckte. »Und ich muss Eva schützen. Sie hat schlimme Tage durchgestanden.«

»Ja, das verstehe ich«, murmelte Jasmin.

»Hab ein bisschen Geduld mit mir«, bat er. »Ich muss ein paar Dinge in meinem Leben klären.«

»Svolvær, Bergen ...« Sie lächelte. »Ich finde, ich war bisher sehr geduldig.«

Er nickte, lächelte ebenfalls. »Ich muss wieder auf die Brücke.« Er drückte noch einmal ihre Hand. »Pass gut auf den Wein auf«, bat er. Dann ging er.

Kapitel 18

Raphael betrat die Terrasse und stöhnte beim Anblick des gedeckten Tisches auf.

»Was hast du denn?« Emily deutete auf die Speisen. »Ich habe alles bestellt, was du magst. Croissants, Orangenmarmelade, Müsli, frisches Obst …«

»Ich möchte mal wieder im Speisesaal essen«, unterbrach er sie.

»Bitte.« Sie wedelte mit der Hand. »Dann geh doch.«

Natürlich ging er nicht. Er stöhnte noch einmal auf, dann nahm er Platz.

Emily hatte ein schlechtes Gewissen. Sie wusste, dass Raphael gerne unter Menschen war. Nur ihr zuliebe nahm er alle Mahlzeiten auf der Terrasse ein. Und das schon seit Tagen. Genau gesagt, seit Melissa festgestellt hatte, dass Emily ihr bekannt vorkam.

Raphael war ziemlich still, ein deutliches Zeichen für seine Unzufriedenheit. »Schau dir die Landschaft an«, versuchte Emily, ihn aufzumuntern.

Er hob den Kopf und lächelte plötzlich. Grün bewachsene Felsen und tiefe Täler wechselten sich mit kargem grauem Gestein ab. Auf einem Felsen am Ufer sonnte sich eine Gruppe Seebären.

»Das hättest du vom Speisesaal aus nicht gesehen«, sagte Emily.

»Wir haben einen Tisch am Fenster«, erinnerte er sie.

»Aber hier zu sitzen ist trotzdem völlig anders.«

»Ja, das ist es«, bestätigte er mit einem seltsamen Unterton.

»Ich will einfach nichts mit ihr zu tun haben«, flüsterte Emily hilflos.

»Ich finde es schrecklich, dass du ihr immer noch so viel Macht über dein Leben einräumst«, sagte Raphael. »Und jetzt liegt es nur an dir und nicht an ihr.«

»Ja.« Emily wusste das selbst und konnte doch nichts dagegen tun.

Mittags war sie allein in der Kabine. Raphael traf sich mit seiner neuen Freundin Gisa. Er hatte Emily angeboten, mitzukommen, doch sie hatte abgelehnt, wollte lieber in Ruhe auf dem Loungesofa sitzen und die dramatisch schöne Landschaft auf sich wirken lassen. Morgen würden sie durch den Doubtful Sound kreuzen.

Doch irgendwann musste sie zugeben, dass selbst die schönste Landschaft langweilig wurde, wenn es keinen Menschen gab, mit dem sie sie genießen konnte. Sie machte sich auf den Weg, das Schiff zu erkunden.

Die meisten Passagiere hatten sich um den Swimmingpool versammelt. Emily wanderte langsam an der Reling entlang. Kein Mensch begegnete ihr, bis sie das Ende des Schiffes erreichte. Dort stand ein Mann, die Hände um die Reling geklammert.

Emily erkannte ihn sofort, obwohl sie ihn nur im Profil sah. Neben Melissa war er der Mensch an Bord, mit dem sie nichts zu tun haben wollte. Sie beschloss, sofort zu verschwinden, doch es war bereits zu spät. Hendrik Oliver blickte in ihre Richtung und erkannte sie. Er sah traurig aus.

Emily blieb stehen, obwohl sie das eigentlich nicht wollte. Er trat neben sie. »Geht es Ihnen gut?«

»Danke, ja.«

»Und Ihrem Lebensgefährten geht es auch gut?«

Emily hielt es nicht für nötig, ihn über ihr rein freundschaftliches Verhältnis mit Raphael aufzuklären.

»Raphael geht es auch hervorragend«, sagte sie.

»Das ist gut.« Er brachte ein schwaches Lächeln zustande. »Ich habe mich ein bisschen einsam gefühlt, so ganz allein am Tisch.«

»Allein?« Emily war erstaunt.

»Meine Schwester konnte in den letzten Tagen ihr Bett nicht verlassen.«

»Das tut mir leid«, murmelte Emily. Sekundenlang rang sie mit sich, aber sie musste es einfach wissen. »Ist sie krank?«

»Ja, sehr krank.« Seine Miene war bedrückt. »Eigentlich dürften wir diese Reise überhaupt nicht machen. Melissas Arzt war nicht gerade begeistert, um es mal so zu formulieren.«

Seltsam, dass sie so gar keine Schadenfreude spürte. »Darf ich fragen, was Ihrer Schwester fehlt?«

»Leukämie. Wir wissen im Moment noch nicht, ob ihre letzte Behandlung überhaupt angeschlagen hat.«

Emily war geschockt. »Wieso haben Sie dann zugelassen, dass sie diese Reise macht?«

»Weil sie einer der Punkte auf ihrer Bucket List ist. Das heißt, eigentlich erledigt sie damit sogar zwei Punkte. Eine Kreuzfahrt und eine Reise nach Neuseeland. Wenn ich nicht zugestimmt hätte, diese Reise mit ihr zu machen, wäre sie allein aufgebrochen.«

»Kann ich etwas tun?« Die Worte sprudelten unbedacht aus ihr heraus.

Er schaute sie lächelnd an. »Es wäre schön, wenn meine Schwester auch mal mit anderen Leuten reden könnte als nur mit ihrem Bruder.«

»Soll … ich sie besuchen?«, hörte Emily sich fragen und zuckte gleich darauf erschrocken zusammen. Das war völlig unmöglich.

»Das wäre unglaublich freundlich.« Er strahlte, und Emily fand, dass er sehr attraktiv aussah. Nicht mehr der hübsche Jüngling von damals, für den sie geschwärmt hatte, sondern ein richtiger Mann. Und doch konnte sie nicht vergessen, dass auch er mitbekommen hatte, wie seine Schwester sie gequält hatte. Und nicht eingegriffen hatte. Sie spürte, wie die alte Bitterkeit erneut Besitz von ihr ergriff.

Seine nächste Bemerkung riss sie aus ihren Gedanken. »Melissa findet Sie sehr nett.«

»Tatsächlich?« Emily war überrascht. Bei den wenigen Treffen im Speisesaal war sie nicht gerade nett gewesen.

»Wir haben uns beide darüber gefreut, dass so ein sympathisches Paar mit uns am Tisch sitzt.«

Emily wusste nicht, was sie sagen sollte.

»Wir sind auf Deck 5«, sagte Hendrik Oliver. »Kabine 501.«

Inzwischen bereute Emily ihr Angebot, aber jetzt konnte sie nicht mehr zurück. »Ich komme dann mal vorbei«, sagte sie vage.

»Warum nicht sofort? Ich wollte gerade zurück«, sagte er eifrig.

»Ich weiß nicht … Vielleicht ist es besser, wenn Sie Ihre Schwester erst einmal auf meinen Besuch vorbereiten.« Irgendwie würde es ihr schon gelingen, Melissa und Hendrik Oliver während der weiteren Reise aus dem Weg zu gehen, auch wenn es bedeutete, bis Auckland in ihrer Kabine zu bleiben. Warum nur hatte sie sich von ihrem Mitgefühl zu einem solch abwegigen Angebot hinreißen lassen?

Aber es gab noch eine Möglichkeit: Sie konnte Hendrik sagen, wer sie war.

Nein!

Alles in ihr sperrte sich dagegen. Solange die beiden sie für eine Fremde hielten, konnte sie weiterhin eine schützende Distanz bewahren. Wobei sie nicht sicher sein konnte, ob Melissa nicht inzwischen wusste, wer sie war.

Aber nein, Melissa hätte sie niemals als »nett« bezeichnet. Außerdem konnte Emily sich nicht vorstellen, dass Melissa ihrem Bruder nichts gesagt hätte. Nein, Hendrik ahnte mit Sicherheit nicht, wen er vor sich hatte.

Sie wollte sich gerade unter einem Vorwand zurückziehen, da fragte Hendrik überrascht: »Was machst du denn hier? Geht es dir besser?«

Langsam drehte Emily sich um. Melissa lächelte sie an, bevor sie zu ihrem Bruder sagte: »Viel besser.«

»Wir waren gerade auf dem Weg zu dir.« Er wandte sich an Emily: »Ich konnte Ihren Namen leider nicht richtig verstehen, als Sie sich im Speisesaal vorgestellt hatten.«

»Ich heiße Emily.« Sie nannte nur ihren Vornamen und wartete gespannt auf ein Zeichen des Erkennens.

»Ich bin Hendrik«, stellte Hendrik sich noch einmal vor. Er wies auf seine Schwester. »Und das ist Melissa.«

Melissa sagte diesmal nicht, dass sie ihr bekannt vorkam. Sie sagte überhaupt nichts, lächelte aber immer noch. Und Emily stellte fest, dass dieses Lächeln der Melissa von damals immer noch sehr ähnlich war, auch wenn es heute nicht so gemein wirkte, wie sie es in Erinnerung hatte.

Hendrik schaute auf seine Armbanduhr. »Es ist Mittag, und ich habe Hunger. Gehen wir zusammen in den Speisesaal?«

»Ich habe keinen Hunger, aber ich esse trotzdem etwas.« Melissa hängte sich bei ihrem Bruder ein.

»Tut mir leid, aber ich habe schon etwas vor«, wollte Emily sagen. Stattdessen nickte sie zustimmend.

Raphael saß am Tisch und führte gerade eine spaghettiumwickelte Gabel zum Mund, als Emily zusammen mit Melissa und Hendrik eintrat. Er hielt mitten in der Bewegung inne und starrte ihnen mit offenem Mund entgegen.

Trotz allem hatte Emily plötzlich gute Laune. Für diesen Anblick hatte es sich gelohnt, den Speisesaal zu betreten.

»Wir haben uns zufällig auf dem Außendeck getroffen«, erklärte Hendrik.

»Zufällig?« Raphael schaute nun Emily an.

»Absolut!« Sie schaute auf seinen Teller. »Sind das Muscheln?«

»Ja. Spaghetti mit Muscheln.« Er klang verwirrt. Emily wusste nur zu gut, wie sehr er darunter litt, sie jetzt nicht mit all den Fragen bestürmen zu können, die ihm sicher durch den Kopf gingen.

Er tat, als wolle er sich Nachschub holen, und folgte ihr zum Büfett, dabei war sein Teller noch halb voll.

»Was machst du hier im Speisesaal? Hast du die Olivers zufällig getroffen? Weiß Melissa, wer du bist? Wieso antwortest du mir eigentlich nicht?«

»Würde ich ja, wenn du mich mal zu Wort kommen lässt«, sagte Emily schnell, als er Luft holte. Nur um dann zu sagen: »Ich erzähle dir später alles unter vier Augen.«

»Du bist grausam!«

»Ich weiß«, sagte sie und wunderte sich selbst über ihr Stimmungshoch.

Hendrik kam dazu. »Melissa hat nun auch Appetit auf Spaghetti mit dieser Muschelsoße.« Er wandte sich an Emily. »Danke!«

Emily war überrascht. »Wofür?«

»Dass Sie …« Er zögerte kurz. »… eben so nett zu Melissa waren. Ich habe das Gefühl, dass ihr das viel zu bedeuten scheint.«

Es war Raphael, der antwortete: »Emily ist nicht nur nett, sie ist ein ganz besonderer Mensch.«

Sie wusste, dass Raphael jedes Wort so meinte, trotzdem war es ihr unangenehm, dass er sie so in den Mittelpunkt rückte. Hendrik Oliver schaute ihr tief in die Augen. Ein bisschen zu tief, fand sie.

»Davon bin ich überzeugt«, sagte er, und auch seine Worte klangen aufrichtig.

Emily blieb misstrauisch. Weil die Erfahrung es sie so gelehrt hatte.

Nachmittags begann es zu regnen. Raphael, der sie in ihrer Kabine mit Fragen bestürmt und dem sie inzwischen alles erzählt hatte, schlief auf dem Sofa.

Emily trat hinaus auf den überdachten Teil der Terrasse und schlang die Arme um sich. Es war kalt geworden, trotzdem wollte sie nicht zurück in die Kabine. Sie wollte aber auch nicht, dass Raphael dieses Schauspiel verpasste.

»Raphael!«, rief sie.

»Was ist denn?«

»Bist du wach?«

»Blöde Frage«, brummte er ungehalten.

»Bitte steh auf, du musst dir das ansehen.« Sie wandte den Blick nicht von dem Naturschauspiel vor ihren Augen. »Das willst du nicht verpasst haben!«

Er kam, schien ebenso zu frieren wie sie und schlang sogleich beide Arme um sie, doch die Aussicht verschlug ihm die Sprache.

Unzählige Wasserfälle hatten sich gebildet. Wie weiße Schleier zogen sie sich kaskadenartig über die Berghänge und rauschten metertief in den Fjord. Die *MS Kristiana* hatte ihre Geschwindigkeit verringert, damit die Passagiere das Schauspiel genießen konnten. Die höchste Erhebung, der *Mitre Peak*, hatte sein Haupt in dichten Nebel gehüllt.

»Danke, dass du mich geweckt hast«, sagte Raphael leise. »Und danke, dass du mich auf dieser Reise begleitest.«

Als sie zum Abendessen in den Speisesaal gingen, saß Hendrik Oliver allein am Tisch. »Schön, dass ich nicht allein essen muss«, begrüßte er sie.

»Geht es Ihrer Schwester wieder schlechter?«

Emily war froh, dass Raphael die Frage stellte. Sie hatte vor wenigen Minuten erst beschlossen, sich bei den Olivers zurückzuhalten. Sie würde sich nicht zu erkennen geben, wollte Höflichkeit zeigen, aber wieder die Distanz einhalten, die für sie wichtig war. Hoffentlich erinnerte Hendrik sich jetzt nicht an ihr unüberlegtes Angebot, Melissa zu besuchen.

»Ganz im Gegenteil.« Es war Hendrik anzusehen, wie sehr er sich darüber freute. »Melissa hatte heute einen richtig guten Tag. Ich wollte sie nicht wecken. Sie schläft so tief und fest wie schon lange nicht mehr.«

»Das freut mich«, erwiderte Emily.

Für dich! Aber das dachte sie nur, weil es sonst so aussah, als wäre es ihr egal, wie es Melissa ging. Und das stimmte ja auch … Eigentlich …

In der Pianobar war es an diesem Abend nicht sehr voll, denn in der Disco gab es zeitgleich einen Karaoke-Wettbewerb. Das war nichts, woran Emily teilnehmen wollte, weil sie einfach nicht singen konnte. Und so hatten sich ihr und Raphaels Weg an diesem Abend getrennt. Im Gegensatz zu ihr liebte Raphael Karaoke und nahm als Raphaela daran teil.

»Hallo!« Phillip Graf stand plötzlich neben ihr.

Emily grüßte wenig begeistert zurück. Nach der ersten Unterhaltung mit ihm hatte sie Phillip Graf als Langweiler abgestempelt. Schade, dass Raphaela jetzt nicht da war.

»So ganz allein?«

Emily verdrehte die Augen, und es war ihr egal, dass er das sah.

Phillip Graf schaute sie verdutzt an, doch plötzlich lachte er laut auf. »Das habe ich verdient«, sagte er. »Ich habe mich bei unserer ersten Begegnung unmöglich benommen.«

»Ja.« Emily sah keinen Grund, nicht ehrlich zu sein.

»Es war sehr unhöflich, dass ich mich so durch den Auftritt Ihrer Freundin ablenken ließ.«

Ach, das meinte er. Während sie noch überlegte, ob sie ihm sagen sollte, wie egal ihr das gewesen war, tauchte Raphaela auf. Heute ganz dramatisch in schwarzer Seide. Hochgeschlossen, jedenfalls von vorn. Emily wusste, wie das Kleid von hinten aussah. Schade, dass Phillip Graf es nicht sehen konnte.

»Hallo«, Raphaela schenkte Phillip ein strahlendes Lächeln. »Ich bin Raphaela.«

»Phillip.« Er schien nicht mehr ganz so beeindruckt wie beim ersten Mal.

Raphaela warf mit einer Handbewegung ihr langes schwarzes Haar zurück. Eine Geste, die sie liebte. Emily wunderte sich jedes Mal darüber, dass sich die Perücke nicht dabei löste und wegflog.

»Ich freue mich, Sie kennenzulernen.« Raphaela sprach mit einschmeichelnder Stimme. Ihr Lächeln lockte, doch Phillip sah nur Emily an.

»Darf ich Sie zu einem Champagner einladen?«, fragte er.

»Nein, danke«, lehnte Emily ab. »Ich wollte mich gerade zurückziehen. Aber vielleicht hat Raphaela ja …«

»Auf keinen Fall«, fiel Raphael ihr ins Wort. Diesmal nicht mit seiner sanften Raphaela-Stimme, sondern mit seinem männlichen Tonfall. Theatralisch wedelte er mit der Hand vor seinem Gesicht, bevor er wieder im weiblichen Tonfall säuselte: »Wenn mich ein Mann derart ignoriert, hat er für alle Zeiten bei mir verloren.« Er hängte sich bei Emily ein und warf Phillip ein kühles »Ciao« zu. Gemeinsam mit Emily verließ er die Pianobar.

Kapitel 19

Eva hatte die Akten der Patientin gründlich studiert. »Eine Kreuzfahrt so kurz nach der Chemotherapie hätte ich Ihrer Schwester als behandelnde Ärztin niemals empfohlen.«

»Ich muss Dr. Nicolai in Schutz nehmen. Er hat sogar dringend von der Reise abgeraten.« Hendrik hob in einer hilflosen Geste die Schultern. »Weder er noch ich konnten es Melissa ausreden, und wenn ich mich geweigert hätte, sie zu begleiten, wäre sie allein auf der *MS Kristiana*.«

»Wie geht es Ihrer Schwester im Moment?«

»Nach ein paar etwas schwierigen Tagen ging es ihr heute den ganzen Tag gut.«

»Warum kommen Sie erst jetzt zu mir?«, fragte Eva verärgert. Sie wünschte, Hendrik Oliver hätte ihr bereits früher von der schweren Erkrankung seiner Schwester erzählt.

»Ich habe einfach nicht daran gedacht, dass es an Bord eine medizinische Abteilung gibt«, rechtfertigte er sich. »Und ich muss zugeben, dass es mir erst eingefallen ist, als ich mir eben aus Langeweile die Unterlagen über die *MS Kristiana* angesehen habe, die wir nach der Buchung erhalten haben.«

»Aus Langeweile?« Eva sah ihn fragend an.

»Wir haben eine Familienkabine mit zwei Schlafräumen und einer Verbindungstür gebucht«, erklärte er. »Damit jeder Raum für sich hat, ich im Notfall aber sofort bei Melissa sein kann. Jedenfalls schläft sie im Moment«, kam er auf den Punkt. »Und weil ich mich möglichst leise verhalten wollte, habe ich angefangen, die Unterlagen zu lesen. Und weil die Krankenakte immer griffbereit auf dem Tisch in meiner Kabine liegt, kam ich auf die Idee, mal herzukommen. Damit ich weiß, an wen ich mich wenden muss, wenn das nötig sein sollte.« Er lächelte. »Was für ein glücklicher Zufall, dass ich um diese späte Stunde die Bordärztin angetroffen habe.«

»Ich bin immer hier, wenn wir auf See sind«, erklärte Eva pauschal, ohne darauf einzugehen, warum sie jetzt noch in ihrem Sprechzimmer war: Es fühlte sich einfach ein bisschen so an wie früher im Krankenhaus, und ihr wurde wieder einmal bewusst, wie sehr ihr die Arbeit dort fehlte. Aber Hendrik Oliver konnte nicht wissen, dass sie gerade heute ganz froh über die Ablenkung durch seinen Besuch war. So hatte sie nicht immer diese Bilder im Kopf: Adrian und die Hotelmanagerin …

»Ich würde Ihre Schwester gerne sehen und selbst mit ihr sprechen«, sagte sie.

»Ich werde es ihr ausrichten.« Hendrik stand auf. »Vielen Dank, dass Sie sich die Zeit genommen haben.«

Eva war wieder allein. Sie stand auf und trat ans Fenster, doch da war nichts als Dunkelheit. Sie spiegelte die schwarze Leere wider, die sie empfand, seit sie Adrian und Jasmin zusammen gesehen hatte.

Sie hatte mit Adrian reden wollen wegen des Selfies, das sie in Burnie gemacht hatte. Immer wieder hatte sie es sich seitdem angesehen. Diese Frau auf dem Foto, die ein ganzes Stück hinter ihr und Adrian gestanden hatte, war nur undeutlich zu erkennen. Es konnte durchaus eine andere Frau sein, die eine verblüffende Ähnlichkeit mit ihrer Halbschwester hatte. Aber es konnte eben auch Kristiana sein. An jenem Abend schließlich hatte Eva die Unsicherheit nicht mehr ausgehalten. Sie musste mit einem Menschen darüber reden – und dafür kam nur Adrian infrage. Sie war auf die Brücke gegangen, doch er war nicht dort gewesen.

Von Ben Mermann, dem ersten Offizier an Bord, erfuhr sie, dass Adrian sich kurz abgemeldet hätte, um etwas Dringendes zu erledigen. Worum es sich dabei handelte, konnte er ihr nicht sagen.

Auch in seiner Kabine fand sie ihn nicht vor. Sie wohnten nebeneinander und teilten sich eine Terrasse. Sie blickte durch sein Fenster, doch drinnen war alles dunkel. Beunruhigt hatte Eva sich auf den Weg durch das Schiff gemacht. Diese Sache, von der Ben geredet hatte, war doch nicht etwa Jasmin Andres?

Und dann sah sie ihn, als er auf das Außendeck trat. Eva folgte ihm unbemerkt und bekam mit, wie er mit der Hotelmanagerin sprach. Wie er sie an sich zog, um sie zu küssen …

Dieses Bild brannte sich tief in ihre Seele ein. Sie hatte sich umgedreht und lautlos zurückgezogen. Seither war sie Adrian aus dem Weg gegangen. Sie hatte keine Ahnung, wie sie damit umgehen sollte. Und da war immer noch die Frage, ob die Frau auf dem Selfie Kristiana war …

»Hier bist du?« Adrian stand an der Tür und lächelte ihr zu.

»Natürlich, ich bin die Ärztin auf diesem Schiff.«

Seine Miene veränderte sich, er musterte sie jetzt aufmerksam. »Ben hat mir gesagt, dass du nach mir gesucht hast.«

»Das war vorgestern.« Sie ahnte, dass ihre kurz angebundene Antwort ihn irritierte, aber sie konnte jetzt nicht so tun, als wäre nichts gewesen.

»Das weiß ich. Ich war ein paar Minuten später wieder auf der Brücke. Wieso bist du nicht noch mal hochgekommen?«

Sie sah es wieder vor sich. Er und Jasmin Andres … »Es hatte sich erledigt«, erwiderte sie. Sie konnte jetzt nicht mit ihm über das Selfie reden. Sie konnte gerade überhaupt nicht mit ihm reden.

Er spürte, dass etwas nicht stimmte. »Ist alles in Ordnung?«

»Ja«, log Eva. Wenn sie ihm jetzt sagte, dass sie ihn und Jasmin Andres gesehen hatte, und er ihr dann gestand, dass er diese andere Frau liebte ... Solange sie diese Mitteilung von ihm nicht erhielt, würde sie auch nicht aufhören, um ihn zu kämpfen!

Ihr Blick fiel auf die Akte auf ihrem Schreibtisch. »Ich habe erfahren, dass wir eine schwer kranke Frau an Bord haben.«

Adrian kam näher. »Ein Notfall? Müssen wir die Frau an Land bringen?«

»Im Moment nicht. Aber ich werde sie natürlich im Auge behalten.« Eva war froh, dass sie ihm einen Grund für ihr Verhalten vorgaukeln konnte, aber sie spürte, dass er skeptisch war, denn er musterte sie immer noch aufmerksam.

»Ich bin wieder auf der Brücke«, sagte er schließlich. »Ruf mich doch einfach das nächste Mal an, wenn du mich sprechen willst. Dann kann ich dir sagen, wo du mich findest.«

»Ja, das mache ich«, erwiderte sie betont gleichmütig. Ob er Angst hatte, dass sie ihn das nächste Mal mit Jasmin Andres erwischte? Ob er ahnte, dass sie ihn mit ihr gesehen hatte?

»Wir sehen uns.« Adrian nickte ihr zu, dann ging er und ließ sie in ohnmächtiger Wut zurück. Sie dachte daran, mit welchen Hoffnungen sie zurück aufs Schiff gekommen war. Doch kaum war er wieder in der Nähe der Hotelmanagerin, da wurde alles zerstört, was sie in Hamburg aufgebaut hatten.

Ihr Handy meldete den Eingang einer SMS. *Hallo Mama*, schrieb Fenja. *Wo bleiben die versprochenen Selfies von Papa und dir?*

Eva überlegte. Was, wenn Fenja die Selfies Clemens zeigte? Wenn er die Frau auf dem zweiten Foto sah und ebenfalls glaubte, dass es sich um Kristiana handeln könnte ...

Sie schickte ihrer Tochter das erste Foto, das sie gemacht hatte. *Das zweite Foto ist leider nichts geworden*, schrieb sie. *Gruß, Mama.*

Sie schaute lange auf das Foto. Mit einem Mal war sie froh,

dass sich bisher keine Gelegenheit ergeben hatte, mit Adrian darüber zu reden. Die Frau im Hintergrund war nicht besonders deutlich zu erkennen. Möglicherweise war es eine Fremde, die lediglich große Ähnlichkeit mit Kristiana besaß.

Wenn Papa davon erfährt, wird er ganz Australien nach ihr absuchen lassen, dachte sie. *Und wenn er sie findet, gibt es nur noch Kristiana für ihn. Und wenn ich Adrian dann auch noch an die Hotelmanagerin verliere, bin ich ganz allein.*

Kurz entschlossen löschte sie das Foto. Ganz so, als könnte sie damit auch die ganzen Ängste ausschalten, die sie quälten.

Kapitel 20

»Meine Mutter kam in Neuseeland zur Welt«, sagte Anna. »Aber sie sprach nicht gerne über diese Zeit.« Sie waren in Tims Kabine. Es war ihr Vorschlag gewesen, weil sie hier ungestört miteinander reden konnten.

»Schmerzliche Erinnerungen?«, fragte Tim behutsam.

»Ganz im Gegenteil. Die Sehnsucht nach Neuseeland hat sie nie losgelassen, aber die Liebe zu meinem Vater war größer.«

Tim hörte ihr aufmerksam zu. »Waren deine Eltern glücklich?«

Ein Lächeln zog über Annas Gesicht. »Sie müssen sehr glücklich gewesen sein. Leider kann ich mich an meinen Vater nicht erinnern. Er kam bei einem Arbeitsunfall ums Leben, als ich erst wenige Monate alt war. Meine Mutter hat dann ein zweites Mal geheiratet.« Anna verzog das Gesicht. »Gerd.«

»Du siehst so aus, als hättest du ihn in weniger guter Erinnerung.«

»Er war fleißig, aber das ist auch schon das Positivste, was ich über ihn sagen kann. Er war hart und kalt, hatte kein Verständnis für das Heimweh meiner Mutter. Irgendwann hat sie es nicht mehr ausgehalten und sich von ihm getrennt.«

»Ist sie mit dir nach Neuseeland zurückgekehrt?«, wollte Tim wissen.

»Das war ihr Wunsch.« Anna lächelte wehmütig. »Aber meine Großmutter war inzwischen gestorben. Außerdem konnte sie sich die Tickets nicht leisten.«

Tim bemerkte, dass es ihr schwerfiel, darüber zu reden. Er

legte seine Hand auf ihre, zog sie aber schnell wieder zurück. Er hatte schon festgestellt, dass sie es nicht mochte, berührt zu werden.

»Es geht schon.« Sie brachte ein bemühtes Lächeln zustande. »Du bist der erste Mensch, mit dem ich darüber rede.«

Weil du nicht darüber reden konntest?, fragte er sie in Gedanken.

»Sie hat sehr viel gearbeitet, um mir meine Klavierstunden zu bezahlen. Ich habe ihr immer wieder angeboten, damit aufzuhören, aber davon wollte sie nichts wissen. ›Dein Talent ist das Erbe deiner Großmutter‹, hat sie immer wieder gesagt. ›Sie wäre so stolz auf dich.‹ Und so habe ich weiter Klavierunterricht genommen.«

Anna stand auf und trat ans Fenster, schaute hinaus, sagte lange nichts mehr.

Tim ließ sie auch jetzt in Ruhe und wartete geduldig.

»Meine Mutter wurde krank.« Ihre Stimme klang brüchig. »Aus einer Erkältung wurde eine schwere Lungenentzündung …« Wieder schwieg sie eine Weile. »Sie hat es nicht geschafft«, sagte sie schließlich leise. »Ich war gerade erst achtzehn geworden und hatte das Abitur gemacht, aber an ein Studium war nicht mehr zu denken.«

»Ich verstehe.«

Sie drehte sich um und kam zurück, hielt seinem Blick stand, als sie sich wieder setzte. »Ich hätte Bafög beantragen können oder ein Stipendium, aber nach dem Tod meiner Mutter war ich dazu einfach nicht in der Lage. Ich konnte nicht mehr Klavier spielen. Ich habe eine Zeit lang von dem Geld gelebt, das meine Mutter gespart hatte. Das war aber schnell aufgebraucht, also habe ich die unterschiedlichsten Jobs gemacht. Babysitterin, an einer Tankstelle oder in einem Supermarkt.«

»Wann hast du wieder angefangen, Klavier zu spielen?«, fragte er.

»Als ich mich in Matthias verliebte.« Ihr Blick glitt verträumt an ihm vorbei. »Zum ersten Mal nach langer Zeit war ich wieder glücklich. Matthias hat mir jeden Wunsch von den Augen abgelesen. Er hat mir eine Wohnung eingerichtet, die einmal unsere gemeinsame Wohnung werden sollte, und nur auf den richtigen Zeitpunkt gewartet, sich von seiner Frau zu trennen.«

Tim ahnte, wie die Geschichte ausgegangen war. »Aber er hat sich nicht getrennt.«

»Nein!« Sie presste die Lippen aufeinander und senkte den Kopf. »Jedenfalls nicht von seiner Frau. Ich musste die Wohnung von heute auf morgen verlassen, stand auf der Straße und hatte keine Ahnung, wie es weitergehen sollte.«

Wie verzweifelt sie gewesen sein musste! Wie viel Angst sie ausgestanden hatte. Ohne Geld und obdachlos.

»Per Zufall erfuhr ich, dass eine Bar eine Pianistin suchte.« Anna lächelte jetzt wieder. »Ich bekam den Job, und der Rest ist schnell erzählt: Irgendwann kam Clemens Tychsen mit Geschäftsfreunden in die Bar. Als er mich spielen hörte, bot er mir einen Job auf einem seiner Schiffe an.« Sie breitete die Hände aus. »Und jetzt bin ich hier …«

Tim lächelte. »Was für ein verrückter Zufall, dass ich ausgerechnet auf dem Schiff gelandet bin, auf dem du arbeitest. Mit dieser Verbindung in der Vergangenheit durch zwei Menschen, die uns sehr wichtig waren«, sagte er ernst. Dann kam ihm plötzlich ein Gedanke. »Wann wurde deine Mutter geboren?«

Sie wusste sofort, worauf er hinauswollte, und schüttelte den Kopf. »Nein, wir sind nicht miteinander verwandt. Dein Großvater ist ganz bestimmt nicht der Vater meiner Mutter. Sie wurde 1956 geboren.«

Tim empfand Erleichterung. »Sie war damals also schon zwei Jahre alt.«

Anna nickte. »Ja. Und sie hat mir einmal erzählt, dass sie in den ersten Jahren ihres Lebens in Tauranga gelebt hat. Also auf der Nordinsel Neuseelands.«

»Da haben wir tatsächlich einen ganzen Tag Aufenthalt«, sagte Tim aufgeregt. »Vielleicht finden wir da jemanden, der deine Großmutter und meinen Großvater kannte.«

Anna ließ sich offensichtlich von seiner Begeisterung anstecken. Ihre Augen leuchteten. »Meiner Mutter würde es gefallen, dass ich mich auf die Suche nach Spuren meiner Großmutter begebe. Und noch mehr würde sie sich darüber freuen, dass ich in Neuseeland bin … ihrem Sehnsuchtsort.« Sie schwieg einen Moment. »Hast du nichts anderes gefunden als das Notenblatt?«, fragte sie dann.

Tim freute sich über ihren Eifer. »Ich habe einen Koffer gefunden, aber darin lagen nur alte Anzüge und ein Buch.«

»Hast du die Taschen der Anzüge durchsucht?«

Er lächelte. »Natürlich. Und das Buch Seite für Seite durchgeblättert. Darin gab es keine weiteren Hinweise. Übrigens hat auch der Schallplattenverkäufer angerufen. Er hat nichts herausgefunden.«

»Und was ist mit dem Koffer? Keine Geheimfächer? Keine Aufkleber?«

Tim stand auf und ging zu dem eingebauten Wandschrank in der Nische seines Zimmers. Er freute sich über Annas überraschtes Gesicht, als er den alten Koffer seines Großvaters herauszog. »Er ist ein bisschen sperrig und unbequem, aber für mich wäre kein anderes Gepäckstück infrage gekommen«, sagte er und öffnete den Koffer.

Er war leer, Tims Sachen befanden sich im Kleiderschrank.

Anna setzte sich auf den Boden und untersuchte das Gepäckstück gründlich. Sie suchte nach versteckten Fächern, nach Seitentaschen, fand aber nichts. Schließlich klappte sie den Koffer zu, betrachtete ihn noch einmal von außen – und stutzte.

»Da steht was.« Sie zeigte auf den New-Zealand-Aufkleber.

Tim kniete sich hin, konnte aber nichts Auffälliges entdecken.

»Ich kann es nicht richtig entziffern«, sagte sie und strich vorsichtig mit dem Finger über den Aufkleber. »Es fühlt sich so an, als hätte sich da etwas Geschriebenes durchgedrückt.«

Tim sprang auf, holte ein Blatt und einen Bleistift. Wie gut, dass er seine Notizen immer noch so gerne auf die altmodische Art aufschrieb: mit einem Bleistift in ein Notizbuch. Seine Kollegen und sein Chefredakteur machten sich oft darüber lustig, dafür triumphierte er jedes Mal, wenn ihre Daten irgendwo im Nirwana des Internets verschwunden waren oder sie im entscheidenden Moment kein Netz hatten.

Er hockte sich vor den Aufkleber, und jetzt sah er die Einkerbungen darauf deutlich. Wieso war ihm das nicht aufgefallen?

Die Antwort gab er sich gleich darauf selbst. Das Licht auf dem Dachboden war zu schlecht gewesen, um solche Details zu erkennen. Und später hatte er den Aufklebern keine Aufmerksamkeit mehr gezollt.

Er legte das Blatt darauf und strich vorsichtig mit dem Bleistift darüber. Mit wachsender Aufregung bemerkte er, dass tatsächlich ein Name sichtbar wurde. *Diane.* Dahinter eine Zahl.

»Eine Telefonnummer vielleicht«, mutmaßte Anna.

Tim hatte bereits sein Smartphone in der Hand. Er gab den Namen zusammen mit der Nummer in die Suchmaschine ein. Die Angaben, die er erhielt, waren nicht hilfreich. Als Nächstes suchte er die Vorwahl von Tauranga heraus, doch die Leitung blieb tot, nachdem er die Nummer gewählt hatte.

»Wer weiß, ob es sich überhaupt um eine Telefonnummer handelt«, sagte er.

»Wir geben nicht auf, oder?« Anna klang unsicher.

»Wir geben nicht auf!«, versicherte er. »Wir sind doch jetzt schon weiter als noch vor einer Stunde. Wir haben einen Namen.

Und eine Nummer, die uns nichts sagt. Bis jetzt noch nicht«, betonte er und schenkte ihr einen aufmunternden Blick.

Sie saß immer noch auf dem Boden neben dem Koffer, und er konnte nicht umhin, ihre vollkommene Anmut selbst in dieser Haltung zu bewundern. Am liebsten hätte er sich dichter neben sie gesetzt, sie in die Arme genommen …

Falsche Gedanken, Tim, schalt er sich insgeheim. *Völlig falsche Gedanken.*

Und doch konnte er den Blick nicht von ihr wenden. Ging Annas Ähnlichkeit mit ihrer Großmutter über ihr musikalisches Talent hinaus? Dann konnte er verstehen, dass Paul sich in Grit verliebt hatte.

Anna stand auf. »Ich muss in die Pianobar. Ich spiele heute.«

»Ich komme mit und höre dir zu.«

Sie sagte nichts, aber sie freute sich. Er erkannte es am Leuchten ihrer Augen.

Kapitel 21

Gisa beobachtete Nick, der bäuchlings auf dem Boden lag und mit Lenny spielte. Sie hatte das Gefühl, dass er sich in den letzten Tagen verändert hatte. Aus dem kühl-sachlichen Bodyguard war ein liebevoller Freund geworden. Jedenfalls für Lenny.

Clara beobachtete das Geschehen ebenfalls, allerdings mit missbilligender Miene. Sie war eifersüchtig. Nicht auf ihren Bruder, weil Nick sich so sehr um ihn kümmerte, sondern auf Nick. Clara war der Meinung, dass ihr Bruder gefälligst mit ihr zu spielen hatte.

Lynn kam ins Zimmer, während Nick vor Lennys Polizeiauto flüchtete. Großzügigerweise hatte Lenny ihm als Fluchtfahrzeug einen Spielzeuglastwagen für den Einbruch bei einem Juwelier geliehen. Die Beute, Gisas Ohrringe, die sie für ein paar Euro auf einem Flohmarkt erstanden hatte, lag auf der Ladefläche des Lastwagens.

»Ich brauche einen Computer«, verlangte Lynn. »Ich kann so nicht für die Schule lernen.«

»Du hast alles bekommen, was du brauchst«, sagte Nick, ohne aufzusehen. Über seine Behörde bekam er Arbeitsblätter und Aufgaben, die Lynn erledigen musste, damit sie schulisch den Anschluss nicht verlor.

Gisa hatte keine Ahnung, wie genau das funktionierte. Standen die Behörden mit Lynns Lehrerin in Verbindung? Und wenn ja, mit welcher der Schulen, die sie in den letzten Wochen besucht hatte?

Lynn war den Tränen nahe. »Ich komme so nicht weiter.

Mann, das ist so schwer, ohne Schule zu lernen! Wenn wir irgendwann nach Hause kommen, bleibe ich garantiert sitzen.«

Nick legte eine Hand auf Lennys Schulter. »Tut mir leid, Kumpel. Ich muss mich jetzt um Lynn kümmern.«

»Kein Problem, Kumpel«, erwiderte Lenny großmütig. »Ich weiß ja, dass Frauen immer Ärger machen.«

Gisa zog unwillig die Augenbrauen zusammen. »Wo hast du das denn aufgeschnappt?« Ihr Blick flog zu Nick, doch der wehrte sogleich ab.

»Zu der Erkenntnis ist Lenny ganz allein gekommen, ich habe damit nichts zu tun.«

»Das stimmt, Mama«, bestätigte Lenny sofort die Aussage seines *»Kumpels«*. »Ich weiß das auch besser als Nick. Ich wohne ja mit drei Frauen zusammen, und Nick nicht.«

Gisa musterte Nick prüfend. Wusste Lenny tatsächlich etwas über ihren Beschützer, was sie nicht wusste? Sie hatte keine Ahnung, ob er verheiratet war. Ob er Kinder hatte. Sie wusste nicht einmal, wo er lebte, wenn er gerade nicht im Einsatz war. Sie hatte schon mal versucht, Nick nach seinem Leben zu befragen, aber er war ihr ausgewichen.

»Wieso starrst du mich so an?«, fragte Nick.

»Bild dir bloß nichts ein«, sagte sie unfreundlich. »Ich starre dich ganz bestimmt nicht an.«

»Doch, du hast den die ganze Zeit angeguckt«, mischte Clara sich ein. Sie reckte das Kinn, riss die Augen weit auf und starrte nun ebenfalls in Nicks Richtung. »So hast du geguckt.«

»Vielleicht findet Mama den ja schön.« Lenny schaute seine Schwester an.

Clara zuckte mit den Achseln und ließ ihren Blick an Nick nun ihrerseits von Kopf bis Fuß entlanggleiten. Dann wandte sie sich Gisa zu. »Ich will nicht, dass du dich in den verliebst. Der spielt ja nur mit Lenny.«

»Wenn die sich ineinander verlieben, spielt der vor allem mit Mama«, mischte Lynn sich mit einem frechen Grinsen ein.

»Lynn!« Gisa war peinlich berührt, während Nick das Ganze eher zu amüsieren schien.

»Hier verliebt sich niemand«, sagte Gisa energisch.

»Dagegen kann man aber nichts machen.« Lynn lachte. »Das passiert ganz von selbst.«

»Bei mir nicht«, behauptete Gisa. »Und damit ist das Thema für mich erledigt.«

Gegen Mittag fuhren sie in den Doubtful Sound ein. Alle Passagiere waren vom Kapitän höchstpersönlich zu einem ganz besonderen Erlebnis eingeladen worden und standen nun auf den Außendecks. Auch Gisa, Nick und die Kinder waren dabei. Es war kühl, die Landschaft von Nebel verhüllt.

»Ich freue mich, dass so viele meiner Einladung gefolgt sind«, sagte Kapitän Adrian Fredriksen von einem Podest in ein Mikrofon und lächelte in die Runde. »Klang der Stille«, fuhr er fort. »Das ist der Beiname des Doubtful Sound. Und wir wollen Ihnen jetzt die Gelegenheit geben, genau diese Stille zu erleben. Ich möchte Sie bitten, in den nächsten fünf Minuten jedes Geräusch zu vermeiden und keine Unterhaltung zu führen.«

Atemlose Stille herrschte, die sich noch verstärkte, als Kapitän Fredriksen die Anweisung erteilte, die Motoren abzustellen. Die Crew auf Deck stellte die Arbeiten ein – und dann lauschten alle der Stille, die nur durch die Geräusche der Natur unterbrochen wurde.

Das blaue Wasser umspülte die Hänge ringsum. Uralte Baumriesen waren an den Ufern zu sehen, mehrere hundert Jahre alte Südbuchen. Der Nebel brach auf und ließ wärmende Sonnenstrahlen hindurch. Nichts war zu hören als das Rauschen der Wasserfälle, die durch das dichte Grün der Hänge in den Sound stürzten. Der Schrei eines Keas in den dichten Bäumen am Ufer. Dann war es wieder still.

Gisa sah, dass sich viele Paare in den Armen lagen, um in dieser Atmosphäre ganz eins zu sein. Sie schloss die Augen, überließ sich ganz der Stille.

Dann räusperte sich Kapitän Fredriksen, bedankte sich für die Aufmerksamkeit und wünschte allen einen guten Appetit.

Gisa verharrte noch einen Augenblick mit geschlossenen Augen reglos auf der Stelle. Dieser Moment der Stille hatte etwas in ihr berührt, hatte ihr eine innere Ruhe beschert, die sie lange nicht mehr gespürt hatte. Als sie die Augen öffnete, schaute sie direkt in Nicks Gesicht – und sah darin etwas, was sie zugleich rührte und verwirrte.

Kapitel 22

Nele drehte sich, als jemand ihren Namen rief. Sie freute sich, als sie Phillip Graf erblickte.

»Begleitest du mich zu einem Landausflug in Port Chalmers?«

»Ich weiß noch nicht«, sagte sie ausweichend. »Morgen haben wir erst einmal einen Tag auf See.«

»Ja, einen endlos langen Tag, an dem ich darauf warten muss, den Ausflug mit dir zu machen. Du sagst doch ja?«

»Ja.« Sie konnte seiner Bitte nicht widerstehen. Sie mochte ihn, eigentlich jeden Tag ein bisschen mehr.

Aber Nele war sich nicht sicher, wie sie die Reise ohne Phillip überstanden hätte. Ohne dass er es wusste, hatte er ihr geholfen, ihren Liebeskummer zu überwinden. »Dann sehen wir uns also übermorgen«, sagte sie.

Phillip schien entsetzt. »Ich hoffe nicht, dass wir uns erst übermorgen wiedersehen. Wir können schon heute Abend in die Disco gehen.«

Nele schmunzelte. Sie konnte sich den eleganten Phillip überhaupt nicht in einer Disco vorstellen. In einem eleganten Club, einem teuren Restaurant, aber nicht in einer Disco.

»Du glaubst, dass ich dazu zu alt bin«, stellte er lächelnd fest. »Wenn du mich lässt, werde ich dich heute Abend vom Gegenteil überzeugen.«

Und plötzlich fand sie es aufregend, herauszufinden, welche Facetten Phillip noch hatte. »Okay«, stimmte sie zu und freute sich mit einem Mal auf den Abend.

Bis 17 Uhr musste sie nur Clara und Lenny betreuen. Lenny war enttäuscht, weil die anderen Kinder nach dem Mittagessen nicht gekommen waren.

»Dann will ich lieber mit meinem Kumpel spielen«, sagte er.

»Du hast einen Kumpel an Bord?«

»Ja, den Papa-Kumpel. Ich weiß aber nicht, wie der richtig heißt.«

Nele war verwirrt. »Warum nicht?«

Clara übernahm die Antwort für ihren Bruder. »Das hat uns keiner gesagt. Wir wissen nur, dass wir Papa zu dem sagen sollen. Das ist ein Spiel.«

Lenny stieß seine Schwester an. »Das ist doch ein Geheimnis.«

Erschrocken schlug Clara die Hand vor den Mund.

Die Geschichte wurde immer seltsamer. »Wer will denn, dass ihr Papa zu ihm sagt?«

»Die Mama«, sagte Clara.

»Und der Papa-Kumpel«, ergänzte Lenny. »Die Lynn sagt aber Daddy zu dem.«

Neles Neugier war geweckt. »Seit wann ist der Papa denn bei euch?«

Clara presste die Lippen aufeinander und schüttelte den Kopf. Offensichtlich war sie nicht bereit, noch mehr zu verraten.

Der sonst so stille Lenny war da durchaus mitteilungsbereiter, obwohl er seine Schwester deshalb eben noch gerügt hatte. »Der ist erst auf dem Schiff zu uns gekommen. Aber die Mama fand den richtig doof. Die war immer ganz komisch zu dem.«

»Ja, das stimmt.« Clara nickte eifrig und gab ihr Schweigen wieder auf. »Mit Ines und Paco war die nie so komisch.«

»Wer sind denn Paco und Ines?«

»Die haben vorher mit uns gewohnt. Aber nicht bei uns zu Hause, da können wir nicht hin, weil da überall Wasser ist. Die ganze Wohnung voller Wasser! Das hat Mama gesagt, bestimmt ging die Tür gar nicht mehr auf! Und dann mussten wir immer umziehen, und Paco und Ines sind gekommen, und wir mussten noch mehr umziehen. Auch mit ohne Wasser.«

Nele starrte den Jungen an. Da stimmte etwas nicht, aber sie konnte sich aus alledem noch keinen Reim machen.

»Ja, immer in der Nacht! Und dann waren alle immer ganz aufgeregt, und wir mussten uns immer alle ganz doll beeilen«, ergänzte Clara. »Und immer nie durften wir draußen spielen.«

Neles Gedanken rasten. »Das klingt ja wie …« Sie brach ab, als ihr das Ausmaß ihrer Vermutung klar wurde. Wahrscheinlich wussten die Kinder nicht, was hinter alldem steckte. Sie dachte an Gisa, die ihr mit einem Mal zutiefst leidtat.

»Wie denn?«, unterbrach Clara ihre Gedanken.

Oje, sie hätte wissen müssen, dass Clara sofort darauf ansprang. Sie suchte nach einer möglichst unverfänglichen Erklärung. »Wie ein Spiel«, sagte sie schließlich.

»Das hat der Papa auch gesagt.« Clara zog eine Grimasse. »Ich will gar nicht *Papa* zu dem sagen. Der ist ja nur Lennys Kumpel.«

»Na gut«, sagte Lenny hörbar genervt. »Du kannst den auch mal als Kumpel haben.«

»Du magst ihn?«, fragte Nele den Kleinen vorsichtig.

»Ja!«, sagte Lenny. »Aber Mama hat gesagt, wir dürfen den nicht behalten, wenn wir wieder nach Hause gehen.« Das missfiel ihm sichtlich.

»Vielleicht besucht er euch ja, wenn ihr wieder zu Hause seid.« Nele war froh, dass in diesem Moment Gisa auftauchte, um die Kinder abzuholen. Gleichzeitig war sie sich unsicher, wie sie sich verhalten sollte. Sie konnte nicht so tun, als ob sie nichts wüsste, und sie musste Gisa eigentlich sagen, dass ihre Kinder versehentlich Dinge ausplauderten, die wahrscheinlich niemand wissen durfte. Nele fasste einen Entschluss.

»Darf ich euch um einen Gefallen bitten?«, sagte sie zu den Kindern. »Könnt ihr bitte die Spielsachen zurück in die Boxen räumen? Ich möchte kurz mit eurer Mutter reden.«

Die Kinder waren sofort einverstanden. Sie liefen zu dem Spielteppich und begannen, alles einzuräumen.

»Wie machen Sie das?«, fragte Gisa überrascht. »Ich muss erst lange diskutieren, bevor die beiden ihre Sachen wegräumen.«

»Clara und Lenny sind ziemlich pflegeleicht. Da habe ich schon ganz andere Kinder erlebt.« Nele schaute ebenfalls zu den Kindern und lächelte. »Die beiden erinnern mich an die Kinder meiner Schwester.«

»Sie wollten etwas mit mir besprechen?«, fragte Gisa. »Haben Lenny und Clara etwas angestellt?«

»Nein, sie sind wirklich ganz lieb.« Nele sammelte sich einen Moment. »Ich mache mir Sorgen um Sie.«

Gisa wirkte erst überrascht. »Um mich muss sich niemand Sorgen machen, mit mir ist alles in Ordnung«, stieß sie hervor.

Ihr Blick wurde ablehnend, doch in ihren Augen erkannte Nele pure Angst.

Wie gut sie dieses Gefühl kannte! Und sie wusste auch nur zu gut, dass die Ablehnung allein dem Schutz diente, das hatte sie selbst erlebt. Sie wusste aber auch, wie gut es tat, diesen Schutz zumindest zeitweise fallen lassen und sich jemandem anvertrauen zu können.

»Ich weiß, was es heißt, Angst zu haben«, sagte sie deshalb leise und suchte Gisas Blick. »Frau Leupold, ich weiß nicht genau, was Sie gerade durchmachen, aber ich vermute, es ist so ähnlich wie das, was ich selbst erlebt habe.« Sie erzählte ihre Geschichte, berichtete von den Drohungen, denen sie durch Veit Uthoff ausgesetzt war.

Gisa sagte kein Wort, schaute sie aber aufmerksam an.

»Ich hatte vor allem schreckliche Angst um meine Familie«, fuhr Nele fort. Sie schwieg einen Moment. »Sie sind im Zeugenschutz, nicht wahr?«, wagte sie sich schließlich vor.

Gisa starrte sie an, presste die Lippen aufeinander, doch dann nickte sie. »Woher wissen Sie das?«

»Ich habe es mir aus dem zusammengereimt, was Clara und Lenny erzählt haben.« Nele umriss kurz, was sie von den Kindern erfahren hatte.

Gisa stieß einen Seufzer aus. »Es war ja nur eine Frage der Zeit«, sagte sie leise. »Ich kann den beiden doch nicht sagen, warum Nick wirklich bei uns ist. Es würde ihnen nur Angst machen. Aber wenn Sie nur aus den Erzählungen der beiden die Wahrheit erraten haben …« Sie brach ab und fuhr sich mit beiden Händen durchs Haar. Dann blickte sie Nele eindringlich an. »Bitte erzählen Sie keinem Menschen davon!«

»Natürlich nicht. Ich werde Sie und Ihre Familie ganz bestimmt nicht in Gefahr bringen.« Nele strich beruhigend über Gisas Arm. »Und hier im Kindergarten passe ich auf«, versprach sie. »Ich weiß ja jetzt Bescheid. Und sonst sind die Kinder bei Ihnen. Es wird alles gut.«

»Danke«, sagte Gisa und lächelte plötzlich. »Jetzt gibt es endlich einen Menschen, mit dem ich darüber reden kann. Und wer sollte mich besser verstehen als jemand, der Ähnliches erlebt hat?«

Clara und Lenny waren fertig und drängelten zum Aufbruch. Nele sah ihnen nach, als sie den Spielraum verließen. Ob außer ihr selbst noch jemand das Schicksal der Familie kannte?

Die Antwort erhielt sie eine halbe Stunde später, als Kapitän Fredriksen sie zu sich rufen ließ. Doch er war nicht allein im Büro. Nick Becker saß neben ihm. Beide Männer standen auf, als Nele eintrat.

»Sie können sich bestimmt vorstellen, warum ich Sie zu mir gebeten habe«, begann Adrian Fredriksen.

»Ja. Vermutlich geht es um Familie Leupold.«

»Sie haben eben etwas erfahren, was eigentlich geheim bleiben sollte«, begann der Kapitän, nachdem sie alle Platz genommen hatten.

Nele nickte schweigend. Eigentlich müsste Kapitän Fredriksen sie inzwischen gut genug kennen, um zu wissen, dass sie Gisas Geschichte für sich behalten würde.

»Deshalb muss ich jetzt entscheiden, ob ich die Maßnahme abbreche«, sagte Nick Becker ernst.

Nele erschrak. »Nein! Das können Sie doch nicht machen! Was passiert dann mit Frau Leupold und den Kindern?«

Nick Becker zuckte mit den Schultern. »Ich weiß es nicht«.

»Hören Sie … Ich weiß, dass ich das alles nicht wissen sollte. Aber so ist es nun mal, daran können wir jetzt nichts mehr ändern. Aber ich verspreche Ihnen, dass ich mit niemandem darüber reden werde. Von mir wird kein Mensch etwas erfahren«, sagte Nele ernst. »Und ich werde im Kindergarten aufpassen, dass Lenny und Clara nichts erzählen.«

Nick Becker schien nicht überzeugt. Er musterte sie durchdringend. »Sie wissen, dass das Leben dieser Menschen auf dem Spiel steht, wenn ihr Aufenthaltsort bekannt wird.«

»Ja.«

Kapitän Fredriksen sprang ihr zur Seite. »Frau Bierwald besitzt mein volles Vertrauen«, versicherte er.

Nele warf ihm einen dankbaren Blick zu, bevor sie sich an Nick Becker wandte. »Bitte, brechen Sie die Maßnahme nicht ab! Ich weiß, dass ich das Ganze nicht wirklich überblicken kann, aber unabhängig von der ganzen Situation geht es doch auch um die Menschen dahinter.« Sie suchte den Blick des Beamten. »Wissen Sie eigentlich, wie sehr der kleine Lenny an Ihnen hängt?«

Nicks Gesichtszüge wurden weich. Er schwieg lange. »Also gut«, sagte er schließlich. Und lächelte. Zum ersten Mal, seit sie zusammen in diesem Büro saßen.

Nele lächelte zurück und beschloss, auch ihm zu erzählen, was ihr widerfahren war. An seiner Miene erkannte sie, dass Gisa Leupold ihm nichts davon gesagt hatte. »Ich kenne das Gefühl der Bedrohung«, schloss sie. »Und ich werde alles tun, um Frau Leupold und den Kindern zu helfen.«

Wieder schwieg Nick Becker lange, dann atmete er tief durch. »Okay«, sagte er und erhob sich. »Ich werde die Sache für mich behalten, obwohl ich das eigentlich melden müsste. Ich hoffe, dieses Gespräch bleibt unter uns.«

»Ja«, erwiderten Nele und Adrian Fredriksen gleichzeitig.

Nele verabschiedete sich von Kapitän Fredriksen und verließ gemeinsam mit Nick Becker das Büro. »Sagen Sie mir bitte Bescheid, wenn ich etwas tun kann«, bot sie an, als sie das Ende des Ganges erreicht hatten.

Nick Becker blieb stehen. »Für mich nicht, aber vielleicht für Gisa. Sie hat in den letzten Monaten nur noch Kontakt zu ihren Kindern und zu den Beamten vom Zeugenschutz gehabt. Ich freue mich für sie, dass sie jetzt auch mit einem anderen Menschen offen reden kann.«

Ob ihm bewusst war, wie viel Wärme und Zuneigung in seiner Stimme lag, als er von Gisa sprach? Nele hatte diesen Mann bisher immer nur als stillen Begleiter an der Seite der Familie wahrgenommen. Jetzt erkannte sie, dass da sehr viel mehr war.

Abends traf sie sich mit Phillip Graf in der Diskothek. Er sah anders aus als sonst, nicht so elegant gekleidet, sondern leger in Jeans und Hemd. Das gefiel ihr.

»Mein Lieblingssong«, rief sie begeistert, als Shawn Mendes' und Camila Cabellos Hit *Señorita* aus den Lautsprechern erklang.

Phillip griff nach ihrer Hand und zog sie auf die Tanzfläche. Er war ein ausgezeichneter Tänzer, hielt sie fest im Arm und führte sie sicher. Sie hatte lange nicht mehr so viel Spaß gehabt.

Dann bemerkte sie Mirko. Er stand an der Bar, klammerte sich an einem Bierglas fest und ließ sie nicht aus den Augen.

Nele wandte den Kopf, schaute fortan nur Phillip an. Als die zärtlichen Klänge einer Ballade gespielt wurden, zog er sie näher zu sich. Sie schmiegte ihr Gesicht an seine Brust und schloss die Augen.

Der letzte Ton verklang, aber Phillip hielt sie immer noch in den Armen. »Möchtest du etwas trinken?«

Nele hob den Kopf und nickte. Sie fühlte sich völlig verzaubert von diesem Tanz und spürte mit einem Mal, dass nicht alles vorbei war, wie sie nach der Enttäuschung mit Mirko gedacht hatte. Sie war bereit, sich wieder zu verlieben.

Als Phillip sie zur Bar führte, bemerkte sie, dass Mirko auch nicht mehr allein war. Eine bildschöne Frau, die sie bisher noch nie an Bord gesehen hatte, stand neben ihm. Sie trug ein Kleid, das vorn hochgeschlossen, auf dem Rücken aber tief dekolletiert war.

Phillip war ihrem Blick gefolgt. »Kennst du Raphaela?«

»Nein.« Nele lächelte. »Aber offensichtlich kennst du sie.«

»Flüchtig«, erwiderte er ausweichend. »Sie scheint eine gute Freundin von Claras Mutter zu sein. Jedenfalls haben die beiden sich vor ein paar Abenden in der Pianobar köstlich amüsiert.«

Nele war überrascht, dass Gisa doch Kontakte an Bord hatte, von denen Nick Becker offensichtlich nichts wusste. Oder war ihm das bekannt? Und wusste diese Raphaela, weshalb Gisa und die Kinder auf der *MS Kristiana* waren?

Zu viele Fragen, die sie heute Abend nicht lösen konnte. Oder wollte. Phillip zog sie kurz darauf wieder auf die Tanzfläche, und sie genoss es einfach, von ihm gehalten zu werden.

Kapitel 23

»Schläfst du?«, vernahm Emily Raphaels Stimme dicht an ihrem Ohr.

»Wieso fragst du mich eigentlich immer, ob ich schlafe, nachdem du mich geweckt hast?«

»Du hast doch noch gar nicht geschlafen«, sagte Raphael ernst.

Emily setzte sich auf. »Woher willst du das wissen?«

»Deine Stimme klingt dann anders«, behauptete er. »Und dein Gesicht sieht dann auch anders aus. So richtig verknittert.«

»Du kannst mein Gesicht in der Dunkelheit doch überhaupt nicht sehen.« Lediglich durch den Salon fiel ein wenig Licht ins Schlafzimmer. Raphael konnte es nicht ertragen, wenn es stockdunkel war.

»Na gut, ich habe noch nicht geschlafen«, gab Emily nach.

»Willst du darüber reden?«, fragte er.

»Darüber, dass ich noch nicht geschlafen habe?«, fragte Emily.

»Über den Grund, weshalb du nicht schlafen kannst.«

»Ich kann schlafen«, erwiderte sie ironisch. »Wenn du mich nur lässt.«

»Aber ich muss dir doch unbedingt von meinem Date mit dem Fitnesstrainer erzählen.«

»Du warst also tatsächlich in der Fitnessabteilung?« Emily begann zu lachen.

»Bist du verrückt?« Raphael schüttelte mit entsetzter Miene den Kopf. »Na ja«, schränkte er dann ein. »Ich war ein Mal unten und hab mir die Folterinstrumente angeschaut, aber das ist wirklich nichts für mich.«

»Aber der Fitnesstrainer ist etwas für dich?« Emily lachte noch einmal.

»Mirko ist traumhaft. Du kennst ihn übrigens, wenn auch nur vom Sehen. Er ist dieser tolle Typ, der auf den Flyern der Reederei zu sehen ist.«

»Der ist hier Fitnesstrainer? Wow, ich glaube, ich sollte doch ein bisschen Sport treiben.« Emily grinste über den Gesichtsausdruck ihres besten Freundes. »Keine Sorge, deine Männer sind für mich natürlich tabu.«

»Danke.« Raphael streckte sich der Länge nach neben ihr aus. »Obwohl es in zweierlei Hinsicht keine Rolle spielt. Mirko ist nicht schwul, und, was noch weitaus schlimmer ist, er liebt eine andere.«

Emily legte sich auf die Seite, sodass sie Raphael ansehen konnte. Auch er drehte sich nun so, dass sie sich nebeneinanderliegend in die Augen schauen konnten.

»Woher weißt du, dass er eine andere liebt?«

»Er hat es mir gesagt.« Raphael seufzte tief auf. »Er hat sich heute Abend nur mit mir getroffen, weil er die Frau seines Herzens eifersüchtig machen wollte. Und weißt du, mit wem die sich gerade die Zeit vertreibt?« Raphael grinste. »Mit dem schönen Phillip Graf. Der wiederum scheint sehr verliebt in Mirkos Angebetete zu sein. So wie er sie ansieht …« Raphael verdrehte die Augen. »Ich wünschte, mich würde einmal ein Mann so ansehen.«

»Dieser Phillip Graf ist ein seltsamer Mensch«, sagte Emily nachdenklich.

»Aber er sieht unglaublich gut aus.« Raphael strich ihr über die Wange. »Ich hoffe, er gefällt dir nicht zu gut.«

»Nein.« Sie lächelte. »Aber ich würde gerne herausfinden, was mit dem nicht stimmt.«

Emily sah Phillip Graf am nächsten Tag wieder. Er saß an Deck neben einer älteren Dame und sagte ihr Dinge, die sie offensichtlich gern hörte. Ihre stark geschminkten Lippen verzogen sich zu einem geschmeichelten Lächeln. Ihr faltiger Hals und ihre Hände waren mit augenscheinlich kostbarem Schmuck behängt.

Phillip bemerkte Emily nicht, obwohl sie sehr nah an den beiden vorbeiging. Sie schnappte einzelne Wortfetzen auf: »… meine Villa … Vierwaldstätter See …«

Merkwürdig. All das hatte sie auch schon gehört.

Im Speisesaal traf sie auch an diesem Morgen wieder nur Hendrik Oliver an. »Geht es Ihrer Schwester nicht gut?«, fragte sie und registrierte überrascht, dass sie das tatsächlich interessierte.

»Doch, aber sie schläft im Moment sehr viel. Wahrscheinlich wegen der Seeluft.« Hendrik schaute auf den leeren Platz neben ihr. »Und was ist mit Ihrem Begleiter?«

»Raphael schläft auch noch. Er genießt das Nachtleben hier an Bord in vollen Zügen.«

»Sie nicht?«

»Nicht so oft wie Raphael. Ich bin eigentlich ganz froh, dass ich mich hier ein bisschen ausruhen kann. Ich betrachte die Reise in erster Linie als Erholungsurlaub.«

»Darf ich fragen, was Sie beruflich machen?«

Ja, du darfst. Ich bin die Versagerin, wie deine Schwester mich immer verächtlich genannt hat.

»Mir gehört ein Unternehmen, das papierverarbeitende Maschinen herstellt«, erwiderte sie so beiläufig wie möglich. »Wir verkaufen unsere Maschinen und zusätzliche Aggregate in die ganze Welt.« Diesmal klang sie stolz und konnte es auch nicht unterdrücken.

»Ich bin beeindruckt.« Ihm war anzusehen, dass er es auch so meinte.

»Und was machen Sie beruflich?«

»Im Vergleich zu Ihnen etwas ganz Profanes. Ich bin Sozialarbeiter.« Seine Miene wurde ernst. »Mein Schwerpunkt liegt auf Gewaltprävention und Mobbing an Schulen.«

»Ach was!« Emily verschluckte sich beinahe an dem Stück Brot, das sie gerade abgebissen hatte. »Ich hätte Sie während meiner eigenen Schulzeit gut brauchen können«, stieß sie sarkastisch hervor. Der Satz war ihr einfach so herausgerutscht.

»Sie haben auch darunter gelitten?« Sein Blick war mitfühlend.

Dank deiner Schwester!

»Ja.« Sie trank einen Schluck Kaffee, dann schaute sie aus dem Fenster, um ihre Gesichtszüge wieder unter Kontrolle zu bekommen. Sie war sicher, dass er sie immer noch nicht erkannt hatte. Und das sollte auch so bleiben.

»Morgen erreichen wir Port Chalmers. Würden Sie und Raphael uns auf unserem Landausflug begleiten?«

Nein!, schrie eine Stimme in ihr.

»Ich werde Raphael fragen«, sagte sie stattdessen. Und das würde sie dann ja wohl auch tun müssen, dabei wusste sie genau, wie Raphaels Antwort lautete.

»Eigentlich kann ich auch direkt zusagen«, sagte sie nach einer Weile. »Raphael wird begeistert sein.«

Den Seetag verbrachte Emily überwiegend auf der Terrasse. Zusammen mit Raphael, der sich immer noch von der vergangenen Nacht erholte und gleichzeitig seinen Schönheitsschlaf für den heutigen Abend hielt. Als Emily ihm von dem geplanten Ausflug mit den Olivers am nächsten Tag berichtete, klatschte er in die Hände.

»Diese Kreuzfahrt war das Beste, was dir passieren konnte«, stellte er fest. »Du bist mitten in der Aufarbeitung deiner Vergangenheit.«

»Ich sehe das nicht ganz so positiv wie du«, erwiderte sie trocken. »Ich finde es eher belastend, dass ich täglich mit meiner Vergangenheit konfrontiert werde.«

»Du wirkst aber nicht so.« Er betrachtete prüfend ihr Gesicht. »Du siehst eher ganz zufrieden aus.«

Emily musste sich insgeheim eingestehen, dass er recht hatte. Ja, sie war zufrieden. Und sie freute sich sogar auf morgen. Aber das würde sie nie zugeben.

»Ich habe heute übrigens erfahren, dass Hendrik Oliver als Sozialarbeiter an Schulen arbeitet. Mit dem Schwerpunkt auf Gewaltprävention und Mobbing.«

Raphael starrte sie entgeistert an. »Was für eine Ironie des Schicksals.« Er schwieg einen Moment. »Vielleicht hat das fiese Verhalten seiner Schwester ihn dazu gebracht, diesen beruflichen Weg einzuschlagen.«

»Vielleicht …«

»Gib zu, er gefällt dir.« Raphael platzte so plötzlich mit dieser Erkenntnis heraus, dass sie ebenso spontan antwortete: »Er hat mir schon immer gefallen.«

»Na, das ist doch wunderbar«, sagte Raphael fröhlich. »Wenigstens eine von uns erlebt hier eine Lovestory und …« Er brach ab, als Emily die Hand hob.

»Von Lovestory kann nun wirklich keine Rede sein. Ich finde Hendrik Oliver sympathisch und attraktiv, mehr nicht.«

»Aber du könntest dich in ihn verlieben.« Wenn Raphael einmal eine Liebesgeschichte witterte, gab er so schnell nicht auf.

»Niemals«, sagte Emily ernst. »Ich werde nie vergessen, was Melissa mir angetan hat. Und er ist ihr Bruder.«

Punkt acht Uhr fuhr die *MS Kristiana* am nächsten Morgen in den Hafen von Port Chalmers ein. Die fjordähnliche Bucht begrüßte sie mit strahlendem Sonnenschein und einem tiefblauen Himmel.

Gleich nach dem Frühstück brach die kleine Gruppe auf. Mit einem Taxi ließen sie sich nach Dunedin bringen. Melissa war die Freude über diesen Ausflug deutlich anzusehen, während Emily zutiefst verunsichert war.

»Ich bin so gespannt! Die Stadt Dunedin ist für ihr kulturelles Erbe der Schotten und Maoris bekannt«, sagte Melissa. In ihren Augen lag ein aufgeregtes Leuchten, auch wenn ihr Gesicht schneeweiß war.

»Das klingt spannend«, erwiderte Emily, weil sie das Gefühl hatte, etwas sagen zu müssen.

Der Taxifahrer entließ sie am Octagon im Zentrum der Stadt. Hier, an diesem achteckigen Platz, traf alles zusammen: Einheimische, Touristen, Vergangenheit und Modernes. Es war der perfekte Startpunkt.

»Sollen wir zuerst irgendwo einen Kaffee trinken?«, schlug Hendrik vor. Allen war klar, dass er damit seiner Schwester die Möglichkeit geben wollte, sich hinzusetzen und sich ein wenig auszuruhen.

Auch Melissa durchschaute ihn. Lachend schüttelte sie den Kopf. »Ich habe in letzter Zeit genug gelegen oder gesessen. Ich mache diese Reise aus anderen Gründen, wie du weißt. Beginnen wir mit St. Paul's Cathedral?«

Alle waren einverstanden. Die Kathedrale war von hier aus zu sehen und in wenigen Minuten erreicht.

»Was für eine merkwürdige Architektur«, stellte Raphael fest.

»Die Kirche wurde 1862 erbaut, aber die Arbeiten wurden ein ganzes Jahrhundert lang immer nur halb fertig ausgeführt«, erklärte Melissa. »Dadurch entstanden unterschiedliche Architekturstile, denen die Kathedrale ihr Aussehen verdankt.«

»Sie haben sich gut informiert«, stellte Raphael fest.

»Ich hatte viel Zeit zum Lesen«, erwiderte Melissa leicht ironisch.

»Ja, zu viel Zeit«, ergänzte Hendrik leise, aber das hörte nur Emily, weil sie direkt neben ihm stand.

Plötzlich ertönten Orgelklänge, und im selben Moment fiel das Sonnenlicht durch das große Buntglasfenster. Eine Symphonie aus Licht, Farbe und Musik ließ sie alle ergriffen innehalten. Ein kurzer Moment, der alles Belastende, Erschwerende zur Seite schob.

Anschließend besichtigten sie den Law Court, den 1905 im niederländischen Renaissance-Stil errichteten Bahnhof, dann ließen sie sich zum Taiaroa Head fahren. Dort lebte eine der weltgrößten Kolonien von Königsalbatrossen, und es war Melissas großer Wunsch, diese Tiere live zu sehen. Es war ein Erlebnis, die majestätischen Vögel zu beobachten, die sich beim Start und bei der Landung so schwerfällig zeigten, sich in der Luft und auf dem Wasser aber mit einer eleganten Leichtigkeit bewegten.

Am späten Nachmittag kehrten sie zur *MS Kristiana* zurück. Müde und voller neuer Eindrücke.

»Es war ein wundervoller Tag.« Melissa hatte sich bei ihrem Bruder eingehängt.

»Treffen wir uns nachher zum Abendessen?«, fragte Raphael.

Melissa schüttelte den Kopf. »Für mich wird es Zeit, mich hinzulegen. Ich lasse mir später etwas in die Kabine bringen.« Ihr war anzusehen, wie sehr der Tag sie angestrengt hatte.

Emily hatte den ganzen Tag über nicht viel gesagt. Auch jetzt war sie sehr schweigsam, während sie versuchte, ihren Gefühlen nachzuspüren. Hätte ihr vor zwei Wochen jemand prophezeit, dass sie gemeinsam mit ihrer Todfeindin einen Ausflug unternehmen und sich dabei auch noch wohlfühlen würde, sie hätte ihn ausgelacht. Und doch war das heute einer der schönsten Tage ihrer Reise gewesen.

Melissa ließ den Arm ihres Bruders los, nachdem sie die Gangway erklommen hatten. Hendrik und Raphael tauschten sich über einen gemeinsamen nächsten Ausflug aus, Emily bildete die Nachhut. Und dann stand mit einem Mal Melissa vor ihr. Ihre Miene war ungewöhnlich ernst.

»Ich muss dir etwas sagen, Emily.«

Es fiel Emily nicht sofort auf, dass Melissa sie plötzlich duzte, zu sehr überraschten sie die folgenden Worte.

»Es tut mir unglaublich leid, was ich dir früher angetan habe. Ich hoffe so sehr, dass du mir irgendwann verzeihen kannst.« Dann brach sie zusammen. Direkt vor Emily.

Kapitel 24

»Diesen Tag hätten wir uns schenken können.« Unzufrieden ging Anna neben Tim über die Gangway. »Wir sind heute kein bisschen weitergekommen.«

Tim warf ihr einen Blick zu. Er war auch enttäuscht, weil ihre Recherche weder in Port Chalmers noch in der fünfzehn Minuten entfernten Stadt Dunedin zu einem brauchbaren Ergebnis geführt hatte. »Bis auf eine Ausnahme«, stellte er richtig. »Der alte Mann in der Bibliothek konnte sich an deine Großmutter erinnern. Wie hieß er doch gleich?«

»Rawiri Karaka.« Anna lächelte. »Er war erst acht Jahre alt, als er meine Großmutter bei ihrem Klavierspiel belauschte.«

Der Maori hatte in der Bibliothek mitbekommen, nach welchen Unterlagen sie suchten, und sie angesprochen. Er hatte Grits Klavierspiel in Erinnerung behalten, wusste aber leider nicht mehr.

»Er hat meine Handynummer. Wenn ihm noch etwas einfällt, wird er sich melden«, sagte Tim.

»Wer's glaubt, wird selig«, murmelte Anna.

Tim blieb stehen und sah sie von der Seite an. »Du bist heute aber ganz schön negativ.«

Auch Anna blieb stehen und erwiderte seinen Blick. »Nein, realistisch. Und ich will nicht, dass du dir zu viel versprichst und hinterher enttäuscht bist.«

»Ich bin Journalist«, sagte Tim. »Was glaubst du, wie oft ich bei meinen Recherchen solche Rückschläge erlebe? Ich warte immer mal wieder vergeblich auf Anrufe. Das heißt, eigentlich warte ich schon gar nicht mehr darauf. Ich freue mich einfach, wenn sie tatsächlich kommen.« Er zuckte die Schultern. »Und in der Zwischenzeit machen wir einfach was anderes. Sehen wir uns heute Abend?«

»Ich muss arbeiten.« Es wirkte so, als würde sie das selbst bedauern.

»Dann bin ich wieder in deiner Nähe und höre dir zu«, versprach er.

Sie freute sich offensichtlich. »Und in den Pausen können wir die weiteren Schritte besprechen.«

Ich würde lieber über uns sprechen, schoss es ihm durch den Kopf. Aber er sagte nichts, er traute sich nicht, war sich nicht sicher, ob es in ihren Gedanken überhaupt so etwas wie ein *»uns«* gab. Und deshalb nickte er lächelnd und tröstete sich damit, dass ihnen ja noch gemeinsame Zeit blieb.

Zurück in seiner Kabine schickte er seinem Chefredakteur einen kurzen Zwischenbericht. Danach ging er zum Abendessen in den Speisesaal, voller Vorfreude darauf, Anna später wiederzusehen.

Wie immer saß am Nebentisch die Familie. Die Mutter, hübsch und schlank, der riesige Vater mit dem muskulösen Körper, die Teenagertochter und die beiden jüngeren Kinder, Tim schätzte sie auf fünf oder sechs Jahre. Alles wirkte perfekt, und er konnte sich gut vorstellen, irgendwann auch so eine Familie zu haben.

Der griesgrämige Herr, der mit ihm am Tisch saß, teilte seine Freude am Anblick der Familie leider nicht. »Verdammte unerzogene Gören«, schimpfte er, als das kleine Mädchen ihren Unmut über ihre große Schwester recht lautstark zum Ausdruck brachte. Tim sagte nichts dazu. Konrad Luis hatte sich bereits am ersten Tag als Nörgler erwiesen, und Tim hatte die Erfahrung gemacht, dass jede Diskussion mit ihm nur in weiteres Gemecker ausuferte.

Zum Glück tauchte jetzt ein weiterer Tischnachbar auf. Tim kannte Phillip Graf nicht näher, aber er war wenigstens freundlich und umgänglich. Ebenso wie Tim ignorierte er Konrad Luis. Den schien das nicht zu stören, er schimpfte weiter vor sich hin. Nichts war ihm gut genug. Neben den Kindern der Mitreisenden passten ihm auch nicht das Essen, das Wetter, die Kabine, die Crew …

Doch Phillip Graf schien heute dünnhäutiger als sonst zu sein. Irgendwann hatte er genug und fuhr seinen Tischnachbarn genervt an: »Warum bleiben Sie nicht einfach zu Hause, wenn Sie hier alles so schrecklich finden?«

Tim war überrascht, ebenso wie Konrad Luis, dem es sogar für einen Moment die Sprache verschlug. »Was soll ich denn zu Hause? Da bin ich doch ganz allein.«

»Und das wundert Sie?« Phillip Graf stand auf. »Tut mir leid«, sagte er zu Tim. »Mir ist gerade der Appetit vergangen.«

Konrad Luis schaute ihm mit gerunzelter Stirn nach und schüttelte missbilligend den Kopf. »So ein ungeselliger Mensch.«

Tim und die junge Mutter am Nachbartisch wechselten einen Blick. Sie hatte offenbar jedes Wort mitbekommen und grinste amüsiert. Als Tim dann Konrad Luis' Aussage mit den Worten »ja, es gibt ziemlich seltsame Zeitgenossen an Bord« bestätigte, kämpfte sie sichtlich mit einem Lachanfall.

Konrad Luis hingegen fühlte sich geschmeichelt, weil er endlich einmal Zustimmung erhielt. Und das wirkte sich so positiv aus, dass jetzt sogar einmal etwas Beschwingtes über seine Lippen kam: »Ist es nicht schön, dass wir es bald geschafft haben? Nur noch ein paar Tage, dann können wir endlich von diesem Schiff runter.«

Das war zu viel für die Frau am Nebentisch. Sie brach in lautes Lachen aus.

Nach dem Essen fuhr Tim mit dem Aufzug sofort nach oben auf Deck 10. Enttäuscht musste er feststellen, dass Anna noch nicht an ihrem Klavier saß. Die Hintergrundmusik kam vom Band und plätscherte leise durch den Raum.

Nur der Barkeeper stand hinter dem Tresen und polierte ein Glas. Er nickte ihm zu, lächelte. Tim war so oft hier oben, dass er ihn inzwischen erkannte.

Tim betrat die Außenterrasse der Bar. Dort fand er Phillip Graf. Der Mann lehnte an der Reling und schaute hinaus aufs Meer. Er sah kurz auf, als Tim sich neben ihn stellte und sich ebenfalls mit den Unterarmen auf den Rahmen der Reling lehnte. Minutenlang sagte keiner von ihnen ein Wort.

»Haben Sie auch schon einmal erlebt, dass Sie Ihr ganzes bisheriges Leben infrage stellen, nur weil Sie plötzlich einen Menschen kennenlernen, der Ihnen mehr als alles andere bedeutet?«

»Den zweiten Teil Ihrer Frage kann ich bejahen«, bestätigte Tim und dachte dabei an Anna. »Den ersten nicht. Ich habe eine Frau kennengelernt, die mein Leben gerade ziemlich aufwühlt. Ich stelle es deshalb aber nicht infrage.«

Phillip Graf nickte. »Weil Ihr ganzes Leben korrekt und geradlinig verlaufen ist. Da müssen Sie nichts infrage stellen.«

Tims journalistischer Spürsinn war geweckt. »In Ihrem Leben ist das offensichtlich anders. Wollen Sie darüber reden?«

Phillip Graf richtete sich auf. »Nein.« Er grinste. »Und sollten Sie jemals etwas von unserem kurzen Gespräch weitergeben, werde ich natürlich alles abstreiten.« Damit ging er. Und in diesem Moment wehten die Klänge von *Grits Lied* aus der Bar zu ihm heraus und vermischten sich mit dem Rauschen des Meeres.

Kapitel 25

»Was war denn eben so komisch?«, fragte Nick, als sie den Speisesaal verließen.

»Dieser komische kleine Mann am Nebentisch, der ständig rummeckert.« Gisa musste allein beim Gedanken an die Antwort, die der hübsche Mann dem alten Griesgram gegeben hatte, wieder lachen.

»Ach ja? Irgendwie sah es so aus, als wäre dein ganzes Augenmerk auf den jüngeren Mann mit dem Bart gerichtet. Bilde ich mir das ein, oder habt ihr die ganze Zeit miteinander geflirtet?«

»Das bildest du dir ein.« Gisa war überrascht. Sollte sie empört sein oder sich eher geschmeichelt fühlen? War er etwa eifersüchtig?

Sein Blick war finster, seine Lippen fest aufeinandergepresst. Es reizte Gisa, ihn zu provozieren. »Und selbst wenn ich mit ihm flirte, geht dich das überhaupt nichts an.«

Er blieb stehen und wandte sich ihr zu. »Mich geht alles etwas an, was euch betrifft«, grollte er.

»Nein!«, widersprach Gisa und ging weiter. Jetzt wurden auch die Kinder auf ihre Auseinandersetzung aufmerksam.

»Warum atmet Mama so komisch?«, wollte Lenny wissen. »Und warum guckt Papa so böse?«

»Weiß ich nicht.« Clara warf ihm einen scheelen Blick zu. »Das ist doch dein Papa-Kumpel, nicht meiner. Frag den selbst.«

Na toll, dachte Gisa. *Noch ein Eifersuchtsdrama.* Sie war nur froh, dass Lynn sich schon vor einer halben Stunde von der Tischrunde verabschiedet hatte. Angeblich wollte sie noch lernen, aber Gisa glaubte ihr kein Wort. Sie konnte nur hoffen, dass sie sich nicht irgendwo auf dem Schiff herumtrieb. Schon seit Tagen nervte sie Gisa damit, dass sie wenigstens einmal in die Disco wollte.

Gisa hatte ihr angeboten, sie zu begleiten, was Lynn empört abgelehnt hatte. »Bevor ich mich dieser Peinlichkeit aussetze, gehe ich lieber überhaupt nicht.«

»Okay«, hatte Gisa fröhlich geantwortet. »Dann eben nicht.« Für sie war das Thema damit erledigt, für Lynn nicht. Sie schmollte seither und verbrachte sehr viel Zeit in ihrer eigenen Kabine.

»Warum guckst du so böse, Papa-Kumpel?« Lenny schob seine kleine Hand in Nicks große. Das war so rührend, dass Gisa und Nick sich unwillkürlich zulächelten. Die Spannung zwischen ihnen löste sich auf.

»Tut mir leid«, murmelte er.

»Muss es nicht«, erwiderte sie. »Eigentlich finde ich es ganz nett, dass du so eifersüchtig bist.«

»Ich bin nicht eifersüchtig«, behauptete er. »Ich bin nur um eure Sicherheit besorgt.«

Gisa grinste ihn herausfordernd an. »Meine Sicherheit ist durch einen kleinen Flirt mit einem Mann am Nebentisch gefährdet?«

»Also gibst du zu, dass du mit ihm geflirtet hast!«, konterte er sofort.

»Würde dich das stören? Nicht als unser … Du weißt schon, was ich meine.« Sie spürte, dass die Kinder sie beobachteten. »Also, würde es dich so ganz privat stören?«

»Ja«, gab er unumwunden zu. Ihre Blicke verfingen sich ineinander, und Gisa wünschte plötzlich, mit ihm allein zu sein.

»Ihr sagt aber komische Sachen«, wunderte sich Clara. »Ich versteh gar nicht, was ihr meint.«

»Sobald du groß bist, wirst du das verstehen«, erwiderte Gisa, ohne den Blick von Nick zu nehmen. Er lächelte. Anders als sonst und so, dass sie genau wusste: Es war nur für sie bestimmt.

Lynn war weder im Salon noch auf der Terrasse der Luxuskabine. Als Gisa in der Schlafkabine ihrer Tochter nachsah, fand sie Lynn tränenüberströmt auf ihrem Bett. Beim Anblick ihrer Mutter versuchte sie hastig, sich die Tränen aus dem Gesicht zu wischen.

Gisa eilte zu ihr und setzte sich neben sie. »Was ist passiert, Lynn?«

»Nichts!«, schniefte Lynn.

»Wegen nichts weinst du so?« Gisa griff nach der Hand des Mädchens. »Das glaube ich dir nicht.«

»Mama, ich will nach Hause.«

»Ja, ich auch.« Eben noch hatte Gisa nichts als Glück empfunden, doch jetzt, angesichts des Leids ihrer Tochter, hätte sie mitheulen können.

»Ich wette, Luke hat längst eine andere«, stieß Lynn hervor.

»Wie kommst du darauf?« Gisa schüttelte verständnislos den Kopf. »Wenn er dich wirklich liebt, wird er auf dich warten.«

»Warum soll er denn warten? Er weiß doch nicht einmal, ob ich jemals wieder nach Hause komme.«

»Lynn, ich würde dir so gerne etwas sagen, was dir Hoffnung macht.« Gisa nahm ihre Tochter in die Arme. »Aber ich kann es nicht. Ich weiß ja selbst nicht, wie es weitergeht. Und ich kann dir nicht versprechen, dass Luke dich noch liebt, wenn wir wieder zu Hause sind. Und es tut mir so leid, dass du nicht mit deinen Freunden reden kannst …« Sie brach ab, als Nick den Raum betrat. Seine Miene war hart, seine Hände zu Fäusten geballt. Seine unterdrückte Wut füllte den ganzen Raum aus.

Gisa spürte, dass ihre Tochter plötzlich am ganzen Leib zitterte. Hier ging etwas vor, das sie nicht verstand. Noch nicht.

»Um Lynn musst du dir keine Sorgen machen!« Seine Stimme war heiser vor Ärger. »Sie hat mit ihren Freunden gesprochen. Nicht wahr, Lynn?«

»Mama«, wimmerte Lynn und presste sich noch fester an Gisa.

Gisa war erschüttert. »Lynn, stimmt das?« Als sie keine Antwort erhielt, umfasste sie die Schultern ihrer Tochter und schob sie so weit von sich, dass sie ihr in die Augen schauen konnte. Lynn hingegen senkte verschämt den Blick.

»Nein, Lynn, bitte nicht!« Auch Gisa liefen jetzt Tränen über die Wangen. »Warum?«

Lynn riss sich los und sprang auf. »Weil ich es nicht mehr ausgehalten habe«, schrie sie. »Weil ich nichts dafür kann, dass du diesen Verbrecher unbedingt anzeigen musstest. Mein ganzes Leben ist kaputt.« Sie ließ sich weinend auf den Boden fallen. »Es tut mir leid«, wimmerte sie im nächsten Moment. »Es tut mir so leid.«

Gisa fühlte sich entsetzlich hilflos. Sie war Nick dankbar, dass er zu Lynn trat, sich neben sie setzte und einen Arm um ihre Schultern legte. Seine Wut schien angesichts der Verzweiflung des Mädchens verraucht. »Wir kriegen das schon hin«, sagte er leise. »Alles wird gut.«

Er hob den Kopf, lächelte Gisa zu.

Ich liebe ihn! Die Erkenntnis schlug mit einer solchen Wucht ein, dass ihr beinahe schwindelig wurde.

Die beiden Kleinen kamen ins Zimmer und wollten wissen, warum Lynn weinte. Gisa schickte sie mit einer lapidaren Erklärung zurück in den Salon, danach kümmerten sie und Nick sich weiter um Lynn, zeigten ihr, dass sie nicht allein war.

Gisa hatte sich ebenfalls auf den Boden gesetzt. Als sie ihren

Arm um Lynn schlang, berührten sich ihre und Nicks Hände. Der streichelte über ihren Arm, lächelte ihr zu. Ein kurzer, inniger Moment, bis Lynn sich plötzlich aus der Umarmung löste.

»Woher weißt du es?«, fragte sie Nick leise.

»Von den Kollegen aus Deutschland.« Nick sah von ihr zu Gisa. »Bruno Koltritsch wurde wieder verhaftet.«

Gisa empfand Erleichterung. »Aber das ist doch wunderbar«, rief sie, hakte dann jedoch in Anbetracht von Nicks Miene zaghaft nach: »Das ist es doch, oder nicht?«

»Ja, das ist es«, versicherte er. »Aber die Kollegen haben in seinen Sachen und auf seinem Handy Hinweise auf euren Aufenthaltsort gefunden. Er weiß, dass ihr auf der *MS Kristiana* seid.« Nick schaute Lynn an. »Dein Freund Luke hat damit angegeben, dass seine Freundin im Zeugenschutzprogramm ist und sich jetzt mit ihrer Familie auf einem Kreuzfahrtschiff versteckt.«

Lynn starrte ihn an. »Schade, dass ich ihm nicht sagen kann, was für ein Idiot er ist«, stieß sie hervor. »Katrin hat mir heute erzählt, dass er sich jetzt mit einer aus der Parallelklasse trifft.«

»Heute ...?«, echote Gisa. »Von wo aus hast du sie denn angerufen?«

Lynn ging zu ihrem Schrank und holte unter einem Stapel Shirts ein Handy hervor. »Ich hatte Paco mein altes Handy gegeben«, gestand sie kleinlaut.

Gisa fuhr sich mit beiden Händen durchs Gesicht, um nicht laut loszuschreien. Lynn musste doch wissen, dass sie alle in Lebensgefahr brachte!

Nick hingegen wusste offensichtlich auch jetzt, was zu tun war. »Ruf diesen Luke an«, erlaubte er ihr. »Und sag ihm, dass er ein Idiot ist. Und anschließend erlaube ich dir ein langes Telefonat mit deiner Freundin.«

»Nick!« Gisa schaute ihn erschrocken an.

»Es gibt nichts mehr, was wir geheim halten müssen.« Er hob

beide Arme und ließ sie wieder fallen. »Jetzt geht es nur noch darum, eure Sicherheit zu gewährleisten.« Er schloss für einen Moment die Augen, dann sagte er streng: »Ihr werdet die Kabine nicht mehr verlassen. Keine Landausflüge, keine Mahlzeiten im Speisesaal.« Er wandte sich an Lynn: »Du wirst gehorchen, wenn ich dir Anweisungen gebe.«

»Das verspreche ich«, verkündete Lynn feierlich.

»Eine Frage habe ich noch«, sagte Nick. »Wieso hast du einen Computer zum Lernen verlangt, wenn du doch dein Handy hattest?«

»Ich verplempere mein Datenvolumen doch nicht für die Schule«, entgegnete Lynn empört.

Gisa umarmte ihre Tochter noch einmal, dann verließ sie mit Nick ihre Kabine. Die beiden Kleinen waren in ihr Spiel vertieft und beachteten sie nicht, als sie in den Salon kamen. Nick nahm ihre Hand und zog Gisa hinter sich her in den angrenzenden Schlafraum.

Gisa vermutete, dass er ihr noch etwas sagen wollte, was die Kinder nicht hören sollten, doch als sie allein waren, zog er sie an sich. Sein Atem strich über ihre Lippen, sie spürte die Wärme seines Körpers. Er hielt sie fest, sie fühlte sich sicher und beschützt, dann küsste er sie …

Ich liebe ihn!

Nur dieser Gedanke erfüllte sie noch – bis sie die Stimme ihres Sohnes vernahm. »Mama!«

Gisa und Nick fuhren auseinander.

Clara und Lenny standen in der Tür. Hand in Hand und offensichtlich sehr interessiert.

»Mama hat den geküsst«, stellte Clara fest.

»Ja«, bestätigte Lenny. »Vielleicht können wir den Papa-Kumpel ja jetzt doch behalten.«

Kapitel 26

Emily, Raphael und Hendrik hatten lange vor der Krankenstation gewartet, dann endlich gab Dr. Fredriksen Entwarnung. »Sie schläft«, sagte die Ärztin, als sie aus einem der beiden Krankenzimmer kam. Strafend sah sie in die Runde. »Der Ausflug heute war viel zu anstrengend für Frau Oliver.«

»Ich weiß.« Hendrik wirkte schuldbewusst. »Ich konnte es ihr nicht ausreden. Kann ich zu ihr?«

Eva Fredriksen schüttelte den Kopf. »Vielleicht später. Im Moment schläft sie.« Ihr Ton duldete keinen Widerspruch.

»Trinken wir noch etwas?«, fragte Hendrik, als die Ärztin sich verabschiedet hatte. Es war offensichtlich, dass er an diesem Abend nicht allein sein wollte. Umso unverständlicher fand Emily, dass Raphael jetzt ablehnte. »Ich muss heute Abend endlich einmal früh ins Bett«, sagte er und zog ab. Einfach so. Er wartete nicht einmal, ob sie ihn zu ihrer gemeinsamen Kabine begleiten wollte.

»Und was ist mit Ihnen?« Fragend schaute Hendrik sie an.

Emily musterte ihn. Melissas Geständnis hatte sie vollkommen überrascht. Wusste er wirklich nicht, wer sie war? Natürlich war es möglich, dass er sie nicht erkannt hatte. Sie hatte während der Schulzeit kaum Kontakt zu ihm gehabt, und außerdem hatte sie sich äußerlich stark verändert. Aber es war doch höchst unwahrscheinlich, dass Melissa ihrem Bruder nichts verraten hatte.

»Du weißt doch, wer ich bin!«, warf sie ihm an den Kopf.

»Nein!« Das kam so überrascht und überzeugend, dass Emily ihm glaubte.

»Emily Brehm«, half sie ihm auf die Sprünge.

Er überlegte, schüttelte dann den Kopf. Selbst ihr Name sagte ihm offensichtlich nichts.

»Ich war mit deiner Schwester in einer Klasse. Klein, mollig, mit Zahnspange und dicker Brille.«

»Echt?« Wieder dachte er nach, dann nahm sein Gesicht plötzlich einen überraschten Ausdruck an. »Du lieber Himmel! Ja, jetzt weiß ich, wer du bist.« Er musterte sie von Kopf bis Fuß und zurück. »Das ist ja unglaublich, wie sehr du dich verändert hast!« Dann breitete sich ein Grinsen auf seinem Gesicht aus. »Nur gewachsen bist du nicht mehr viel.«

Emily musste ebenfalls lächeln. »Vielleicht hat Melissa mich deshalb erkannt«, sagte sie augenzwinkernd, und mit einem Mal wurde ihr klar, dass ihr heftiger Groll verschwunden war. Sie spürte keinen Ärger mehr. Nicht gegen ihn – und erstaunlicherweise auch nicht mehr gegen Melissa. Oder war das nur der Schock, weil Melissa vor ihren Augen zusammengebrochen war?

»Ich glaube, jetzt sollten wir wirklich etwas trinken«, schlug Hendrik vor. »Etwas Starkes, Doppeltes. Und reden.« Er legte eine Hand auf ihre Schulter, als sie sich in Bewegung setzten. »Melissa hat dich wirklich erkannt?«, fragte er nach einer Weile.

»Ja. Sie hat es mir gesagt und sich bei mir entschuldigt, unmittelbar bevor sie zusammengebrochen ist. Ich frage mich, warum sie dir nichts davon gesagt hat.«

»Vermutlich hat sie es einfach noch nicht über die Lippen gebracht«, sagte er. »Sie war damals kein besonders netter Mensch, und ich weiß, wie sehr sie sich dafür heute schämt. Dich hier zu treffen muss sie sehr beschäftigt haben.« Er nahm die Hand von ihrer Schulter und ging bis zu den Aufzügen schweigend neben ihr her. »Schade«, sagte er plötzlich.

Emily verstand nicht, was er meinte, und blieb stehen.

Er blieb ebenfalls stehen und sah sie an. »Ich habe mir gewünscht, dass wir uns besser kennenlernen. Ich … mag dich. Aber mit der Vorgeschichte willst du sicher nichts von mir wissen.«

Dieser Blick aus braunen Augen, dieses Lächeln. »Und ob ich das will«, flüsterte sie leise.

Er trat dicht an sie heran, umfasste ihr Gesicht mit beiden Händen, suchte und fand ihren Blick. Dann senkte er den Kopf und küsste sie zärtlich.

Erst kurz vor Mitternacht kehrte Emily in ihre Kabine zurück. Verwundert bemerkte sie, dass die Tür nur angelehnt war. Sie stieß sie auf. Dahinter war es dunkel. Stockdunkel! Raphael konnte Dunkelheit nicht ertragen.

Emily war alarmiert. Mit zitternder Hand tastete sie nach dem Lichtschalter und betätigte ihn. Im Salon war nichts Auffälliges zu sehen, doch im Schlafraum lag Raphaels Langhaarperücke auf dem Boden, und ein Stuhl war umgekippt. Emily war entsetzt. Waren das Kampfspuren? Der Schreibtisch neben dem Fenster war offensichtlich durchwühlt worden. Wer hatte das gemacht? Und wo war Raphael? Was war mit ihm geschehen?

Emily zitterte jetzt am ganzen Körper, wusste nicht, was sie machen, wen sie anrufen sollte. Es gab doch bestimmt einen Sicherheitsdienst auf dem Schiff!

Und dann war er plötzlich da. Der riesige Ehemann der Frau von gegenüber. Er kam auf sie zu, schnell und erstaunlich geschmeidig. »Stecken Sie mit ihm unter einer Decke?«, fragte er hart.

Emily war vollkommen durcheinander. Hatte sie zu viel getrunken? Bildete sie sich das hier alles ein? Erstaunlicherweise empfand sie keine Angst vor dem Mann. »Ich habe keine Ahnung, wovon Sie reden!«

»Hat Bruno Koltritsch Sie beide beauftragt?«

»Ich kenne keinen Bruno Koltritsch! Was soll das? Wo ist Raphael? Was haben Sie mit ihm gemacht?«

»Kapitän Fredriksen hat ihn in Gewahrsam genommen. Er ist in einer Kabine unter Deck eingesperrt, und da bleibt er auch, bis seine Identität zweifelsfrei geklärt ist.«

Emily traute ihren Ohren nicht. Das konnte doch alles nicht wahr sein! »Sind Sie jetzt völlig verrückt geworden?« Sie wollte an ihm vorbei den Raum verlassen, doch er stellte sich ihr in den Weg.

»Wohin wollen Sie?«

»Zum Kapitän, wohin sonst?«, fuhr sie ihn giftig an. »Raphaels Identität bestätigen. Wie kommen Sie eigentlich auf die dämliche Idee, dass damit etwas nicht stimmt?«

Der Mann holte tief Luft. »Er ist ein Mann!«

Emilys Gefühl, dass sie es mit einem Verrückten zu tun hatte, verstärkte sich. Vielleicht war er doch gefährlich. Was, wenn er Raphael etwas angetan hatte? Ihre Blicke irrten durchs Zimmer. Kein Blut, nirgendwo.

»Er verkleidet sich ständig als Frau«, stieß er hervor.

Emily wusste nicht, ob sie weinen oder lachen sollte … und dann klingelte das Handy des Mannes. Er meldete sich mit einem knappen »Ja«, dann veränderte sich sein Gesichtsausdruck, bis zum Ende des Gesprächs sagte er jedoch kaum etwas. »Alles klar.« Damit verschwand er. Ohne ein Wort der Erklärung, ohne sich zu verabschieden, ließ er sie mit ihrer Angst um Raphael zurück.

Emily ließ den Steward rufen. Der hörte sich ihre verworrene Geschichte mit ausdrucksloser Miene an und versprach ihr, sich darum zu kümmern. Danach blieb ihr nichts anderes übrig, als zu warten. Und sie wartete lange … Sehr lange …

Ein silberner Streifen zeigte sich am Horizont, der sich langsam rötlich verfärbte und über dem Wasser die aufgehende Sonne ankündigte.

Emily stand an der Reling ihrer Terrasse, doch das Naturschauspiel nahm sie nicht wahr. Zweimal hatte sie inzwischen noch nach dem Steward geklingelt. Jedes Mal hatte der ihr versichert, dass alles in Ordnung sei und Raphael gleich zurück in die Kabine kommen würde.

Und dann erschien er endlich. Skurril in seiner Aufmachung: Sein Kopf war Raphael. Ohne Perücke, ohne Make-up. Vom Hals bis zu den Füßen war er Raphaela, in einem glänzenden Seidenkleid. Er humpelte, weil der Absatz seines rechten High Heel abgebrochen war.

»Oh mein Gott«, rief er theatralisch aus. »Wenn du wüsstest, was passiert ist …«

»Ja, sag mir das endlich. Ich mache mir seit Stunden Sorgen um dich.«

Er hob beide Hände. »Tut mir leid, Geheimsache. Ich verrate kein Wort.« Er kam näher und flüsterte ihr zu. »Nur so viel, es geht um Leben und Tod.«

Natürlich erzählte er ihr dann doch, dass es zu einem folgenschweren Missverständnis gekommen war, weil Nick Becker alle Personen überprüfte, die auf dem Schiff in direkter Verbindung zu Gisa gestanden hatten. Und so erfuhr Emily, nach einem feierlichen Geheimhaltungsschwur, auch von dem Schicksal der Familie in der Nachbarkabine. Emily war entsetzt. Welche Ängste musste Gisa ausgestanden haben? Es musste furchtbar sein, in Todesangst zu leben, in der Sorge, dass jemand ihrer Familie Böses antun wollte. Doch dann kam ihr ein Gedanke, und sie begann zu kichern. »Hat dieser Mann wirklich geglaubt, du wärst ein Auftragskiller?«

Auch auf Raphaels Gesicht breitete sich ein Grinsen aus. »Er dachte, ich hätte als Raphaela versucht, Gisas Vertrauen zu gewinnen, um sie dann als Raphael eiskalt auszuschalten.«

»Was für ein Idiot«, stieß Emily hervor. »So verhält sich doch kein geschulter Beamter.«

»Nein, aber ein Mann, der liebt, verhält sich so.« Raphael lächelte verständnisvoll. »Er hat einfach Angst um Gisa und verliert wegen seiner persönlichen Gefühle jegliche berufliche Distanz. Liebe setzt so vieles außer Kraft.«

Raphaels Worte wirkten in Emily nach. Erlebte sie nicht etwas Ähnliches? Sie hatte sich in Hendrik verliebt, und dafür war sie bereit, über ihren eigenen Schatten zu springen. Es fiel ihr nicht einmal schwer, sondern nahm ihr eine zentnerschwere Last von der Seele.

»Was hast du vor?«, fragte Raphael, als sie aufsprang und zur Tür eilte.

»Ich gehe zu Melissa.« Emily lächelte. »Ich sage ihr, dass ich ihr verziehen habe.«

Kapitel 27

Jasmin und ihre Kollegen erfuhren nach der Einfahrt in den Hafen von Akaroa von den Ereignissen der Nacht. Der Kapitän hatte seine leitenden Crew-Mitglieder zu einer ungewöhnlichen Besprechung gebeten, unter ihnen Eva Fredriksen, Magnus Foss, Marisol und Ben Mermann. Die Leiterin der Hauswirtschaftsabteilung war ebenso dabei wie auch Nele und Gregor, der Restaurantleiter. Jasmin war entsetzt, zu hören, dass sich gefährdete Personen an Bord befanden, auch wenn das seltsame Verhalten der Familie mit einem Mal Sinn ergab. »Es ist also allerhöchste Aufmerksamkeit geboten«, schloss Adrian seinen Bericht.

Jasmin hatte das Gefühl, dass er es vermied, in ihre Richtung zu schauen. Sein Verhalten tat weh, immer noch. Sie wusste einfach nicht, was sie davon halten sollte. Sie spürte, dass es immer noch eine Verbindung zwischen ihnen gab, und doch hatte sie das Gefühl, dass er ihr aus dem Weg ging. Vielleicht hätte sich alles anders entwickelt, wenn seine Frau nicht an Bord gewesen wäre.

Aber sie war nun einmal da! Auch hier, bei dieser frühen Besprechung.

»Können wir es überhaupt verantworten, diese Leute an Bord zu lassen?« Eva Fredriksen ließ ihren Blick verständnislos über die Runde gleiten.

Adrian sah seine Frau freundlich an, doch seine Stimme war nicht ohne Schärfe, als er fragte: »Was schlägst du vor, Eva? Soll ich die Familie über Bord werfen lassen?«

»Unsinn!« Ihr Unmut war jetzt unübersehbar. »Aber du kannst diese Familie von Bord weisen. Ich bin sicher, mein Vater wird ihnen einen Teil der Reisekosten erstatten und die Rückflüge …«

»Eva, die Familie bleibt an Bord!«, fiel Adrian ihr ins Wort. »Darüber gibt es keine Diskussion. Hier an Bord sind sie einigermaßen in Sicherheit. Im Übrigen ist dein Vater meiner Meinung, ich habe vergangene Nacht mit ihm telefoniert.«

»Ich muss Eva zustimmen«, mischte sich Magnus Foss ein. »Es wäre fatal für das Image der Reederei, wenn sich das herumspricht.«

Adrian verschränkte die Arme vor der Brust. »Es wäre weitaus fataler, auch für das Image der Reederei, wenn der Familie etwas passiert, weil wir sie von Bord gewiesen haben. Aber ich habe euch nicht zu dieser Besprechung gebeten, um Diskussionen dieser Art zu führen. Es geht mir vor allem darum, euch alle auf die Gefahrenlage aufmerksam zu machen, damit ihr auf ungewöhnliche Ereignisse oder Passagiere achtet.« Adrian zögerte einen Moment, bevor er hinzufügte: »Und leider kann ich auch nicht ausschließen, dass vor der Fahrt jemand angeheuert hat, um in die Nähe dieser Familie zu kommen.«

Damit war die Besprechung beendet. Jasmin fing einen letzten Blick von Adrian auf. Ihr Herz klopfte schneller, als er sie anlächelte. So, wie er sie immer angelächelt hatte, wenn sie allein gewesen waren. Sie dachte an seinen Kuss, lächelte zurück …

Und dann wurde ihr bewusst, dass Eva Fredriksen diesen kurzen Blickkontakt bemerkt hatte. In den Augen der Schiffsärztin lag glühender Hass.

Jasmin wandte sich ab. Sie wollte das alles nicht an sich heranlassen, und doch machte ihr sowohl dieser Hass als auch Adrians Lächeln zu schaffen. Diese Achterbahn der Gefühle … wie lange würde sie das noch aushalten?

Zusammen mit Nele verließ sie den Raum. Sie versuchte, sich auf das zu konzentrieren, was sie eben erfahren hatte. »Ist das nicht erschreckend?«, fragte sie. »Die arme Frau Leupold. Ich mag mir gar nicht ausmalen, welche Angst sie ausstehen muss.«

Sie war verwundert, als Nele nichts dazu sagte, sondern nach ein paar Schritten einfach stehen blieb. »Ich weiß das schon etwas länger, Jasmin. Aber ich durfte nichts sagen. Nicht einmal dir und Marisol.« Sie erzählte, wie die Wahrheit durch die Kinder herausgekommen war.

»Es ist doch selbstverständlich, dass du das für dich behalten hast.« Jasmin lächelte. »Wobei die Aussagen der Kinder ja echt köstlich sind.«

»Ja, das stimmt.« Nele musste jetzt auch lachen.

Jasmin musterte sie. »Du siehst viel besser aus als vor Beginn der Reise«, stellte sie fest. »Phillip Graf tut dir gut.«

»Ja, er ist wundervoll«, sagte Nele glücklich.

»Du hast dich verliebt?«

»Ja«, bestätigte Nele. »Ich hätte nicht geglaubt, dass mir das so schnell nach Mirko noch einmal passiert. Aber Phillip ist ganz anders. Bei ihm muss ich nicht ständig Angst haben, dass er in anderen Betten landet.«

»Du hast es verdient, endlich wieder glücklich zu sein«, sagte Jasmin herzlich.

»Danke.« Neles Miene wurde ernst. »Du aber auch. Du wirkst in letzter Zeit so traurig.«

»Mit mir ist alles in Ordnung«, versicherte Jasmin eilig. Ob Nele auch die Gerüchte kannte, die über sie und Adrian in Umlauf waren? Ganz bestimmt. »Ja, es gibt etwas, das mich beschäftigt«, entschloss sie sich zu einem Teil der Wahrheit. »Sei mir bitte nicht böse, aber ich bin noch nicht so weit, dass ich darüber reden kann.«

»Ich bin dir nicht böse«, versicherte Nele. »Und wenn du mich brauchst, bin ich immer für dich da.«

»Danke«, sagte Jasmin, dann wechselte sie das Thema. »Was

hast du heute vor? Niemand hat eine Kinderbetreuung gebucht, du hast also frei.«

»Die Kinder von Gisa Leupold kommen ohnehin nicht mehr zu mir. Schade, ich mag die beiden sehr. Aber ich besuche sie ganz bestimmt einmal privat.« Sie lächelte. »Heute mache ich wieder einen Ausflug mit Phillip. Er sagt, ich müsste Akaroa unbedingt gesehen haben. In keiner Stadt Neuseelands gibt es so viele französische Einflüsse, vermischt mit der Maori-Kultur.«

»Dann wünsche ich dir einen wundervollen Tag«, sagte Jasmin.

»Möchtest du uns begleiten?«, schlug Nele vor.

»Auf keinen Fall«, lehnte Jasmin ab. »Genieß du den Ausflug ganz allein mit Phillip. Sei einfach nur glücklich.«

Neles Worte hatten in Jasmin die Lust entfacht, sich ebenfalls auf Entdeckungstour durch die Stadt zu begeben. Nicht zusammen mit dem Liebespaar, auch nicht in Form einer organisierten Führung. Während sie noch im Computer verschiedene Möglichkeiten und Sehenswürdigkeiten recherchierte, erschien plötzlich Adrian an der Rezeption.

»Du hast heute frei.« Es war keine Frage, sondern eine Feststellung.

Sie nickte.

»Ich nehme mir jetzt ebenfalls frei. Und erkunde die Gegend.« Unsicher schaute er sie an. »Ich würde mich freuen, wenn du mich begleitest.« Er bat nicht, er drängte nicht. Er schaute sie nur erwartungsvoll an.

Vernünftig wäre es, den Vorschlag abzulehnen. Doch Jasmin ließ nicht ihren Verstand, sondern ausschließlich ihr Herz antworten: »Ja.«

»Ich freue mich.« In seinem Blick lag all das, worauf sie gehofft hatte.

Adrian hatte einen Wagen gemietet. »*Akaroa* bedeutet in der Sprache der Maori *langer Hafen*«, erklärte er, während er den Wagen über die schmale Straße bergauf steuerte. »Außerdem ist die Stadt die einzige französische Ansiedlung in Neuseeland.«

Jasmin konnte sich nicht für die Fakten begeistern. »Du machst dich gut als Reiseleiter«, sagte sie spöttisch.

Er warf ihr einen Blick zu. »Soll ich lieber schweigen?«

Warum sagst du nicht einfach das, was wirklich wichtig ist? Warum sagst du mir nicht, wie du zu mir stehst ... ob du überhaupt zu mir stehst? Was bin ich eigentlich für dich?

»Ja«, sagte sie. »Nein«, verbesserte sie sich gleich darauf. »Ach, ich weiß es auch nicht.«

Noch einmal blickte er sie kurz von der Seite an, bevor er sich wieder auf die Straße konzentrierte.

»Du weißt, dass ich dich mag.«

Wenn das alles ist, wieso gibst du dich dann überhaupt mit mir ab?

»Ich mag auch eine ganze Menge.« Jasmin hörte selbst, wie bitter ihre Stimme klang. »Angefangen von meinen Kollegen bis hin zu Erdbeereis.«

»Du kannst Erdbeereis nicht ausstehen«, widersprach er.

Jasmin war überrascht. »Das weißt du?«

Adrian lächelte. »Ich habe einmal mitbekommen, dass du es gegenüber Marisol erwähnt hast.«

Dann war es wieder still zwischen ihnen, bis sie Hilltop Tavern erreicht hatten, einen Platz hoch oben, mit dem Panorama der Banks Peninsula und der weitläufigen Buchten darunter.

Jasmin stieg aus und ging sofort bis zum Rand des Platzes, ohne darauf zu achten, ob Adrian ihr folgte. Denn etwas so Schönes, beinahe Unwirkliches hatte sie noch nie gesehen. Ein wolkenloser Himmel, vor dem sich die scharfkantige Bergkette im

Hintergrund abzeichnete. Sanfte sattgrüne Hügel und kleine türkise Buchten bestimmten das Bild. Auf den Wiesen tummelten sich Schafe mit ihren neugeborenen Lämmern.

»Die Banks Peninsula ist vulkanischen Ursprungs und entstand durch die Ausbrüche zweier Vulkane vor 8 Millionen Jahren«, dozierte Adrian, der neben sie getreten war, erneut. »Die lang gezogene Bucht wurde durch den Lavafluss geformt.«

Jasmin spürte Wut in sich aufwallen und wandte sich ihm zu. »Glaubst du wirklich, dass ich so etwas von dir hören will?«

Statt einer Antwort umfasste er sie und senkte seinen Mund auf ihre Lippen. Ebenso plötzlich ließ er sie wieder los und vergrub sein Gesicht in ihrem Haar.

Eine Welle von Gefühlen durchströmte Jasmin. »Warum machst du das mit mir?«, sagte sie erstickt.

»Es tut mir leid«, flüsterte er.

»Lass uns zurückfahren«, bat sie. »Mir ist das im Moment alles zu viel.«

Er öffnete den Mund, als wollte er etwas sagen, doch dann nickte er nur. Schweigend gingen sie zum Wagen.

Adrian hatte den Motor bereits gestartet, als sein Handy klingelte. Er meldete sich, wirkte plötzlich angespannt.

»Ich bin in ein paar Minuten da«, beendete er das Gespräch.

Auf der Fahrt hinunter zum Hafen erklärte er, dass bei den Ermittlungen durch Nick Beckers Behörde ein Passagier entdeckt worden war, gegen den ein Haftbefehl vorlag.

Jasmin war entsetzt. »Weshalb denn? Und um wen handelt es sich?«

»Ich weiß es nicht«, erwiderte er. »Auf dem Schiff wird gerade nach dem Mann gesucht, damit wir ihn der Polizei übergeben können.«

Marisol, Nick Becker und Magnus Foss hatten sich in dem Raum versammelt, in dem Adrian sie am Morgen über die nächtlichen Vorfälle an Bord informiert hatte.

Auch Eva Fredriksen war da. Ihr wütender Blick wechselte zwischen Jasmin und Adrian hin und her. »Wo kommst du her?«, herrschte sie ihren Mann an.

Ein unbehagliches Schweigen breitete sich im Raum aus, das Adrian schließlich brach, indem er sich nach dem Stand der Dinge erkundigte. Seine Frau ignorierte er einfach.

Eva Fredriksen presste die Lippen zusammen und ballte sekundenlang die Hände zu Fäusten.

»Es geht um einen gewissen Andreas Brandt«, klärte Nick Becker sie auf. »Ich habe Fotos der Personen, die in engerem Kontakt zu Gisa Leupold standen, an meine Behörde geschickt. Viele waren das natürlich nicht. Unter anderem aber habe ich auch ein Foto der Erzieherin übermittelt, Nele Bierwald.«

Jasmin stockte der Atem. Nele doch nicht! Nie im Leben wurde sie mit einem Haftbefehl gesucht.

»Nele Bierwald wird allerdings nichts zur Last gelegt«, erklärte der Beamte gleich darauf zu ihrer Erleichterung. »Sondern um einen Mann, der zufällig in ihrer Nähe stand, als ich Frau Bierwald fotografiert habe. Sein Name ist Andreas Brandt.«

Jasmin überlegte. »Der Name sagt mir nichts, da müsste ich erst in der Passagierliste nachschauen.«

»Das habe ich schon«, sagte Marisol. »An Bord gibt es keinen Andreas Brandt.«

»An Bord ist er ja auch unter einem anderen Namen.« Nick Becker lächelte Marisol kurz zu. »Ich wollte aber bis zum Eintreffen von Kapitän Fredriksen warten, bis ich den Namen preisgebe.« Er zückte sein Handy und präsentierte das Foto eines Mannes, der Nele zärtlich anlächelte. »Hier hält er sich unter dem Namen Phillip Graf auf. Er ist ein Heiratsschwindler, der sich bevorzugt auf Kreuzfahrten auf die Suche nach reichen Frauen macht.«

Marisol starrte ihn an. »Was will er denn dann von unserer Nele?«, fragte sie verwirrt.

Jasmin verspürte so tiefes Mitleid mit Nele, dass ihr Tränen in die Augen stiegen. »Nele liebt er wahrscheinlich wirklich«, sagte sie leise. »Arme Nele.«

Adrian hatte die örtliche Polizei informiert, doch die wartete vergebens. Phillip Graf kehrte nicht an Bord zurück. Nele kam allein, stieg tränenüberströmt aus dem Taxi und wankte über die Gangway auf das Schiff.

Marisol und Jasmin kümmerten sich sofort um sie.

»Er hat mich verlassen«, weinte Nele. »Er hat mir gesagt, dass er mich liebt, dass er zum ersten Mal in seinem Leben wirklich liebt, und trotzdem hat er mich verlassen.«

Viel mehr war nicht aus ihr herauszuholen. Phillip Graf alias Andreas Brandt hatte nur noch hinzugefügt, er würde sein Leben ändern, müsse sich aber trotzdem von ihr trennen, um sie nicht in seinen Sumpf hineinzuziehen. »Ich werde dich nie vergessen«, hatte er zum Abschied gesagt, dann war er gegangen.

Nele steigerte sich so in ihre Verzweiflung, dass Jasmin die Bordärztin rufen ließ. Zum ersten Mal erlebte sie die berufliche Seite von Eva Fredriksen.

Die Ärztin setzte sich zu Nele auf die Bettkante, streichelte behutsam deren Hand, während sie erklärte, was sie als Nächstes tun würde. »Ich werde Ihnen jetzt ein Beruhigungsmittel injizieren, damit Sie zur Ruhe kommen«, sagte sie. »Sie können mich jederzeit rufen lassen. Auch mitten in der Nacht.«

Es war nicht zu erkennen, ob die Worte Nele überhaupt erreichten. Sie zuckte auch nicht zusammen, als Eva ihr das Mittel in die Vene spritzte.

Jasmin begleitete die Ärztin zur Tür. »Danke«, sagte sie ehrlich. Eva Fredriksen war ihr eben zum ersten Mal sympathisch gewesen.

Doch das machte diese gleich wieder zunichte. »Halten Sie sich von meinem Mann fern«, zischte sie so leise, dass nur Jasmin es verstehen konnte. »Sonst werden Sie es bereuen!«

Damit wandte sie sich um und ging.

Jasmin schaute ihr nach, und ganz tief in ihr wuchs die Erkenntnis, dass diese Drohung mehr war als nur leere Worte.

Später, als sie in ihrer Kabine war, betrachtete sie lange den Wein, den Adrian gemeinsam mit ihr trinken wollte. Immer wieder war etwas dazwischengekommen, und es sah nicht so aus, als gäbe es in nächster Zeit eine Gelegenheit dazu.

Sie nahm die Weinflasche hoch, hielt sie in den Händen und erinnerte sich mit geschlossenen Augen an die beiden Momente, die sie so glücklich gemacht hatten. In Svolvær. In Bergen. Aber jedes Mal hatte ihre Begegnung ein unglückliches Ende gefunden.

Jasmin war sich nicht sicher, ob es einen dritten Versuch geben würde. Aber sie war sich ganz sicher, dass sie die Weinflasche nicht ständig sehen und daran erinnert werden wollte, was hätte sein können. Sie versteckte sie in einem Fach ganz hinten in dem Wandschrank ihrer Kabine. Es war gut möglich, dass sie Adrian die Flasche eines Tages einfach zurückgab. Als deutliches Zeichen, dass sie nicht länger bereit war, auf ihn zu warten. So weit war sie allerdings noch nicht.

Kapitel 28

»Kann es nicht sein, dass es sich bei diesem Heiratsschwindler um einen Mann handelt, den Bruno Koltritsch beauftragt hat?«, fragte Gisa. Es wäre so ein erleichterndes Gefühl, wenn die Ungewissheit damit ein Ende hätte. »Wer Frauen Liebe vortäuscht, nur um sie zu betrügen, schreckt doch auch davor nicht zurück.«

Nick kam auf sie zu und schloss sie in die Arme. »Nein, er hat nichts mit Bruno Koltritsch zu tun. Wir wissen auch nicht, ob Bruno Koltritsch überhaupt jemanden angeheuert hat, der hier auf dem Schiff ist. Wenn es so wäre, hätte die Person bereits mehrfach Gelegenheit gehabt, dich anzugreifen.«

Gisa leuchtete das ein, aber die Angst blieb.

Am nächsten Tag lief die *MS Kristiana* in die Kaikoura-Bucht ein. Gisa saß zusammen mit Nick und den Kindern auf der Terrasse ihrer Luxussuite und frühstückte. Sie bemerkte zum wiederholten Male, dass selbst die schönste Unterkunft an Reiz verlor, wenn sie zum Gefängnis wurde. Natürlich war es besonders für die Kinder schrecklich, wenn es sogar für sie selbst allmählich unerträglich wurde.

»Warum darf ich nicht in den Kindergarten?«, quengelte Lenny. »Ich will zu Nele.«

Gisa fing Nicks Blick auf.

»Nele ist krank«, sagte er. »Vielleicht morgen wieder.«

Die Einzige, die im Moment uneingeschränkt glücklich wirkte, war Lynn. Sie hatte ihr Handy wieder, konnte mit ihrer besten Freundin schreiben und hatte so auch erfahren, dass die

Nachricht, die Lynn Luke auf die Mailbox gesprochen hatte, bei ihm ziemlich eingeschlagen hatte. Angeblich hatte er sich nun wieder für Lynn entschieden und wollte warten, bis sie wieder nach Hause kam.

»Da kann der Idiot aber lange warten«, versicherte Lynn.

Nick sah Gisa fragend an. »Ist sie nicht gerade noch vor Liebeskummer zerflossen?«

»Ein paar Stunden sind seitdem schon vergangen.« Gisa schmunzelte.

»Ihr seid doof.« Lynn stand lachend auf. »Ich gehe in mein Zimmer, da habe ich meine Ruhe.«

»Das ist gemein«, beschwerte sich Clara. »Die Lynn hat ihr Handy wieder, und wir haben nix. Und wir dürfen nicht mal in den Kindergarten.«

»Nele ist krank«, wiederholte Gisa Nicks Worte.

»Mir ist langweiiiiiiilig«, sagte Clara gedehnt.

»Warum ärgert ihr beide nicht einfach Lynn ein bisschen?«, schlug Nick vor.

»Au ja«, rief Lenny und stürmte los, gefolgt von Clara.

»Nick!« Gisa sah ihn strafend an.

Nick zuckte lachend mit den Schultern. »Dann sind alle drei beschäftigt, und wir haben ein bisschen Zeit für uns.«

In diesem Moment ertönte ein Schrei von Lynn, in der nächsten Sekunde kamen die Kleinen angeflitzt und rannten durch den Salon in das angrenzende Schlafzimmer. Die Schranktür wurde geöffnet, dann herrschte absolute Stille.

Gisa wusste, dass die beiden sich versteckt hatten. Das machten sie auch zu Hause, wenn sie Lynn so sehr gereizt hatten, dass sie ihre kleinen Geschwister verfolgte.

Lynn kam wutentbrannt in den Salon. »Wo sind die Biester?«, rief sie.

»Du musst schon selbst nach ihnen suchen«, erwiderte Nick.

Er legte den Finger über die Lippen, wies auf die Schlafzimmertür und flüsterte: »Jetzt hast du mindestens eine halbe Stunde Ruhe.« Laut wiederholte er: »Nein, Lynn, du musst sie selbst suchen! Wir wissen nicht, wo Clara und Lenny sind.«

Leises Kichern war aus dem Schlafzimmer zu hören. Lynn grinste und zog sich lautlos in ihr Zimmer zurück.

Sekunden später klingelte es an der Tür. Der Zimmerservice holte das Frühstücksgeschirr ab.

In dem Moment, als Gisa die Tür öffnete, ging ihr auf, wie sorglos sie trotz der bestehenden Gefahrensituation geworden war. Denn vor der Tür stand nicht Vincent, ihr Steward. Das war ein fremdes Gesicht. Alarmiert trat sie einen Schritt zurück, doch es war zu spät, dem Mann die Tür vor der Nase zuzuschlagen. Er stand bereits auf der Schwelle.

»Zimmerservice«, sagte er grinsend, dann zog er die Waffe. »Schönen Gruß von Bruno«, fügte er sarkastisch hinzu.

Eine Welle der Panik durchfuhr Gisa. »Bruno wurde verhaftet«, sagte sie bebend.

»Und wenn du nicht gegen ihn aussagen kannst, ist er ganz schnell wieder draußen!« Der Mann kam näher. »Und ich werde dafür sorgen, dass du dazu nicht mehr in der Lage bist.« Er trat noch einen Schritt vor, und dann geschah alles ganz schnell. Gisa sah im Augenwinkel nur den Schatten, der von hinten heranflog und dann regelrecht explodierte. Er stieß Gisa zur Seite und stürzte sich auf den bewaffneten Mann. Die beiden kämpften miteinander, gingen zu Boden – und dann fiel ein Schuss …

Gisa starrte auf die beiden Männer. Sie lagen auf dem Boden, bewegten sich nicht. Und dann war es ausgerechnet der Angreifer, der sich wieder aufrappelte. Er hielt die Waffe in der Hand, zielte auf Gisa. Entsetzt und unfähig, sich zu rühren, beobachtete sie, wie sein Finger sich um den Abzug krümmte …

Gisa wollte schreien, doch kein Ton kam über ihre Lippen.

Dann wurde hinter dem Mann plötzlich die Tür aufgestoßen, und er fuhr herum. Gisa sah wie in Trance, wie Raphael in den Raum stürmte und etwas auf den Kopf des Angreifers schlug. Das Geräusch von berstendem Glas ertönte, Scherben prasselten zu Boden, und dann sackte der Mann in sich zusammen.

Gisa aber hatte nur noch Augen für Nick, der regungslos auf dem Boden lag. Und dann bemerkte sie das Blut, das sich unter ihm ausbreitete.

Kapitel 29

Eva hatte die Wunde genäht. »Sie hatten Glück, Herr Becker«, sagte sie. »Es war nur ein Streifschuss. Ihre Gehirnerschütterung bereitet mir größere Sorgen.«

»Das wird schon«, winkte Nick Becker ab.

Eva schaute auf, als Adrian nach kurzem Anklopfen den Behandlungsraum betrat.

»Ist es jetzt vorbei?«, fragte er.

Nick Becker nickte. »Ja, wir gehen davon aus. Bernd Jakobi wird von den neuseeländischen Kollegen nach Deutschland überstellt. Er hat aber bereits signalisiert, dass er umfassend gegen Bruno Koltritsch aussagen wird. So wie zwei weitere seiner Handlanger, die in Deutschland inzwischen gefasst wurden. Für Gisa und die Kinder ist die Gefahr damit vorbei.«

»Ist das wahr?« Auch Gisa stand in der Tür und starrte ihn mit großen Augen an. Offenbar hatte sie jedes Wort mitbekommen.

Er nickte und streckte die Arme nach ihr aus.

Sie lief auf ihn zu, umarmte ihn. »Heißt das, wir können zurück nach Hamburg?«

»Ja, ihr könnt zurück in euer altes Leben.«

Zu Evas Erstaunen schien Gisa nicht erleichtert, denn sie ließ ihn plötzlich los und trat einen Schritt zurück.

»Und was ist mit dir?«, fragte sie.

»Für mich ist dieser Auftrag hier zu Ende. Ich habe aber ein paar Tage Urlaub genommen. Wir fliegen also gemeinsam zurück nach Deutschland. Jedenfalls bis Frankfurt.«

»Und da bleibst du dann«, stellte sie tonlos fest. »Während wir weiter nach Hamburg fliegen.«

»Meine Einsätze werden von Wiesbaden aus gesteuert«, sagte er. »Und da lebe ich auch.«

»Ich verstehe«, murmelte sie.

»Nein, du verstehst überhaupt nicht.« Er erhob sich, verzog dabei schmerzhaft das Gesicht. »Ich habe nicht die Absicht, weiter im Zeugenschutz zu arbeiten. Aber ich bin Polizist, und das will ich auch weiterhin sein. Ob in Hamburg oder woanders. Hauptsache, ich kann da sein, wo ihr seid.«

Gisa starrte ihn ungläubig an, dann überzog ein Strahlen ihr Gesicht. »Ist das wahr?«

Er nickte, und sie flog wieder in seine Arme. »Ich liebe dich«, sagte sie.

»Ich liebe dich«, erwiderte er.

Eva musste unwillkürlich lächeln. Sie bemerkte, dass Adrian ihr ein Zeichen gab, und so verließen sie den Behandlungsraum.

»Wenigstens eine Geschichte, die gut ausgeht«, sagte Eva, als sie auf dem Gang standen, und nahm ihren ganzen Mut zusammen. »Adrian, ich liebe dich. Ich will wieder mit dir zusammen sein.«

Als er mit der Hand ihre Wange berührte, schmiegte sie ihr Gesicht hinein. »Ich weiß nicht, ob das noch möglich ist«, sagte er.

Das war nicht die Antwort, die Eva erhofft hatte. Wütend trat sie einen Schritt zurück. »Ist es wegen ihr?«, fuhr sie ihn an. »Willst du wegen ihr nicht mehr zu Fenja und mir zurück?«

Er wusste offenbar sofort, wen sie meinte. »Mit ihr hat das überhaupt nichts zu tun«, sagte er, jetzt lauter. »Und das weißt du. Unsere Probleme haben lange vorher angefangen.« Er verabschiedete sich mit einem knappen Nicken und ging.

Eva starrte ihm nach. »Ich werde nicht aufgeben«, flüsterte sie. »Solange ich lebe, werde ich dich nicht aufgeben.«

Plötzlich hatte sie das Gefühl, beobachtet zu werden. Sie fuhr herum, doch da war niemand.

Sie blieb abrupt stehen, als sie kurz darauf ihr Büro betrat. Der Raum war erfüllt von einem Duftbouquet aus Iris und Jasmin. Kristianas Lieblingsparfüm! Wie konnte das sein? Eva schaute nervös in alle Räume, aber es war niemand zu sehen. Auch auf dem Flur nicht.

»Suchst du jemanden?«

Eva fuhr herum. Hinter ihr stand Magnus und musterte sie aufmerksam. »Was ist mit dir? Du wirkst vollkommen verstört.«

Ausgerechnet Magnus. »Es ist nichts«, erwiderte Eva unfreundlich und ging zurück ins Büro. Der Duft war fast verflogen, nur ein schwacher Hauch schwebte noch im Raum. Hastig öffnete sie das Fenster, damit auch der verschwand.

Kapitel 30

Melissa strahlte über das ganze Gesicht, als Emily ihre Kabine betrat. »Emily. Wie schön, dich zu sehen!«

Seit Emily ihr mitgeteilt hatte, dass sie ihr verziehen hatte, empfand Melissa eine tiefe Ruhe. Ihre Freude rührte Emily.

»Ich kann es immer noch nicht fassen, dass du mir verziehen hast«, sagte Melissa bewegt.

Und ich kann es nicht fassen, dass es mir nichts mehr ausmacht, dich zu sehen und mit dir zu reden.

Es versöhnte Emily vor allem, dass Melissa selbst unter dem litt, was sie ihr angetan hatte, darüber hatten sie lange geredet. Emily empfand inzwischen nur noch Mitleid mit der schwer kranken Melissa. Melissa hatte sich in der kurzen Zeit seit ihrem Zusammenbruch gut erholt, und Emily freute sich auf den heutigen Ausflug mit ihr, Hendrik und Raphael.

Dr. Fredriksen war entschieden dagegen, als sie erfuhr, dass Melissa auch an diesem Tag an einer Aktion teilnehmen wollte. »Ich kann das nicht verantworten.«

»Das müssen Sie auch nicht.« Melissa lächelte. »Ich verantworte das ganz allein. Es ist einer meiner ganz großen Wünsche, Wale zu beobachten. Nichts wird mich daran hindern.«

»Wir fahren alle mit«, sagte Emily. »Frau Olivers Bruder ist dabei, mein Freund Raphael und ich auch.«

»Genau. Mir kann also nichts passieren«, sagte Melissa fröhlich. »Und ich verspreche Ihnen, dass ich nicht mit den Walen schwimmen werde. Ich bleibe brav im Boot.«

Die Ärztin schmunzelte jetzt, und auch Emily musste lachen. »Ich wusste gar nicht, dass du so viel Humor hast.«

»Ich glaube, wir wissen beide nicht viel voneinander«, erwiderte Melissa. »Es wird spannend sein, uns kennenzulernen.« Ihr Blick glitt sekundenlang ins Leere. »Ich hoffe, dass mir dazu noch sehr viel Zeit bleibt.«

»Du wirst gefälligst wieder ganz gesund werden«, erwiderte Emily streng.

»Kai bedeutet Essen und Koura steht für Krebs und Langusten«, erklärte ihr Hone in englischer Sprache.

Sicher steuerte der Maori das Boot durch die Bucht. Die Wellen glitzerten hell im Sonnenlicht. Im Hintergrund war die hohe Bergkette der Seaward Kaikoura Range zu sehen.

»Der Festlandsockel fällt auf fast 1600 Metern ab«, berichtete Hone weiter. »Die Strömungsverhältnisse und die Nahrungsquellen locken die Wale hierher.«

Emily genoss den Wind in ihrem Haar und die salzige Luft in ihrem Gesicht. Das Boot schien geradezu über die Wellen zu hüpfen. Und dann tauchten sie auf. Zwei Wale, die das Boot rechts und links viele Meter begleiteten. Schließlich stieß einer wie zum Abschied eine Wasserfontäne in die Höhe, und schon tauchten sie wieder ab zu ihren Nahrungsquellen.

»Ich habe meine Schwester lange nicht mehr so glücklich gesehen wie heute.« Hendrik nahm Emily in die Arme.

Sie schmiegte sich an ihn, genoss die Wärme seines Körper. »Ist das nicht seltsam, wie alles gekommen ist? Wegen Melissa wollte ich nicht zum Klassentreffen. Und nun habe ich mich sogar mit ihr versöhnt. Noch vor wenigen Tagen hätte ich geschworen, dass es dazu niemals kommt. Das alles ist nur passiert, weil Raphaels Ex sich von ihm getrennt hat.«

Hendrik lächelte. »Ja, manchmal geht das Schicksal seltsame Wege. Und manchmal genügt schon die kleinste Änderung, und dann kommt alles ganz anders.«

»Wenn ich Raphaels Einladung nicht angenommen hätte …«

Hendrik schüttelte den Kopf. »Daran will ich nicht denken. Du bist hier – ich bin hier! Alles andere spielt keine Rolle.«

Hendrik schaute sie an. In seinen Augen lag ein zärtlicher Glanz. »Ich habe mich in dich verliebt«, sagte er leise.

Emily strahlte. »Das passt ganz gut. Zufällig habe ich mich nämlich auch in dich verliebt.«

Als er sie küsste, schloss sie die Augen und vergaß alles um sich herum. Jetzt und hier gab es nur noch ihn und sie!

Kapitel 31

Sie erreichten Wellington in den frühen Morgenstunden. Tim setzte große Hoffnungen auf die Hauptstadt Neuseelands. Hier würden sie doch sicher Hinweise auf eine ehemals große Konzertpianistin und einen erfolgreichen Geiger finden.

»Da bin ich.« Strahlend schön stand Anna vor ihm. Sie hatten beschlossen, gemeinsam in der Stadt zu frühstücken. Später wollten sie sich mit einem neuseeländischen Kollegen von Tim treffen.

Tim hatte einige neuseeländische Zeitungsredaktionen angeschrieben, von seiner Suche berichtet und gefragt, wo er alte Zeitungsarchive finden konnte. Bereits vierundzwanzig Stunden später erhielt er einen Anruf von Bob Reeves. Der neuseeländische Kollege arbeitete für *The Dominion Post* und hatte Tim angeboten, in den ausgelagerten Archiven nach Hinweisen zu Grit und Paul zu suchen.

Der Hafen von Wellington besaß eine wunderschöne Strandpromenade, und so fanden sie schon bald ein hübsches Café. Während sie auf ihr Frühstück warteten, blickte Tim verträumt aufs Wasser. »Vielleicht waren Grit und Paul auch einmal hier«, überlegte er. »Genau auf dieser Strandpromenade, mit der gleichen Aussicht, die wir jetzt haben.«

»Ich ertappe mich auf der ganzen Reise bei dem Gedanken, ob ich mich gerade an einem Ort befinde, wo die beiden einmal waren. Sie haben dasselbe Meer gesehen, denselben Himmel. Sie haben hier gelebt, sich geliebt und konnten für eine begrenzte Zeit ihr Glück auskosten.«

Tim spürte einen schmerzhaften Druck beim Gedanken an das Ende dieser großen Liebe. Hatte seine Großmutter je davon erfahren? Hatte Opapa auch danach noch einmal Kontakt zu Grit gehabt?

»Ist es nicht schrecklich, dass sie sich trennen mussten? Dass sie ihre Liebe nicht leben durften?«, sinnierte Anna.

»Ja.« Allerdings hatte Tim eine Einschränkung. »Aber wenn Opapa 1958 nicht nach Hause gekommen wäre, hätte ich ihn nie kennengelernt«, sagte er leise. »Und ich weiß nicht, was ohne ihn aus mir geworden wäre.«

Anna sah ihn betroffen an. »Das stimmt natürlich auch. Daran habe ich nicht gedacht.«

Tim schaute hinaus auf das glitzernde Wasser. »Eigentlich ist das ein sehr egoistischer Gedanke. Ich hätte Opapa alles Glück dieser Welt gewünscht, und ich bin sicher, dass er mit meiner Großmutter glücklich war, wenn auch anders. Aber gleichzeitig möchte ich die Zeit mit ihm nicht missen. Wenn ich von meinem Opapa rede, meine ich damit den alten, weisen Mann, der mich aufgezogen und mich so vieles gelehrt hat.« Er lächelte. »Und wenn ich von Paul rede, sehe ich den jungen verliebten Mann vor mir …« Er brach ab.

»… der den Traum des Musikers und die große Liebe nur für eine kurze Zeit gelebt hatte«, brachte sie seinen Satz zu Ende.

»Ja. Und seit ich das weiß, frage ich mich immer wieder, wie er danach weitermachen konnte.«

»Deine Großmutter war schwanger. Er hat sie sicher auch geliebt.« Anna stockte. »Vielleicht sogar mehr als Grit. Vielleicht war meine Großmutter nicht mehr als eine Affäre für ihn.«

»Ich weiß es nicht.« Tim starrte eine ganze Weile vor sich hin. »Ich weiß es nicht«, wiederholte er.

»Wie war denn das Verhältnis deiner Großeltern zueinander?«

Tim überlegte. »Ich war erst zwölf Jahre alt, als meine Großmutter starb. Danach war ich mit Opapa allein. Mir ist nie etwas Besonderes an ihrer Beziehung aufgefallen, aber wenn ich jetzt darüber nachdenke, kann ich mich nicht daran erinnern, dass sie sich einmal in den Arm genommen oder sogar geküsst hätten, nicht mal in den zwei Jahren, in denen ich noch mit beiden zusammengelebt habe. Sie haben aber auch nie miteinander gestritten.«

»Wie hat dein Großvater auf den Tod deiner Großmutter reagiert?«

»Er war traurig. Wehmütig irgendwie. Und er ist mit mir ans Meer gefahren, sooft es ging.« Tim lächelte in der Erinnerung an diese Zeit. »Wir sind in allen Ferien ans Meer gefahren.« Plötzlich war da eine Erinnerung, die sich in sein Bewusstsein kämpfte. Ein Satz, an den er seit langer Zeit nicht gedacht hatte. »Das Meer nimmt deine Träume mit und bringt sie dorthin, wo du einmal glücklich warst«, flüsterte er.

Überrascht wandte er sich Anna zu, die ihn erstaunt ansah. »Das ist mir gerade eingefallen«, sagte er. »Genau das hat er gesagt zu mir, bei einem dieser Urlaube. An einem Abend, als wir am Strand saßen. Ich muss damals so ungefähr fünfzehn gewesen sein.«

Anna wirkte plötzlich aufgeregt. »Im Besitz meiner Großmutter haben wir eine Komposition gefunden, die sie nie beendet hat. Und am Rand hatte sie die Worte geschrieben: *Das Meer bringt deine Träume zu mir.*« Ihre Augen füllten sich mit Tränen.

Tim war selbst so bewegt, dass er nichts sagen konnte.

»Eine unvollendete Komposition«, sagte Anna leise. »So wie ihre Liebe nie vollendet wurde.«

Bob Reeves war klein und rund. Sein Gesicht unter dem blonden Lockenkopf war mit Sommersprossen übersät. Er war fröhlich, überaus sympathisch und offensichtlich von dem Wunsch beseelt, Tim und Anna zu helfen.

»Eine interessante Geschichte«, sagte er. »Aber keine Sorge, ich glaube nicht, dass sich außer euch heute noch jemand dafür als Story interessiert. Damals wäre es freilich ein Skandal gewesen, aber die beiden haben ihre Affäre geschickt verheimlicht.«

Es ärgerte Tim, dass sein Kollege diese große Liebe als Affäre abtat. Aber er schwieg, um nicht doch noch dessen journalistische Neugier zu erwecken. Und wie sich herausstellen sollte, hatte Bob mit seinen Recherchen wirklich gründliche Arbeit geleistet.

»Grit war bereits eine bekannte Konzertpianistin, als sie Paul kennenlernte«, berichtete er. »Ich habe herausgefunden, dass sie nur hier in Neuseeland gemeinsam aufgetreten sind. Als Paul das Land verließ, hat er damit offensichtlich auch seine Karriere beendet, die gerade erst am Anfang stand.«

»Er hat alles aufgegeben«, flüsterte Anna.

»Ja.« Bob ließ seinen Blick zwischen ihnen hin- und herwandern. »Wisst ihr, warum?«

»Für ihn hatte das alles keinen Sinn mehr«, sagte Tim leise. »Seine Liebe zur Musik war eng an die Liebe seines Lebens gebunden.« Er konnte förmlich spüren, was in seinem Großvater vorgegangen war, konnte die tiefe Verzweiflung nachempfinden, die er empfunden haben musste, als er Neuseeland verließ.

»Paul lebte in Gisborne«, unterbrach Bob seine Gedanken. »Ich habe die Adresse herausgefunden, das Haus wird heute als Ferienhaus vermietet«, sagte er. »Grit hingegen lebte in dieser Zeit offiziell in Tauranga, fast dreihundert Kilometer von Gisborne entfernt. Einige wenige Fotos, die ich in den Archiven aufstöbern konnte, zeigen sie aber in Gisborne. Und bis auf das offizielle Konzertfoto habe ich kein Foto entdecken können, auf dem die beiden zusammen zu sehen sind.« Bob reichte ihnen Abzüge, die Paul als jungen Geiger zeigten.

»Er sieht aus wie du, Tim«, staunte Anna.

»Dafür siehst du aus wie deine Großmutter.« Tim betrachtete sie, und ein zärtliches Gefühl durchflutete ihn. »Bis auf die Haarfarbe. Dein Gesicht, der Ausdruck deiner Augen, deine Lippen … es ist geradezu verblüffend.«

Bobs rundes, sommersprossiges Gesicht verzog sich zu einem Lächeln. »Es ist fast so, als wären die beiden zurückgekehrt«, stellte er fest. »Habt ihr zwei eigentlich was miteinander?«

Die unverblümte, sehr indiskrete Frage ließ sie beide zusammenzucken.

»Typisch Journalist«, konterte Tim schließlich und umschiffte damit den peinlichen Moment.

Bob zuckte die Schultern. »Ich habe da noch einen Namen für euch«, sagte er schließlich und suchte zwischen den Fotos und Zeitungsausschnitten, die er für Anna und Tim kopiert hatte. Das Zeitungsfoto, das er hervorzog, zeigte Grit mit einer Frau in ihrem Alter. Die beiden standen nebeneinander, die Arme eingehängt, und lachten in die Kamera. Ihre Kleider entsprachen der damaligen Mode, ebenso wie die Frisuren, und strahlten den Charme der späten 1950er aus. Die Inschrift unter dem Foto erwähnte Grit als Konzertpianistin zusammen mit ihrer besten Freundin Diane Winslet.

»Diane!« Aufregung erfüllte Tim, und Anna ging es offensichtlich nicht anders.

»Wir sind bereits auf diesen Namen gestoßen.« Sie erzählte Bob von dem Aufkleber mit dem eingedrückten Namen und der Nummer auf Pauls Koffer. »Wir haben dazu aber keine weiteren Hinweise finden können«, schloss sie.

»Viel habe ich leider auch nicht über sie herausgefunden, nur ihre letzte Anschrift in Tauranga. Dort wohnt sie allerdings nicht mehr. Ich weiß nicht einmal, ob sie überhaupt noch lebt. Aber vielleicht findet ihr vor Ort mehr heraus.« Bob legte den Zettel zu den Kopien.

Sie würden in drei Tagen in Gisborne und in vier Tagen in Tauranga einlaufen. Die Zeit bis dahin kam Tim endlos vor. Er spielte mit dem Gedanken, einen Wagen zu mieten und diese Orte sofort aufzusuchen, doch als er Anna diesen Vorschlag machte, wehrte sie ab. »Ich muss heute und morgen Abend spielen«, sagte sie. »Aber du kannst dich natürlich allein auf den Weg machen«, fügte sie zögernd hinzu.

»Nein! Ich suche nur mit dir zusammen weiter«, lehnte Tim entschieden ab.

Sie schaute ihn an, warm und hell, und er wusste, dass sie sich über seine Aussage freute.

Zum Dank für seine Hilfe luden sie Bob zum Mittagessen in ein Restaurant seiner Wahl ein, worüber er sich sichtlich freute. Er entschied sich für ein Lokal in der Cuba Street, mitten in einem Szene- und Künstlerviertel, in dem unterschiedliche Kulturen aufeinandertrafen.

Danach zeigte er ihnen seine Stadt. In der Shelly Bay prangte über ihnen in riesigen weißen Buchstaben der Name der Stadt, während sie Delfine beobachteten. Der Schriftzug wirkte wie jener berühmte in Hollywood, doch die letzten beiden Buchstaben waren so angebracht, als würden sie vom ewigen Wind in Wellington weggeweht.

Bob verwies sie auf die zahlreichen Hinweise zur Herr-der-Ringe-Trilogie, die eine weitere Verbindung zwischen den beiden Städten schufen. Tim war begeistert. Der erste Teil war hier gedreht worden, und so führte Bob sie im Stadtpark genau zu der Stelle, wo die Hobbits dem schwarzen Reiter das erste Mal begegneten.

Bob brachte sie kurz vor dem Ablegen der *MS Kristiana* zurück zum Hafen. Tim und Anna waren ihm zutiefst dankbar und versprachen, ihn auf dem Laufenden zu halten.

»Das war ein aufregender Tag«, sagte Tim, als Bob sich verabschiedet hatte.

Anna nickte lediglich zur Antwort. Sie sah müde aus.

»Kann ich etwas für dich tun?«, fragte Tim sanft.

»Nein, danke. Ich bin einfach erschöpft. Und ich muss noch arbeiten.« Sie lächelte. »Und ich brauche jetzt mein Klavier. Wenn ich spiele, kann ich Dinge besser verarbeiten.«

Er lächelte zurück, obwohl er enttäuscht war.

»Kommst du mit?«, bat sie, und im selben Moment verflog seine Enttäuschung. Er griff nach ihrer Hand, die sie ihm entgegenstreckte, umfasste sie, hielt sie ganz fest. Anna ließ es geschehen, lehnte sich an ihn. Er spürte ihre Anspannung und dachte daran, wie oft sie in der Vergangenheit enttäuscht worden war. Er hätte ihr gerne gesagt, dass sie ihm vertrauen konnte. Hätte ihr gerne gesagt, was er für sie empfand …

Aber dazu war es noch zu früh. Tim genoss ihre Wärme, den Duft ihres Haares unter seiner Nase. Er hätte ewig so mit ihr hier auf dem Kai stehen können, doch das Rufen und Lachen zweier Kinder riss sie aus ihrer Versunkenheit. Die Familie mit den beiden Kindern und der Teenagertochter lief die Gangway hinauf.

»Lynn, kannst du das Smartphone nicht endlich aus der Hand legen?«, schimpfte die Mutter. Der große Mann neben ihr hatte seinen Arm um ihre Schulter gelegt.

»Nein!« Das Mädchen schaute nicht einmal auf. »Ich muss meinen Freunden die Fotos aus den Filmstudios schicken.«

Tim und Anna lächelten einander zu, dann folgten sie ihnen in das Innere der *MS Kristiana.*

Gisborne war auf den ersten Blick eine Enttäuschung. Das Spektakulärste schien der Hinweis zu sein, dass es die östlichste Stadt der Welt war, und damit die Stadt, die jeden Morgen den Sonnenaufgang als Erste erlebte.

Auf den zweiten Blick gefiel Tim die Ursprünglichkeit. »Es sieht fast noch so aus wie auf den Fotos, die Bob uns gegeben hat.«

»Und keine Reisebusse voller Touristen«, ergänzte Anna.

»Ja. Laut Reiseführer sind fast die Hälfte der Bewohner Maori. Dieser Teil Neuseelands passt zu meinem Großvater.«

Mit einem Taxi ließen sie sich zu der Adresse fahren, die Bob ihnen gegeben hatte. Wenige Minuten später standen sie vor dem eingeschossigen Haus, in dem Paul während seiner Zeit in Neuseeland gelebt hatte. Es hatte eine breite Veranda, die offenbar rund um das Haus führte. An der einen Seite waren gläserne Flügeltüren zu sehen. Drei Stufen führten zur Eingangstür. Der Garten wirkte eher notdürftig als von einem Gärtner gepflegt. Ein großer Pohutukawa in dessen Mitte breitete seine kuppelartige Krone aus.

Kein Mensch war zu sehen, das Haus wirkte verlassen.

»Hallo!«, rief Tim, nachdem er vergeblich gegen die Tür geklopft hatte. Plötzlich fühlte er sich aufgeregt, er spürte, dass er kurz vor dem Ziel war, und er hatte nicht die Absicht, unverrichteter Dinge von hier abzuziehen.

Doch nichts geschah. Alles blieb still.

Sie beschlossen, einmal um das Haus zu gehen. Tim blieb immer wieder stehen, schloss die Augen, sog tief die milde Luft ein, während er sich in die Vergangenheit versetzte. In ihm brannten die Sehnsucht nach seinem Großvater und der Wunsch, ihm unzählige Fragen stellen zu können.

Mehr als sechzig Jahre war es her, seit Opapa in diesem Haus gelebt hatte. Zusammen mit Grit und ihrer kleinen Tochter.

Ob er da drinnen Geige gespielt und dabei hier in den Garten geschaut hatte? Ob Grit an seiner Seite gewesen war, wenn er auf der Terrasse gestanden und auf die blaue Bucht geschaut hatte? Wahrscheinlich hatten sie hier auch zusammen musiziert.

Sie sprachen kein Wort, auch Anna schien tief berührt von diesem ganz besonderen Ort.

Als sie nach ihrem Rundgang erneut die Vorderseite erreichten, stand plötzlich eine ältere Dame am Gartentor und fragte, ob sie das Haus mieten wollten.

Was für eine Vorstellung, das Haus zu mieten und genau hier zu wohnen! Selbst wenn es nur für kurze Zeit wäre. »Nein, leider nicht.« Tim erklärte ihr den Grund ihrer Anwesenheit und erkundigte sich nach seinem Großvater. »Er hat 1958 in diesem Haus gelebt.«

»Oh, das ist ja aufregend! Aber ich fürchte, ich kann Ihnen nicht weiterhelfen. Das Haus gehörte zwar damals der Familie meines verstorbenen Mannes, aber ich weiß nicht, wer zu dieser Zeit hier wohnte. Ich war 1958 erst vierzehn Jahre alt. Wenn Sie möchten, erkundige ich mich bei meiner Familie und in meinem Bekanntenkreis. Vielleicht finde ich jemanden, der Ihnen etwas über die damaligen Bewohner sagen kann.«

Tim nickte, aber er war sehr enttäuscht.

Der Frau entging das offenbar nicht. »Wenn Sie möchten, können Sie sich das Haus gerne von innen ansehen. Es wurde seit 1958 allerdings einige Male renoviert und neu eingerichtet.«

Tim stimmte sofort zu, und auch Anna nickte.

»Lediglich das alte Klavier ist noch da«, fügte die Frau hinzu. »Aber darauf spielt niemand, es ist sicher völlig verstimmt.«

Tim bemerkte, wie ein Ruck durch Anna ging. »Oh ja, bitte, ich möchte das Haus von innen sehen«, sagte sie hastig.

Sie erklommen die Eingangstreppe. Direkt hinter dem Eingangsbereich befand sich eine Kombination aus Wohnraum, Küche und Esszimmer. »Hinten raus sind die Schlafzimmer«, erklärte die alte Dame.

Anna schien das aber alles nicht zu interessieren. Sie stand vor dem Klavier, öffnete andächtig den Deckel. Dann schlug sie ein paar Tasten an. Es war kaum verstimmt, jedenfalls für Tims laienhafte Ohren nicht zu hören. Anna setzte sich auf den Stuhl davor. Tim beobachtete, dass sie tief durchatmete – und dann spielte sie *Grits Lied.*

Als der letzte Ton verklungen war, herrschte atemlose Stille. Tim war zutiefst ergriffen von der Vorstellung, dass auch Grit möglicherweise hier in diesem Raum, auf diesem Stuhl, an diesem Klavier gesessen und diese Melodie gespielt hatte, während Paul ihr zugehört oder sie sogar auf der Geige begleitet hatte.

Dann hörte er die ältere Dame sagen: »An diese Melodie kann ich mich erinnern. Diane hat sie immer gesummt.«

Er starrte sie an. »Diane? Sie kennen Diane Winslet?«

»Ja.« Das Gesicht der Frau nahm einen bekümmerten Ausdruck an. »Aber sie ist schon lange tot.«

Die Enttäuschung schlug mit harter Faust zu. Tim erkannte an Annas Blick, dass sie das Gleiche fühlte.

Plötzlich lächelte die Frau wieder. »Aber ihre Tochter Sally lebt noch. Irgendwo in Tauranga. Soll ich Ihnen die Adresse heraussuchen?«

Eine Welle der Aufregung erfasste Tim. Er hatte das Gefühl, auf der Zielgeraden zu sein, mit dem Ziel in greifbarer Nähe.

Die Dame bot an, sie nach Hause zu begleiten, und Tim und Anna folgten der Einladung gerne. Es war ein Fußweg von wenigen Minuten.

Sie schrieb nicht nur die Adresse von Sally auf, sondern notierte auf dem Zettel auch ihre eigene Telefonnummer und ihren Namen: Susan Makoare. »Ich könnte mir vorstellen, dass Sie sich das mit dem Haus noch einmal überlegen«, sagte sie lächelnd.

Am frühen Abend brach die *MS Kristiana* zu ihrem vorletzten Halt auf.

Anna und Tim trafen sich in einer von Annas Spielpausen auf dem Außendeck. »Das war ein aufregender Tag«, sagte sie.

Er sah sie zärtlich an. »Ich bin froh, dass wir ihn zusammen erlebt haben. Es ist verrückt, einerseits will ich so schnell wie möglich alles erfahren, aber ich bin auch traurig, wenn es vorbei ist.«

»Ich weiß genau, was du meinst«, sagte sie.

»Ich möchte nicht, dass sich unsere Wege danach wieder trennen«, sagte Tim ehrlich.

»Das möchte ich auch nicht«, sagte Anna leise. »Vielleicht können wir die Geschichte von Grit und Paul zu einem guten Ende bringen«, ergänzte sie.

»Ich würde es mir wünschen.« Er suchte ihren Blick.

»Ich auch«, sagte sie. Sie ließ geschehen, dass er sie in die Arme nahm. Sanft, behutsam. Er wusste, dass sie Zeit brauchte, bevor sie wieder einem Mann vertrauen konnte. Und er wünschte sich so sehr, dieser Mann zu sein.

Als er sie küsste, spannte ihr ganzer Körper sich zunächst an, doch dann gab sie den Widerstand auf und erwiderte seinen Kuss.

Tauranga entpuppte sich als Urlaubsparadies in der Bay of Plenty. Es war weitaus mondäner als Gisborne, hier wirkte alles stylisch und modern.

Tim hatte noch am vergangenen Abend mit Sally Scott telefoniert. Sie hatte bereits mit seinem Anruf gerechnet, nachdem Susan Makoare sie darauf vorbereitet hatte. Sie war gern bereit, sich gegen Mittag mit ihm und Anna zu treffen.

Sie beschlossen, sich die Zeit bis dahin mit einem Ausflug auf den Mount Maunganui zu vertreiben. Der Aufstieg war anstrengend, dafür wurden sie mit einem unvergleichlichen Blick über weiße Sandstrände und den Pazifik belohnt.

»Wir dürfen uns keine zu großen Hoffnungen machen«, mahnte Tim, als sie wenige Minuten vor der angegebenen Zeit das Haus erreichten, in dem Diane Winslets Tochter lebte. Ein einstöckiges Gebäude, mitten im Grünen gelegen.

Tim entlohnte den Taxifahrer, dann betraten sie durch ein Gartentor das weitläufige Grundstück. Ein leichter Wind kam vom Pazifik und spielte mit dem Laub der Bäume.

Tim war nervös.

Anna schien seine Verunsicherung zu spüren. Als sich ihre Hand in seine stahl, hielt er sie ganz fest.

Sally hatte sie offenbar bemerkt, denn sie riss die Tür auf und begrüßte sie überschwänglich. Sie war sehr dünn und klein, in eine blaue Hose und eine blaue Bluse gekleidet.

»Sie sehen genauso aus wie Ihr Großvater«, sagte sie herzlich, nachdem sie Tim aufmerksam gemustert hatte.

Tim fiel ein Stein vom Herzen, denn es bedeutete auch, dass Sally Paul auf jeden Fall gekannt hatte. Ebenso wie Grit, denn mit dem nächsten Satz äußerte sie Ähnlichkeiten in Annas Zügen. Anna drückte Tims Hand.

Sally ging ihnen humpelnd voran ins Wohnzimmer, wo sie den Tisch mit Kaffeetassen und Gebäck gedeckt hatte. Sie bat Tim und Anna, Platz zu nehmen, füllte die Tassen und setzte sich mit leisem Stöhnen selbst. »Arthrose«, sagte sie leichthin. Sie strich über ihre Beine und legte ihre faltigen Hände übereinander.

»Bitte, greifen Sie zu.« Sie nickte in Richtung des Kuchens, dann begann sie übergangslos, zu erzählen.

»Ich war noch ein Kind, als Paul und Grit in das kleine Haus in Gisborne einzogen. Zusammen mit Grits Tochter Audrey. Sie waren wie eine kleine Familie, aber wir alle wussten, dass sie eigentlich keine Familie waren.« Sally verstummte. Ihr Blick glitt an ihnen vorbei und schien Bilder aus der Vergangenheit wahrzunehmen. Tim konnte seine Ungeduld nur mit Mühe zügeln, und auch Anna neben ihm hielt gespannt den Atem an.

»Die beiden haben sich so sehr geliebt«, fuhr sie schließlich fort. »Sie haben sich zufällig auf einem gemeinsamen Konzert kennengelernt. Bei beiden war es Liebe auf den ersten Blick. Obwohl Grit ein paar Jahre älter war als Paul und er kurz vor seiner Abreise geheiratet hatte.«

Sally schaute Tim an. »Er hatte gerade beschlossen, sich von deiner Großmutter zu trennen, da erhielt er die Nachricht, dass sie ein Kind erwartete.«

»Meinen Vater«, sagte Tim leise.

Sally nickte. »Meine Mutter war eine enge Freundin deiner Großmutter«, wandte sie sich jetzt an Anna. »Daher weiß ich, dass Paul und Grit nächtelang geredet, diskutiert, sogar gestritten und geweint hatten. Das Ergebnis blieb immer gleich: Sie wussten beide, dass sie nicht miteinander glücklich werden konnten, wenn sie dadurch andere Menschen ins Unglück stürzten. Nach Pauls Abreise ist auch Grit nie mehr nach Gisborne zurückgekehrt.«

Tim schluckte schwer und blickte zu Anna. Tränen liefen über ihre Wangen.

»Leider verlor meine Mutter dadurch auch den Kontakt zu Grit. Sie hat sie nie wiedergesehen. Deshalb weiß ich nicht, was aus ihr oder Audrey geworden ist.«

Tim erhob sich und trat zu Sally. Tief bewegt griff er nach ihren Händen. »Danke! Von ganzem Herzen.«

»Es ist vorbei«, sagte Anna, als sie Stunden später wieder auf der *MS Kristiana* waren.

»Nein«, widersprach er. »Es fängt gerade erst an.« Er lächelte.

»Weißt du, was ich jetzt am liebsten machen würde?«, fragte sie. »Für Grit und Paul?«

Tim schaute sie an, verstand sofort, was sie meinte. »Nicht nur für Grit und Paul«, sagte er, »sondern auch für uns.«

Er zog sie an sich, küsste sie. »Bist du dir ganz sicher?«

»Ich könnte Klavierunterricht geben.« Sie lächelte.

»Und ich kann von hier aus arbeiten und meine Artikel nach Deutschland schicken. Oder ich suche mir einen Job als freiberuflicher Journalist.«

Sie schmiegte sich an ihn. »Oder du schreibst ein Buch über Grit und Paul.«

»Das wird ein wundervolles Abenteuer«, sagte er. »Nur du und ich.«

»Nur du und ich«, wiederholte sie leise. Dann schlang sie die Arme um seinen Hals und küsste ihn.

»Die *MS Kristiana* ist jetzt auf dem Weg nach Auckland«, sagte Anna. Sie stand neben Tim auf der Veranda und schaute hinauf in den sternenübersäten Himmel.

»Ja.« Er legte einen Arm um ihre Schultern und zog sie an sich. »Es war sehr nett von deinem Kapitän, dich vorzeitig von Bord zu lassen.« Sie hatten gleich nach ihrer Rückkehr zum Schiff mit Kapitän Fredriksen geredet. Er hatte keine Sekunde gezögert und ihren Plänen zugestimmt, und so hatten sie sofort ihre Sachen gepackt. Als Tim Susan Makoare anrief, um das Haus zu mieten, war sie nicht im Geringsten überrascht gewesen.

»Ja, das stimmt. Und ich bin froh, dass die Reederei mich für ein halbes Jahr beurlaubt hat.« Anna schmiegte sich an ihn.

»Spielst du denn mit dem Gedanken, zurückzugehen?« Tim drückte sie fest an sich.

»Nein.« Sie lachte. »Das war Kapitän Fredriksens Idee, falls ich es mir noch einmal anders überlegen sollte. Aber ich weiß jetzt schon, dass ich nirgendwo lieber sein will als hier mit dir.«

»Ich liebe dich!«, sagte er.

»Ich liebe dich.« Sie küsste ihn, dann ging sie ins Haus. Sanfte Klaviertöne erklangen, perlten durch die offenen Verandatüren nach draußen und umfingen ihn mit all der Liebe, mit der sie geschrieben worden waren.

»*Grits Lied*«, sagte er leise. Dann drehte er sich um und ging zu Anna …

Epilog

Die *MS Kristiana* fuhr in den letzten Hafen dieser Kreuzfahrt ein. Die Skyline von Auckland, der größten Stadt Neuseelands zwischen dem Pazifik und der Tasmanischen See, begrüßte sie.

Adrian stand auf der Brücke. Beim Anblick des Sky Tower, der alle anderen Gebäude überragte, überkam ihn Wehmut. Er hatte keine Zeit, sich die Stadt anzusehen. Bereits in ein paar Stunden würde er zusammen mit Eva zurück nach Hamburg fliegen. Sein Schwiegervater hatte ihn zurückbeordert, damit er ihm und vor allem der Polizei zeitnah über die Vorfälle auf der *MS Kristiana* Bericht erstattete.

»Manfred Reincke ist bereits auf dem Weg nach Auckland und wird die *MS Kristiana* zurück nach Bergen steuern.« Adrian stellte die Motoren ab und wandte sich an seinen ersten Offizier. »Es war wieder ein Vergnügen, mit dir zu arbeiten.«

»Das kann ich nur zurückgeben.« Ben Mermann lächelte. »Es war eine aufregende Fahrt.«

»Mir war es ein wenig zu aufregend«, erwiderte Adrian trocken, dann verabschiedete er sich von Ben und den anderen Mitgliedern seiner Crew auf der Brücke und stieg die Treppe hinunter.

Jasmin stand an der Rezeption und schüttelte gerade einem älteren Herrn die Hand. »Alles Gute, Herr Luis«, hörte Adrian sie sagen. »Ich hoffe, es hat Ihnen ein wenig gefallen.«

»Ein bisschen viel Wasser, aber sonst war es ganz in Ordnung«, sagte er brummelnd.

Adrian trat zu ihr, nachdem der Passagier gegangen war. Sie schauten sich schweigend an.

»Mein Schwiegervater hat mir mitgeteilt, dass du dich auf ein anderes Schiff versetzen lassen willst?«

»Ich weiß noch nicht, ob ich das will. Ich habe zumindest angefragt«, erwiderte sie. »Ich habe bisher aber noch keine Entscheidung getroffen.«

Er nickte, während er versuchte, zu ergründen, was ihre Worte in ihm auslösten.

»Ich habe noch etwas für dich.« Sie griff unter den Tresen und förderte die Weinflasche aus Svolvær zutage. »Ich finde, du solltest den Wein jetzt wieder an dich nehmen.«

»Jasmin, ich ...« Sie wurden abgelenkt, als eine Gruppe abreisebereiter Passagiere erschien. Auch Marisol trat an die Rezeption.

Adrian fühlte sich mit einem Mal vollkommen leer und ausgebrannt. »Vielleicht sehen wir uns vor meiner Abreise noch.«

»Ja.« Sie lächelte knapp, dann forderten die Passagiere ihre Aufmerksamkeit.

Nachdenklich machte Adrian sich auf den Weg zu Magnus, um ihn darüber zu informieren, dass er heute abreisen würde. Als er vor dessen Kabinentür stand, glaubte er Stimmen dahinter zu hören. Er klopfte an, und plötzlich war es auf einen Schlag still. Sekunden später riss Magnus die Tür auf, umgeben von einer Duftmischung aus Iris und Jasmin. Es war offensichtlich, dass er nicht allein in seiner Kabine war.

Magnus zog eine Augenbraue in die Höhe und deutete auf die Weinflasche. »Ist die für mich?«

»Nein«, erwiderte Adrian kühl. »Ich will dich nur kurz informieren, dass ich heute zurück nach Deutschland fliege. Manfred Reincke übernimmt wieder das Kommando.«

»Okay. Guten Flug.«

Adrian nickte zur Antwort. »Viel Spaß«, wünschte er knapp, während er kurz überlegte, welches weibliche Crew-Mitglied wohl in Magnus' Kabine war. Doch dann schob er den Gedanken beiseite. Das war allein Magnus' Sache, und es interessierte ihn auch nicht wirklich.

Adrian sah Jasmin nicht mehr, vermutlich ging sie ihm aus dem Weg. Er wünschte, er …

»Bist du so weit?« Eva trat durch die offene Verandatür in seine Kabine.

Nein, ich bin nicht so weit. Und eigentlich will ich jetzt auch nicht weg. Doch entgegen seiner Überzeugung nickte er.

»Adrian, ich muss dir etwas sagen.« Eva klang besorgt.

Adrian war sofort alarmiert. »Ist etwas mit Fenja?«

»Nein, sie freut sich auf uns.« Eva schloss für einen Moment die Augen. »Es ist nur … ich weiß, es klingt verrückt, aber ich glaube, Kristiana ist wieder aufgetaucht.«

Adrian war vollkommen überrascht. »Hast du sie gesehen?«

»Ja … Nein … Ich weiß es nicht«, sagte Eva hilflos und berichtete von dem Foto und ihrer Unsicherheit seitdem. »Leider habe ich es gelöscht«, schloss sie.

»Warum?«

»Ich weiß es nicht.« Sie presste die Lippen aufeinander. »Ach, vergiss es«, bat sie gleich darauf. »Es tut mir leid, dass ich überhaupt davon angefangen habe. Und sag meinem Vater bitte nichts. Ich will nicht, dass er sich falsche Hoffnungen macht.«

»Aber Eva – wenn Kristiana wirklich noch lebt, wird sie sich bestimmt melden«, sagte Adrian, allerdings mehr, um sie und sich selbst zu beruhigen. Warum hatte sie es noch nicht getan?

»Ja.« Eva lächelte knapp. »Lass uns gehen«, bat sie. »Ich möchte das Flugzeug nicht verpassen. Fenja freut sich auf uns.«

Der Gedanke an Fenja erwärmte Adrians Herz. Und so schwer es ihm im Moment auch fiel, hier wegzugehen, so wusste er doch, dass er bald wieder auf die Brücke der *MS Kristiana* zurückkehren würde.

Wenn Sie mehr über Annas Großmutter und Urgroßmutter erfahren wollen, empfehlen wir die Tierärztinnen-Saga *von Sarah Lark.*

Im ersten Band Die Tierärztin – Große Träume *beginnt die mitreißende Lebensgeschichte Nellies und ihrer Tochter Grietje, die als Erwachsene nur noch Grit genannt wurde.*

SARAH LARK
DIE TIERÄRZTIN
Große Träume
ROMAN
LÜBBE

Leseprobe aus

SARAH LARK

Die Tierärztin – Große Träume

Prolog

Belgien – Ledegem bei Kortrijk
1906

Nellie verließ die Tierarztpraxis und lief um das Haus der De Groots herum zur Pferdeweide. Sie war spät dran, und tatsächlich stand Phipps' Pony nicht mehr auf der Koppel. Der Junge musste selbst damit ausgeritten sein. Dann hörte sie jedoch Geigentöne aus dem kleinen Stall, den sich das Pony mit dem Kutschpferd von Phipps' Vater teilte.

Nellie lächelte. Ihr Ausritt war damit gerettet. »Phipps! Warum hast du Cees denn in den Stall gebracht?«

Sie stieß die Tür auf, und der kleine Schimmel begrüßte sie mit einem dunklen Wiehern. Der braunhaarige Junge, der auf einem Strohballen gesessen und seine Geige gestimmt hatte, sah zu ihr auf.

»Na, weil du nicht da warst«, antwortete er. »Und Mama sollte doch glauben, ich wär ausgeritten.« Auch der zwei Jahre ältere Philipp, den Nellie, seit sie sprechen konnte, Phipps nannte, hielt sich nicht mit einer Begrüßung auf, obwohl sie sich seit dem Vortag nicht gesehen hatten. Sie besuchten verschiedene Schulen in Kortrijk, der nächstgrößeren Stadt, und kamen stets erst im Laufe des Nachmittags nach Hause. Sobald sie sich dann trafen, war die Trennung allerdings vergessen. Nellie und Phipps waren Nachbarskinder, standen sich aber näher als Geschwister. »Warum kommst du so spät?«

Nellie schüttelte den Kopf. »Ich wurde aufgehalten.« Ihre hellbraunen Augen leuchteten auf, als sie zu erzählen begann. Sie nahm sich ebenfalls einen Strohballen vom Stapel und platzierte sich Phipps gegenüber. »Ich war bei deinem Vater in der Praxis. Ich hab ihm geholfen.« Sie wies fast stolz auf ihre weiten Leinenhosen, auf denen Blutflecken zu sehen waren. »Er musste einem Hund ein Bein amputieren. Ein Notfall. Und keiner war da, um ihm zu helfen. Ich hab gesehen, wie die Leute den armen Dropje brachten. Ein Jäger hat auf ihn geschossen, der Unterschenkel der linken Hinterhand war zertrümmert, Schienbein und Wadenbein durch. Aber Mevrouw De Boer wollte nicht, dass er eingeschläfert wird. Da hat dein Vater amputiert. Und er brauchte Hilfe – hat ganz schön geschimpft, dass du nicht da warst ... Schließlich hat er mich assistieren lassen. Und Phipps, er hat mich gelobt! Er sagte, ich gäbe einen guten Tierarzt ab, wenn ich ein Junge wäre.«

Nellie erhob sich wieder, griff nach dem Putzzeug und begann, das Pony aufzuhalftern und zu striegeln. Sie war hoch aufgeschossen und schlaksig mit ihren vierzehn Jahren und strotzte vor Energie. Phipps dagegen war eher ein ruhiger Junge. Seine einzige Leidenschaft war das Geigenspiel. Leider sahen es seine Eltern gar nicht gern, wenn er sich mit seinem Instrument irgendwo versteckte, statt zu reiten, Ballspiele zu machen oder in der Gegend herumzustreifen wie ein »richtiger Junge«.

Früher hatte er Letzteres ganz gern getan – in der Regel gemeinsam mit Nellie. Sie hatten von Kindheit an zusammen gespielt, und ihr zuliebe fing Phipps denn auch mal Kaulquappen oder klaute Kirschen im Garten eines Nachbarn. Das alles hatte jedoch geendet, als er die Musik für sich entdeckte. Sie öffnete ihrem Freund eine ganz neue Welt.

In Ledegem, dem kleinen belgischen Dorf, in dem Phipps und Nellie lebten, wurde nicht viel Musik gemacht. Allenfalls spielte beim Dorffest eine Blaskapelle. Wer Konzerte hören wollte, musste ins fünfzehn Kilometer entfernte Kortrijk fahren oder noch ein wenig weiter in die andere Richtung, nach Ypern. Nellies Eltern taten das gelegentlich. Theo und Greta De Groot machten sich dagegen nichts daraus, sie gingen höchstens mal ins Theater. Eine Geige hatte Phipps deshalb erst zwei Jahre zuvor zum ersten Mal gehört, als fahrendes Volk in der Gegend gastiert hatte. Phipps' Vater hatte eines ihrer Pferde behandelt – und Phipps hatte sich ganz und gar in den feurigen Weisen verloren, die sie abends am Feuer gespielt hatten. Nellie dachte noch gern an das Abenteuer zurück, als sie damals bei Nacht hinausgeschlichen waren, um die Zigeuner spielen zu hören. Ausnahmsweise ein Unternehmen, das von Phipps initiiert worden war. Gewöhnlich war sie es, die verbotene Ausflüge vorschlug.

Phipps hatte danach keine Ruhe mehr gegeben und sich eine Geige gewünscht – zum Geburtstag, zu Weihnachten oder zu allem zusammen. Sonst, so hatte er seine Eltern angefleht, bräuchten sie ihm nichts zu kaufen. Für eine Geige hatte er jahrelang auf jedes Geschenk verzichten wollen.

Schließlich hatte er sein Instrument erhalten, ein billiges Ding, das zunächst nur schaurige Quietschtöne von sich gab. Niemand hatte geglaubt, dass Phipps ihm jemals mehr entlocken würde, doch das Wunder geschah. Er erwies sich als musikalisch außergewöhnlich begabt, und bald mussten seine Eltern ihn bremsen, damit er nicht den ganzen Tag mit Üben verbrachte. Nellie ertrug das gelassen und war immer bereit, Phipps zu decken, wenn er Freiräume brauchte. So pflegte sie zum Beispiel sein Pony zu reiten, während er heimlich im Stall Geige spielte.

Inzwischen hatte sie den Schimmel gesattelt und ihre langen rotblonden Zöpfe unter eine Mütze gestopft. Niemand sollte erkennen, dass es ein Mädchen war, das mit dem lebhaften Pony über Wiesen und Waldwege galoppierte.

»Ich würde wahnsinnig gern Tierärztin werden«, sinnierte sie, als sie Cees aus der Box führte. »Und ich sehe nicht ein, weshalb ich dazu ein Junge sein müsste.«

Phipps sah nur kurz auf. »Mädchen nehmen sie nicht an der Hochschule«, stellte er lakonisch fest.

Nellie runzelte die Stirn. Wie ihr ganzes schmales Gesicht war sie mit Sommersprossen übersät. »Dann geh ich in ein anderes Land«, beschloss sie. »Irgendwo kann ich bestimmt studieren.«

Phipps schüttelte den Kopf. »Nirgends«, beschied er sie. »Ich weiß das zufällig, weil mein Vater gerade was über Frauen im Medizinstudium gelesen hat. Dazu werden sie jetzt in einigen Ländern zugelassen. Aber im Veterinärwesen nicht, und das sei auch gut so, meint mein Vater.«

Nellie blitzte ihn an. »Du stimmst ihm da doch wohl nicht zu?«

Phipps verdrehte die Augen. »Natürlich nicht. Keiner wäre ein besserer Tierarzt als du. So verrückt wie du nach den Viechern bist.«

Nellie sammelte von jeher Vögel mit gebrochenen Flügeln und räudige Katzen, die sich von ihr erstaunlicherweise einfangen und mit selbst hergestellter Ringelblumensalbe behandeln ließen. Inzwischen fanden sich an jedem Abend ganze Scharen von oft einäugigen oder dreibeinigen Hunden und Katzen am Hintereingang von Nellies Garten ein. Ihre Mutter fand die Tiere abscheulich und schimpfte, Nellie stand zu ihren Schützlingen.

»Dann musst du mich einfach mitstudieren lassen, wenn du an der Universität bist«, schlug sie jetzt vor. »Du schreibst bei den Vorlesungen mit, und ich lese deine Bücher. Wenn ich etwas nicht verstehe, erklärst du es mir. Das machst du für mich, oder?«

»Ich werde kein Tierarzt«, erklärte Phipps. »Ich werde Geiger, das weißt du doch.«

Nellie schüttelte nachsichtig den Kopf und machte Anstalten, das Pony aus dem Stall zu führen. »Ach, Phipps … natürlich wirst du Tierarzt. Dein Vater wird darauf bestehen, dass du später die Praxis übernimmst.« Dr. Theo De Groot hatte eine gut gehende Landpraxis. »Allenfalls könntest du stattdessen Medizin für Menschen studieren. Das ist ja wohl noch angesehener, da würde dein Papa nachgeben. Du müsstest dich dann nur woanders ansiedeln. Der Doktor für die Gegend hier wird später schließlich mein Bruder.«

Nellie war die Tochter des örtlichen Landarztes. Dr. Pieter Van der Heyden betrieb seine Praxis im Nachbarhaus der De Groots, und im Gegensatz zu Phipps konnte sein Sohn es kaum erwarten, ihm eines Tages nachzufolgen. Lukas war deutlich älter als Nellie und Phipps und würde in zwei Jahren mit dem Studium beginnen.

»Ich werde gar nichts in der Richtung«, sagte Phipps. »Ich kann kein Blut sehen.«

Nellie lachte. Das stimmte definitiv nicht, Dr. De Groot bestand seit Jahren darauf, dass ihm Phipps bei der Arbeit zur Hand ging. Er tat das nicht gern, aber übel wurde ihm dabei nicht.

»Wir werden ja sehen«, meinte sie und brach jetzt wirklich auf.

Kurz darauf galoppierte sie über die Feldwege rund um Ledegem und träumte von ihrer künftigen Praxis. Natürlich würde sie Tierärztin werden! Nellie war überzeugt davon, alles schaffen zu können, was sie sich vornahm. Phipps traute sie eine solche Entschlossenheit nicht zu. Sosehr er sich wünschte, Musik zu studieren – letztlich würde er tun, was sein Vater von ihm verlangte.

Studium

Belgien – Ledegem
Niederlande – Utrecht
1908 bis 1912

»Ich finde das überhaupt nicht erfreulich«, hörte Nellie ihre Mutter schimpfen, schon bevor sie die Wohnzimmertür geöffnet hatte. Ihre Eltern hatten sie zu einem ernsten Gespräch zitiert. »Natürlich ist es gut, wenn ein Mädchen rechnen kann – es muss ja eines Tages einen Haushalt führen, da sollte es lernen, mit seinem Budget auszukommen. Aber wozu braucht es Physik und Chemie? Diese Nonnen erziehen mir einen Blaustrumpf! Ich bin keineswegs dafür, ihnen Cornelia länger als nötig zu überlassen.«

Nellie hatte so etwas erwartet, doch als sie die Tür öffnete, fand sie es noch schlimmer, als sie befürchtet hatte. Ihr Vater hielt ihr Zeugnis in der Hand, das er aufmerksam studierte, ihre Mutter stand hinter ihm und warf ebenfalls einen Blick auf die Noten. In der Schule hatte es an diesem Tag Zwischenzeugnisse gegeben, und Nellie selbst war durchaus zufrieden mit sich. Sie war in allen wissenschaftlichen Fächern Klassenbeste und hatte es auch in Französisch und Niederländisch zu guten Noten gebracht. Im Anhang enthielt das Zeugnis die dringende Empfehlung, sie nach Abschluss des Schuljahrs weiter das Lyzeum besuchen zu lassen und ihr damit zu ermöglichen, das Abitur abzulegen. Die Mädchenschule in Kortrijk, ein strenges, von Nonnen geleitetes Institut, bereitete die Schülerinnen nicht nur auf ein Leben als Hausfrau vor, sondern ebenso auf eine berufliche Laufbahn. Der Abschluss des Lyzeums nach dem zwölften Schuljahr berechtigte sie zum Studium der wenigen Fächer, in denen Frauen zugelassen waren, sowie zum Eintritt in ein Lehrerinnenseminar.

Die meisten Eltern ließen ihre Töchter allerdings nicht so lange zur Schule gehen. Fast alle Mädchen verließen das Institut mit sechzehn Jahren nach dem zehnten Schuljahr, und für Nellie stand jetzt eine Entscheidung an. Sie wünschte sich glühend, die Hochschulreife zu erwerben, obwohl Frauen der Weg in ihr Wunschstudium der Tiermedizin weiterhin verwehrt war. Sie blieb jedoch optimistisch, in zwei Jahren konnte sich einiges ändern. Sie hatte ihre Mutter also hoffnungsvoll auf die Empfehlung hingewiesen. »Darüber sprechen wir heute Abend mit Vater«, hatte sie Nellie beschieden, wobei ihre Miene nichts Gutes hatte ahnen lassen.

Jetzt, noch vor dem Abendbrot, fand dieses Gespräch statt. Ihr Vater, Dr. Pieter Van der Heyden, liebte es, sich mit einem kleinen Cognac vor dem Kamin zu entspannen, nachdem er die Praxis geschlossen hatte. Nellies Mutter pflegte diese Ruhestunde zu nutzen, um unangenehme Themen anzusprechen. Sie ersparte sich damit lange Diskussionen, da ihr Mann um diese Zeit das dringende Bedürfnis hatte, Probleme rasch zu lösen, um sich dann wieder seiner Zeitung und seinem Cognac zuwenden zu können. Meistens stimmte er den Vorschlägen seiner Frau einfach zu.

Ihre Mutter begann, Nellies Handarbeitskorb zu inspizieren. Wahrscheinlich wollte sie nachsehen, was ihrer Tochter die schlechte Note in Nadelarbeit eingebracht hatte. Angewidert schaute sie auf eine Stickerei.

»Ich geb mir im nächsten Halbjahr mehr Mühe«, erklärte Nellie, noch bevor sie ihren Vater begrüßte. »Versprochen, ich ...«

»Und was ist das hier?«

Anklagend hob ihre Mutter ein Stück Stoff hoch, auf dem sie verschiedene Handstiche geübt hatte. Rückstich und Blindstich,

Hexenstich und Langettenstich hatte sie erkannt, ein paar andere Nahtformen gaben ihr anscheinend Rätsel auf.

Nellies Vater warf einen kurzen Blick auf die Handarbeit. »Das ist eine Einzelkopfnaht«, bemerkte er. »Damit verschließt man gewöhnlich Wunden.« Er schien nichts Besonderes daran zu finden, aber seine Frau gab eine Art Schnauben von sich. »Und das andere ist eine Intrakutannaht. Tadellos ausgeführt …«

Nellies Mutter sah ihn verständnislos an. »Du meinst, das sind … chirurgische Nähte? Aber wieso …? Kannst du mir das erklären, Cornelia?« Mevrouw Van der Heyden achtete streng darauf, ihre Tochter mit ihrem richtigen Namen anzusprechen, statt sie einfach Nellie zu nennen.

Nellie nickte. »Das … war eine Aufgabe«, sagte sie. »Wir sollten die Nahtformen ausführen, die wir kennen. Und dann vor der Klasse vorstellen.«

Dr. Van der Heyden runzelte die Stirn und wandte sich endlich seiner Tochter zu. »Und woher kennst du chirurgische Nähte?«, fragte er, weniger missbilligend als interessiert.

»Von Phipps' Vater«, gab Nellie Auskunft. »Ich helfe ihm doch manchmal bei den Tieren.«

Am liebsten hätte sie das in jeder freien Minute getan, aber Dr. De Groot schien es nicht geheuer zu sein, sie in der Praxis zu haben. Sehr viel lieber ließ er sich von seinem Sohn helfen, wenn eine ungebärdige Katze oder ein Hund festgehalten werden musste, meistens übernahm das sowieso seine Frau.

Dr. Van der Heyden lachte. »Da hast du es, Josefine«, bemerkte er seiner Frau gegenüber. »Sie ist der Nadelarbeit durchaus zugewandt, nur nicht der Schneiderei.«

»Ich finde das nicht komisch, Pieter!«, erklärte ihre Mutter. »Im Gegenteil, ich wage gar nicht, daran zu denken, was die Lehrerin dazu gesagt hat …«

»Schwester Irene fand das gar nicht so schlimm«, verteidigte sich Nellie. »Sie hat mich sogar die Unterschiede erklären lassen, und wo man die Nähte einsetzt …«

»Und dabei sind wir wieder beim Thema«, ereiferte sich Mevrouw Van der Heyden. »Die Mädchen werden ermutigt, sich für Dinge zu interessieren, die Frauen nichts angehen. Sie werden, wie ich schon sagte, zu Blaustrümpfen erzogen – am Ende will Cornelia noch studieren …«

»Und warum nicht?«, fragte Nellie, jetzt doch etwas aufsässig.

Ihre Mutter blitzte sie an. »Mach dich nicht lächerlich!«, beschied sie ihre Tochter, um sich dann wieder ihrem Mann zuzuwenden. »Da siehst du es. Also, meiner Meinung nach sollte Cornelia diese Schule nach Abschluss der zehnten Klasse verlassen. Sie wird bald sechzehn, und …«

»Und ist damit entschieden zu jung zum Heiraten«, bemerkte Nellies Vater. »Soll sie also die nächsten Jahre hier herumsitzen? Oder Dr. De Groot auf die Nerven fallen? Wenn sie nichts zu tun hat, wird sie sich noch mehr in die Sache mit ihren Viechern hineinsteigern. Ich habe durchaus bemerkt, Nellie, dass du wieder streunende Katzen verarztest, und ich kann es nur noch mal verbieten. Die Biester verschwinden aus dem Geräteschuppen, oder ich lasse sie vom Abdecker entfernen. Deine Tierliebe in allen Ehren … Wenn du mal verheiratet bist, kannst du dir gern ein Schoßhündchen halten, aber in einem Arzthaushalt … Wir wissen seit Langem, wie wichtig Hygiene in einer Praxis ist. Dieses Viehzeug schleppt nur Keime ein …«

Nellie biss sich auf die Lippen. Auch Dr. De Groot achtete peinlich genau auf Sauberkeit in seiner Praxis, und sie selbst hatte es von ihm übernommen. Ganz sicher würden ihre Schützlinge nichts und niemanden infizieren. Darüber war mit ihrem Vater jedoch nicht zu reden.

»Ja, Papa«, sagte sie demütig, schon, um ihn nicht weiter

zu verärgern. Schließlich schien er, was die Schule anging, auf ihrer Seite zu sein.

Das erwies sich allerdings gleich als Fehlschluss. »Wie wäre es denn mit einer ordentlichen Hauswirtschaftsschule?«, fragte ihr Vater. »Wenn es Nellie denn schon an den Grundfertigkeiten der Haushaltsführung mangelt? Kochen kann sie ja wohl auch nicht … zumindest roch es hier neulich wie in einer Hexenküche, als ich nach Hause kam. Und Elfriede meinte, Nellie habe gekocht.«

Elfriede war das Hausmädchen der Van der Heydens.

»Ich habe Ringelblumensalbe angerührt«, erklärte Nellie. »Auf der Basis von Schweinefett. Natürlich riecht das nicht gut, aber man kann so kostengünstig ein Wundheilmittel herstellen, und …«

»Also wieder für die räudigen Viecher«, stellte Dr. Van der Heyden fest. »Das muss aufhören, Josefine. Nellie muss dazu angehalten werden, sich angemessenerer Beschäftigungen zu widmen. Gibt es eine Hauswirtschaftsschule in Kortrijk?«

Für Nellie brach kurz eine Welt zusammen. All ihre Pläne, wenigstens das Abitur zu machen, wenn sie schon nicht auf ihr Wunschstudium hoffen konnte, schienen zunichtegemacht. Andererseits wusste sie von keinem entsprechenden Institut in Kortrijk, was ihre Mutter gleich darauf bestätigte.

»Es liefe auf ein Pensionat hinaus«, überlegte Mevrouw Van der Heyden.

Allerdings klang das nicht so, als würde sie den Vorschlag ihres Mannes grundsätzlich ablehnen. Auch Josefine Van der Heyden selbst hatte eine hauswirtschaftlich orientierte Mädchenschule absolviert – in den Niederlanden, wo sie aufgewachsen war. Noch heute schwärmte sie von der schönen Zeit in der St. Elisabeth School in Utrecht.

Utrecht? In Nellie keimte eine Idee. Phipps würde im Frühling das Abitur ablegen und dann Tiermedizin studieren. Wie vormals sein Vater, sollte auch er die Universität von Utrecht besuchen.

»Kann ich nicht auf die St. Elisabeth School?«, fragte Nellie und legte Eifer in ihre Stimme. »Da, wo du hingegangen bist, Mama?« Sie bemühte sich darum, ein begeistertes Gesicht zu machen. »Du erzählst doch immer so viel davon – wie viel Spaß du mit den anderen Mädchen hattest. Und man kann sogar Abitur machen.«

»Puddingabitur« pflegte ihr Vater den Abschluss zu nennen, den seine Frau im Pensionat erworben hatte.

Mevrouw Van der Heyden rieb sich die Stirn. Sie schien hin- und hergerissen. »Ich weiß nicht, Cornelia ... Natürlich ist St. Elisabeth eine großartige Schule. Aber so weit weg ...« Die Stadt in den Niederlanden war über zweihundertfünfzig Kilometer entfernt. »Du könntest am Wochenende nicht nach Hause kommen ...«

»Umso besser«, bemerkte Nellies Vater. »Dann muss sie sehen, dass sie sich anderen Zöglingen anschließt. Man wird sie während der Wochenenden zu fraulichen Beschäftigungen anhalten – und garantiert wird man ihr nicht erlauben, dort einen halben Zoo anzuschleppen.«

»Dein Wunsch hat aber nichts damit zu tun, dass Philipp De Groot zum Studium nach Utrecht geht?«, examinierte ihre Mutter sie.

Nellie blickte sie unschuldig an. »Phipps?«, fragte sie. »Den seh ich doch gar nicht mehr ...« In der letzten Zeit hatte sie sich tatsächlich nur selten mit ihrem Freund getroffen. Phipps hatte viel mit der Schule zu tun. Das Lernen fiel ihm nicht so leicht wie ihr selbst, und wenn er ein einigermaßen gutes Abitur ablegen wollte, musste er sich anstrengen. Seine wenige Freizeit verbrachte er mit seiner Geige – nach wie vor oft im Stall, während Nellie sein Pferd ritt. Davon wussten ihre Eltern nichts. »Und wenn er erst auf die Universität geht, wird er mich sowieso nicht mehr kennen wollen! Jedenfalls gibt er sich bestimmt nicht mit einer kleinen Pensionatsschülerin ab …«

Mevrouw Van der Heyden blickte skeptisch drein. Sie hatte da anscheinend ihre Zweifel. Schließlich hatte auch sie ihren Mann als Student in Utrecht kennengelernt. Der war allerdings viel älter gewesen als Phipps und hatte nur ein Gastsemester in den Niederlanden absolviert. Er hatte mehr Zeit für gesellschaftliche Unternehmungen gehabt als ein Erstsemester üblicherweise, und sie selbst war nicht mehr zur Schule gegangen, sondern hatte sich in einer Wohltätigkeitsorganisation engagiert. Bei einem von der Armenhilfe veranstalteten Ball waren sie einander vorgestellt worden, und so hatten die Dinge ihren Lauf genommen.

Ihr Vater schien in Bezug auf Nellies Beziehung zu ihrem Freund keine Befürchtungen zu hegen. »Philipp kann auf der Reise ein Auge auf sie halten«, bemerkte er gelassen.

Ihre Mutter runzelte die Stirn. »Du willst das auch noch unterstützen?«, fragte sie unwillig. »Diese … diese Freundschaft?«

Dr. Van der Heyden richtete den Blick gen Himmel. »Josefine, die zwei stecken zusammen, seit sie Kinder waren. Ich kann in einer gemeinsamen Bahnfahrt keine größere Gefahr erkennen, als wenn er ihr hier behilflich ist, eine Katzenfalle zu bauen, um diesen räudigen Kater von der Straße zu kriegen, der seitdem in unserem Gartenschuppen sitzt. Ich sehe da keine … äh … erotischen Verwicklungen. Sehen wir doch den Tatsachen ins Auge: Vor dem jungen Mann liegen vier Jahre Studium. So lange ist nicht ans Heiraten zu denken. Bis dahin hast du für Cornelia längst einen anderen Mann gefunden. Falls es nicht so sein sollte und die beiden fühlen sich immer noch zueinander hingezogen, wird sie eben Tierarztfrau. Dr. De Groot hat ja durchaus sein Auskommen, und für Viehzeug hat sie nun mal ein Faible.«

Josefine Van der Heyden verzog das Gesicht. Sie dachte an

eine gänzlich andere Partie für ihre einzige Tochter. Aber wie immer gab sie ihrem Mann schließlich recht.

»Dann schreibe ich morgen nach Utrecht«, sagte sie, nur noch ein wenig widerstrebend. »Wir werden sehen, ob Mevrouw Verhoeven einen Platz für sie hat.«

Mevrouw Verhoeven war die Gründerin und Rektorin der Schule und den Erzählungen ihrer Mutter zufolge äußerst streng. Nellie war trotzdem optimistisch. Sie würde es schon irgendwie schaffen, Phipps zu treffen und ihren vor Jahren ausgeheckten Plan wahr zu machen. Phipps musste seine Studieninhalte mit ihr teilen. Sie war ihrem Traum, Tierärztin zu werden, gerade einen Schritt näher gekommen.

Aufatmend verzog Nellie sich in besagten Geräteschuppen im Garten und sah nach ihrem neuesten Schützling, einem struppigen schwarzen Hund. Sie hatte ihn gebadet und stellte nun fest, dass er immer noch vor Kälte zitterte.

»Tut mir wirklich leid«, entschuldigte sie sich und frottierte ihn noch einmal gründlich ab. Es war ein nasskalter Tag, und sie selbst hätte auch nicht im Freien baden mögen. »Wenn's nach mir ginge, würde ich dich mit ins Haus nehmen, dann könntest du vor dem Kamin trocknen. Aber mein Vater meint, du verbreitest Krankheiten …« Vor dem ausgedehnten Bad mochte das sogar der Fall gewesen sein. Das Fell des Streuners, der seit einigen Tagen in Ledegem herumgelaufen war, war voller Flöhe gewesen, und die Räude schien er ebenso zu haben. Nellie musste ihn gegen all das behandeln, bevor sie ihm erlaubte, im Gartenhaus zu schlafen. Ein Bad mit milbentötendem Shampoo half da immer noch am besten. Nellie deckte ihren Schützling warm zu und sprach ermutigend auf ihn ein. »Gleich wird dir wärmer«, versprach sie.

Das schien den Hund nicht zu überzeugen. Er jaulte ihr nach, als sie sich von ihm abwandte, um ihre weiteren Pfleglinge zu streicheln. Der rote Kater Joppe hatte nur ein Auge und zurzeit obendrein ein verletztes Bein, und die knochenmagere Straßenkatze hatte sie blutend und mit fehlendem Schwanz am Bahnhof gefunden. Womöglich war hier ein Tierquäler am Werk gewesen. Die Katze war selbst vor ihr, Nellie, in Panik geflohen. Inzwischen ließ sie zu, dass sie ihre Wunde versorgte.

»Was mache ich bloß mit euch, wenn mein Vater tatsächlich darauf besteht, dass wir den Schuppen räumen?« Nellie seufzte.

Das Leben war wirklich nicht einfach, aber aufgeben würde sie nie.